「先に食べてて良かったのに」
「腹は減ってたけどな。それよりもクリスの『家つくり』を見ていたかったんだ」
「お前、マジですごい奴だったんだな！」
ナタリー
エイフ
クリス
マリウス
家つくりスキルで異世界を生き延びろ

「太陽が昇ってきた！
わぁぁ……！」
ゆっくりと昇る太陽が
暗い世界を照らしていく。
青々とした巨樹の葉が煌めいて見える。
澄んだ空気が動き始め、
さわさわと音を立てながら
クリスを撫でていった。

Ietsukuri skill de isekai wo ikinobiro

家つくりスキルで異世界を生き延びろ 2

小鳥屋エム

ill. 文倉 十

Presented by Emu Kotoriya
Illustration by Juu Ayakura

Contents

Ietsukuri skill de isekai wo ikinobiro 2

Ietsukuri
skill de
2
isekai wo
ikinobiro

プロローグ

Prologue

Zetsukuri skill de isekai wo ikinobiro

クリスの旅は、迷宮都市《めいきゅうとし》ガレルを出てからすこぶる順調だった。愛馬のペルだけでなく、鬼人《きじん》の血を引く冒険者のエイフが仲間になったからである。彼の冒険者ランクは金級だ。

それまでは「小さな女の子の一人旅《ひとりたび》」で緊張ばかりの旅路だったが、エイフとパーティーを組んだことでクリスには余裕と安心が生まれていた。

更に、クリスは直前まで滞在していた迷宮都市ガレルで家馬車を作った。トレーラーハウスの小型版である。移動できる小さな家の快適さは、それまで一人で毛布にくるまって野営していた頃に比べたら格段の違いだ。

この家馬車を作ったことで、クリスの「永住の地を探すための旅」は急ぎでなくなった。急いで決めて失敗するより、ゆっくりと探せばいい。そう思えるのも、家馬車が居心地《いごこち》良いからだ。そのため、先にエイフの用件を済ませようと、ペルア国の王都に行く予定だった。ところが、ふと思い出したように、エイフがある提案を口にした。

「俺の用事は急ぎじゃないからさ。ちょっと遠回りになるが、ダソス国の天空都市《てんくうとし》シエーロに行ってみるか？」

エイフの用事に時間制限はないらしい。ガレルでも地下迷宮に潜って冒険者仕事をしていた。その彼が寄り道してもいいというのなら、クリスに否やはない。

「シエーロって有名なの？」

「ああ。名前の通り『天空』の都市だ。他じゃ見られない珍しい町並みで有名だぞ。それ

プロローグ

に、クリスの持つスキルの役に立つんじゃないかと思ってな」

「わたしの『家つくり』スキルに？」

「俺の『剣豪《けんごう》』スキルと同じく、使えば使うほどレベルも上がるだろうけど、家を作る機会はそうないだろ？　もしかしたら、見るだけでもレベル上げになるんじゃないかと思ってな」

いろいろな都市の家を見て回ることがスキルのためになる。そう言われると、クリスは俄然《がぜん》楽しくなってしまった。


つい先日まで滞在していたガレルでは、良いことも悪いこともあった。正直言えば、悪いことの比率が高かった気がする。何故《なぜ》なら、クリスは迷宮都市ガレルに永住するつもりだったからだ。けれど、三代住まねば許可が下りないと言われた。いくつもの事件にも遭い、散々だったのだ。

そんなクリスだから、ちょっと寄り道して都市観光をしよう、という提案はとても嬉《うれ》しかった。

「イサ、シエーロは珍しい町並みなんだって。楽しみだね」

「ピッ！」

クリスの肩に止まっていた小鳥型の妖精《ようせい》イサが返事をする。彼ともガレルで出会った。森の中で鳥型の魔物に追われていたところを助けた縁で仲良くなった。

そのイサが連れてきた精霊《せいれい》プルピも一緒に旅をしている。プルピは小さなドワーフのような姿をしている。エイフは精霊の気配は感じられるようだが、姿はハッキリと視《み》えないらしかった。プルピが許可していないからだろう。

「プルピも行くよね？」

「ウム。行ッテヤロウ」

と、偉そうな物言いをするが、精霊なのでそんなものだろうとクリスは思っている。というのも、精霊は敬うべき相手だと教わったからだ。事実そうなのだろう。彼等は人間とは違った価値観を持つものの、優しい心の持ち主が多い。人間に対しても気紛《きまぐ》れではあるが基本的には親切だ。それに不思議な力を持っている。クリスはそれを魔法だと思っているが、たとえば宙に浮いたまま異様に速く移動できるなど、人間の上級スキルでも難しいようなことを彼等はさらりとやってしまえるのだ。

そんなすごい精霊だけれど、クリスはプルピに対して親しみを感じ、普通に接していた。彼も畏《かしこ》まった態度を嫌うため、まあまあいい関係だ。たまーに愚痴《ぐち》を零《こぼ》されることもあるが、概《おおむ》ね問題はない。

ちなみに、妖精は精霊の眷属《けんぞく》や子供みたいな関係だそうだ。ふたりも仲が良い。大体イサがプルピの秘書、お手伝いさん的役割をしている。そのため、イサも時々、クリスに愚痴を零していた。

第一章

天空都市シエーロへ

Episode.1

detsukuri skill de isekai wo ikinobiro

旅の間、クリスたちはよく話をした。エイフが今までに受けた仕事の内容や、今回のガレルでの依頼についてもだ。

エイフは元々、大陸中央にあるペルア国の冒険者ギルドで依頼を受け、最北部の迷宮《めいきゅう》都市《とし》ガレルに来ていた。クリスは依頼の詳細については教えてもらっていないが、内容が「調査」だとは聞いている。時々漏らすエイフの言葉と、ガレルでの噂話《うわさばなし》を総合すると「迷宮都市ガレルが国家へ昇格」できるかどうかの調査ではないか。クリスはそう考えている。

もちろん調査するのは彼だけではないだろう。あらゆる立場からの視点で調べていると思われた。特にガレルは地下迷宮でのし上がった都市だ。地下迷宮を踏破《とうは》しようとする冒険者の視点は重大である。

ガレルの領主は公爵位で、都市国家として独立するのに問題はない。むしろガレルの北には「北部大森林」という危険地帯があるため、独立してもらった方がガレルを擁《よう》するペルア国には都合が良かった。

北部大森林は未開の厳しい土地だ。魔物も多く暮らしている。混沌《こんとん》とした土地のため、人の暮らす南側へ広がってほしくないのだ。

そんな国の思惑《おもわく》も都市が国家になるという話題も、クリスには関係ない。永住できないと分かった時点で過去のものになっていた。

第一章　天空都市シエーロへ

クリスが迷宮都市へ赴いたのは永住目的だった。安定した暮らしを求めてのことだ。一人旅が長く辛かったため気持ちが急《せ》いていた。今はこの家馬車があるから、そこまでガツガツしていない。

家馬車はクリスの「家つくり」スキルで作ったものだ。ガレルに滞在中は、他にもいくつかの家を作ってきた。その中にプルピの家もあった。ボックス型の部屋を組み合わせて使う。プルピは大層気に入ってくれて、精霊界《せいれいかい》に運んで設置したという。

そのプルピが、クリスにプレゼントをくれると約束していた。プレゼントは他の精霊たちに頼んだらしいが、随分《ずいぶん》と前のことで、クリスも忘れていたぐらいだ。

思い出したのはプルピの知り合いが大勢集まってきたからだった。そして、彼等はこう言った。「自分たちにも家を作ってほしい」と。

彼等は荷物を配達に来てプルピの家を見た。彼等の基準で見ると「斬新な家」を。かくして「同じ家がいい」という彼等のお願いを叶《かな》えるべく、クリスは旅の間にたくさんの家を作った。幸いにして形が単純だ。家つくりスキルのレベルも上がっていたからか、流れ作業でさっささと作れた。

さて、原因となった配達物《プレゼント》だが、これがとんでもないものだった。

受け取ったクリスは確認のため声に出した。

「ガラス瓶が二つ？」

プルピと同じサイズのガラス瓶だ。一般的な疲労回復剤の瓶より二回りほど大きい。運んできた精霊たちは「ゼーゼー」と疲れたアピールをする。けれど、クリスは信じていない。何故《なぜ》なら精霊たちが自分より大きな金属や木材の塊《かたまり》を運べると知っているからだ。

ちなみに精霊たちは全員姿が違った。人がイメージする「トンボみたいな翅《はね》のある人型の女の子」もいれば、トカゲが二本足で立っているのもいた。てんでバラバラの姿形をしているが、それぞれサイズは小さい。ほぼプルピと同じぐらいである。

「どっちも水？」

「バカヲ申《もう》スデナイ」

「と、言いますと？」

クリスは小声で問いかけた。というのも、渡されたのが夜だったからだ。エイフは御者《ぎょしゃ》台《だい》で寝ていた。寝袋さえ要らないらしい。クリスは家馬車の二階部分で寝ようとしていたところだった。そこを天窓からコンコンやられたというわけだ。イサも起こされ、寝ぼけた様子でクリスの布団の上までフラフラ飛んできて一緒にガラス瓶を見ている。

「一ツハ生命ノ泉ノ水ダ。我々ガ好ンデ飲ム水デアル。浄水《じょうすい》ヨリモ格上ト言エバ意味ガ分カルナ？」

浄水とは、自然に濾過《ろか》された清浄な水のことだ。穢《けが》れのない澄んだ水は聖水《せいすい》の代わりにもなる。聖水は聖なる力を持った高位スキル持ちが浄化して作るため、手に入れるのは当

第一章　天空都市シエーロへ

然難しい。この聖水がなければ、稀《まれ》にある「人間の魔物化」に対処できない。聖水は穢れを祓《はら》うとされていた。その聖水の代替えともなる浄水だが、こちらも貴重だった。普段人が立ち入らないような清らかな森でしか見付けられないからだ。

それなのに、浄水よりも更に格上だとプルピは言っている。クリスは驚いてガラス瓶を掲げた。

「浄水より上……。え、本物の生命の泉？」

ガラス瓶二つのうち、一つに赤い印が付けられていた。それが「生命の泉」の水らしい。

クリスは目を輝かせた。これらは薬の基材にもなる。が、実は紋様紙《もんようし》を描く際のインクに関わりがあるのだ。紋様紙を描くのに使うインクの基材にもランクがあって、ただの水ではいけない。精製水↓浄水↓生命の泉という順で後者になるほどランクが高くなる。

浄水は取りに行けばタダである。しかし、滅多《めった》に存在していない上、深い山中にあるため行き帰りだけでも大変だ。売り物の紋様紙だと精製水でも問題ない。というより、ほとんどの紋様士たちは精製水を使っているはずだ。上級紋様紙などの特殊なものになれば高価なインクに切り替えている。それだけ効果が高いからだ。

クリスも自分専用の紋様紙には浄水を使っていた。と言っても「精製水を浄水にする」専用の紋様紙を使ってだ。だから、それよりも最高ランクになる「生命の泉の水」がタダでもらえるとなれば笑顔にもなる。

クリスが満面の笑みでガラス瓶を見ている横で、プルピはプリプリ怒った。

「本物ノ、トハドウイウ意味ダ。全ク、オヌシトキタラ」

「だって〜」

まさか、生命の泉の水が手に入るなんて思わなかった。魔女様でさえ「あれを手に入れるのは難しいよ。精霊は気難《きむずか》しいからね」と言っていた。魔女様は精霊界の素材も多く所持していたようだが「賭《か》けをして奪った」と酔っ払った時に話していた。「あたしは精霊と相性が悪いんだよ」とも言っていたから、どうやって奪ったのか想像に難くない。


魔女様の素材集めについてはともかく、生命の泉の水は純粋に嬉《うれ》しい。

クリスはプルピにお礼を言った。もちろん持ってきてくれた他の精霊たちにもだ。でも彼等は何故か、ニヤニヤと笑っている。互いにツンツン突《つつ》き合って「お前が言えよ」「あなたが言いなさいよ」状態だ。

クリスが首を傾《かし》げているとプルピが呆《あき》れたように肩を竦《すく》め、青い印を付けたガラス瓶をずずいと前に押し出した。

「『世界樹ノ慈悲ノ水《オムニアペルフエクテイオ》』ダ。我ラ精霊ノ傷ヲ癒《イ》ヤスモノダ。コレヲ汲《く》ンデキタ。コレダケアレバ、オヌシノ一生分ヲ賄《まかな》エルノデハナイカ」

むふん、と小さなプルピの鼻が膨らむ。「鼻、あったんだ」と、妙《みよう》なことを考えたクリスは、やがてふるふると震えた。

「はっ？」

第一章　天空都市シエーロへ

いやダメだ。大声を出すとエイフに聞こえる。クリスは慌てて自分の口を押さえた。

一応、プルピが全員揃《そろ》った時点で結界を張っていたが、それは単純に精霊が集まっているから変なものが入らないようにだ。天窓は開け放したままだから音が漏れているかもしれない。クリスは小声になった。

「ねえ、それって、すごくすごく高価な物じゃない？」

「人間ニトッテハソウデアロウナ」

「精霊にとっても高価だと思うけど？」

傷を癒やすんだもの。クリスは心の中で突っ込んで、それから肩の力を抜いた。ガクッと布団の上に手をつく。

「世界樹関連なんだよね？　それって、どう考えてもヤバいものじゃない。わたしが持ってたらダメなやつだ〜」

「ドウシタ、イキナリ。壊《こわ》レタカ？　人間ハ容易ク壊レルカラナ。気ヲ付ケルガイイ」

「プルピが悪いんじゃないの！　この、この、この〜！」

プルピを掴《つか》んで揺さぶると、周囲にいた精霊たちが喜んだ。

「なんで喜ぶの〜？　もう意味分からない！　精霊って、おかしい！」

「嬉シクナイノカ？」

「嬉しいよ！」

ひとしきり騒いだ後、クリスは冷静になった。冷静にプルピに問《と》い質《ただ》した。

世界樹の慈悲の水《オムニアペルフエクテイオ》は、世界樹が樹液を「敢《あ》えて」流したもので、窪《くぼ》みのある場所に溜《た》まるよう調整されているらしい。精霊たちは心身が傷付いた時にやって来て浸《つ》かるそうだ。軽い感じで言うものだから、クリスの頭の中は「湯治《とうじ》に行く精霊の姿（しかも珍妙）」に支配された。

「精霊を癒やすのなら人間も癒やすんだよね？」

「ソノ通リ。確カ、一滴デ蘇生《そせい》デキタト聞イタコトガアル」

「蘇生ですか。そうですか」

「ナンダソノ口調ハ」

「呆れてるんだよ。で、これって、ただのガラス瓶？　効能が薄まったりしない？」

「ソンナワケナカロウ。ワタシノ仲間ガ作ッタ物ゾ。ホボ、永久ニ保《も》ツ」

クリスは無心になろうと心がけながら、更に問うた。

「わたし、そう何度も蘇生しなきゃならないような目に遭う予定はないんだけど。だとしたら勿体無《もったいな》いよね？　だからって他の人にバンバン使ってたら狙われそうだし。それこそ蘇生しなきゃならない目に遭いそうだよ。他に使い道はある？」

「……アル。人間ナラバ、一万倍ニ薄メタ水ノ一滴デ、魔力ガ完全回復スルハズダ。トイウヨリモ全テノ能力ガ元ニ戻ル」

「あ、はい。了解です」

いろいろ考えなければならないことがある。けれど、この日のクリスはもういっぱいいいっぱいで「もう寝ます」と告げて精霊たちを追い出した。プルピもだ。

翌日になって閉め出されたことに異議を唱えたプルピへ、クリスは静かに告げた。「あなたには精霊界に家があるでしょ？」と。彼の抗議は止まった。忘れているかもしれないが、プルピにはちゃんと家があるのだ。クリスの旅に同行しすぎて、あちらはどうやら別荘気分だったらしいが。


さておき、とんでもない代物を受け取ったクリスは、翌日から仕事が増えてしまった。

まずは、世界樹の慈悲の水《オムニアペルフエクテイオ》を一万倍に薄めた「一滴」を永久保存しておける入れ物作りである。ついでに原液の一滴も小分けしておきたい。万が一の蘇生用だ。

この一滴という量を入れるのに、ただのガラス瓶では無理がある。小さすぎるガラス瓶を作るのも大変なら、一滴を取り出すのも大変だ。クリスはプルピを扱《こ》き使《つか》うことにした。もちろん、あからさまに「扱き使う」わけではない。あくまでもお願いスタイルを貫く。

というわけで、クリスは下手に出て頼んでみた。プルピは喜んで引き受けてくれた。

二人してああでもないこうでもないと話し合った結果、最終的に「アンプル」のイメージで作ることになった。長さ三センチの細いアンプルである。口の部分に切れ込みがあり、割って中の一滴を吸い込む仕様だ。しかも、割ってもガラス片が飛び散らない。こうした部分はさすが物づくりの精霊だ。素材もさることながら技術が高い。

そして、薄めるのに使った基材は「生命の泉」の水だ。となると、もらったガラス瓶サイズの量では全く足りない。というわけで、またしても精霊たちが運んでくれた。小さな体のため持参できるのは一体に付き一本だ。そのうち運ぶのが楽しくなったのか、もう要らないと言っても毎夜やって来るようになった。仕方なく、プルピに大きめの永久保存ガラス瓶を作ってもらって溜めることにした。これはクリスの収納袋ポーチ行きだ。

　このアンプル作りを手伝っているうちに、物づくりの加護を持っていたクリスのレベルが上がった。おかげで材料さえあればクリスも同じものが作れるようになった。

　しかし、クリス自身は魔法が使えないため、作業には錬金系《れんきんけい》の紋様紙を使うしかない。節約を考えると、まとめて大量生産するのが得だ。そうなるとポーチの中がギュウギュウになってしまう。有り難い収納袋だけれど、限界があるのだ。

　クリスは中身を厳選し、比較的失っても惜しくないものを家馬車と、エイフの収納袋に預かってもらうことにした。


　家馬車のある旅は楽だった。特にエイフが御者もやってくれる。その間、クリスは精霊たちの家を作り、アンプルなど物づくりに勤《いそ》しんだ。時々エイフが魔物を倒しに行くが、その間はクリスが御者をする。

　何もなければ二人で世間話もした。たとえば天空都市《てんくうとし》シエーロについてだ。

第一章　天空都市シエーロへ

シエーロでの楽しみは、第一に「家」を見ること。森に囲まれたダソス国にはエルフが多く住んでおり、家の様式もエルフ好みらしい。彼等は大木に沿った家を作り、上へ上へと築き上げるそうだ。

森の中にある、というのもクリスをワクワクさせた。なにしろ、森にはお金になる薬草が多い。今回はその中でも、トリフィリという花を集めたかった。何故なら——。

「じゃあ、そのトリフィリってのを使えば紋様紙も格上になるってことか」

「うん。売り物用のインクはドリュスの堆積物《たいせきぶつ》に膠《にかわ》を混ぜて精製水で作るんだけどね。効能を高めるなら、ドリュスは炭が良いし、トリフィリの精油と浄水を合わせるのが一番なんだ」

「ほー」

「どうでもいい返事だね」

「説明されても分からん。ああ、浄水なら、確かシエーロの近くにあったはずだぞ」

「え、そうなの？」

滅多に見付からないという浄水の情報に驚いた。もしも、プルピに生命の泉の水をもらっていなければ、もっと喜んでいただろう。とはいえ、クリスは浄水の泉を見たことがない。案内してもらえるなら嬉しいし、楽しみだ。

エイフには一から十まで説明していないが、紋様紙を描いて売っていることは伝えている。魔女様仕込みだから描ける、ということについてもだ。もちろん、スキル持ちと比べたら時間はかかる。だから、全てが無駄にはできない。

クリスがインクについて力説すると、エイフはちょっぴり引いていた。

「あー、とにかく大変なことは分かった。どのみち、俺は紋様紙は使わん。精度が悪いんだ。俺は自分のスキルで戦うさ」

「エイフのスキルはすごいから、それでいいんじゃない。わたしは紋様紙がないとダメだもん」

「まあな。家つくりスキルってな、魔物相手じゃ役に立ちそうにない」

クリスは「だよねー」と、御者台で返事をした。が、並んで座っていたエイフが黙り込んだ。何か考えているようなので「どうしたの?」と声を掛けると、彼は片方の眉をひょいと上げた。

「まあ、役に立つかどうかはどうでもいいさ。クリスのスキルはすごいよ。いや、クリスがすごいんだ。スキルなしで紋様紙なんてものを描けるしな。スキルがなくても、なんだってできるって証明しているようなもんさ」

「なんでも、じゃないけど」

「はは。そりゃそうだ。俺もできないことは多い」

そう言うと御者台から降りた。もちろん、走っている馬車からだ。いつものことである。

エイフは魔物の気配を感じ取ると、勝手に降りて狩ってくるのだ。クリスは手綱《たづな》をそのままに走らせるだけでいい。

彼は「できないことは多い」と言ったが、反対だ。彼にはできることが多い。そして、できないことは少ないのだった。

エイフのスキルは「剣豪《けんごう》」「強化」「追跡」の三つだ。

パーティーメンバーになったのだからと、クリスに教えてくれた。

恵まれたスキル編成には羨《うらや》ましいの一言しかなかった。特に、冒険者になりたいのなら有り難い組み合わせだ。エイフなら騎士にもなれただろう。本人はそうしたものを嫌っているようだったが。どうやら、規則正しい生き方が苦手らしい。

エイフは自由気儘《じゆうきまま》にあちこち行ける冒険者という職が気に入っているようだ。その代わり、上級者ならではの縛りもある。断れない筋からの指名依頼だ。

迷宮都市ガレルでの活動もそれが原因らしかった。すでに調査は終了しているため報告は送っているというが、一度はペルア国のギルド本部へ戻る必要がある。でも戻ればまた面倒な仕事が舞い込んでいるかもしれず、エイフはこうして遠回りをしているのだった。

一応、クリスとパーティーを組んだことで逃れられる可能性は高いらしい。

クリスも自分の持っているスキルについて話している。「家つくり」スキルだけだから隠《かく》しようもなかったが。ガレルでは使っているところも見られている。

しばらくすると、エイフが魔物を倒して戻ってきた。自分の体を「強化」しているとはいえ、馬のスピードに付いてこられるのだから恐ろしい。クリスは呆れたような羨ましいような気持ちでエイフを見た。

「今日の獲物はなんだったの？」

「ヴヴァリだ。足は遅いが、さっき商人の馬車を追い越してきただろう？　倒してやった方がいいかと思ってな」

ヴヴァリとは元々水牛が魔物化したものだ。平原に多く生息している。上質な肉が取れるのと足が遅く他の魔物ほど凶悪ではないことから、見付けても必ず全頭討伐《とうばつ》するという魔物リストには入っていない。そうは言っても魔物だから、街道沿いで見かけたら先ほどのように狩っている。そして、ヴヴァリの肉は大変貴重だ。

「ちゃんと持って帰ってきてくれた？」

「そう言われると思って収納袋に入れてきた。その代わり後で食わせてくれよ」

「もちろん！　ありがと、エイフ！」

「こういう時だけ嬉しそうに礼を言うんだよな。最初はめちゃくちゃ怒ってたくせに」

「そりゃ、怒るよ。だってご馳走《ちそう》だよ？　しかも皮から作った水袋は結構いい値段で売れるんだから」

「へいへい。解体もやらせていただきます」

「わーい、エイフ好き！」

「軽い『好き』だな、おい」

「ステーキにしてあげるから！　ハンバーグがいい？　ローストビーフは雨の日にね！」

「どれも食う。食うぞ。いっぱい狩ったんだ」

クリスはエイフの懐の深さに助けられているところがある。

だから、クリスは自分にできることをと頑張っていた。苦手な料理もし、エイフの服も繕《つくろ》う。女性だからというのではなく、自分にできることをやるだけだ。エイフがクリスに押しつけないからこそ自然とできるのだった。このあたりも彼を好ましいと思う部分だ。エイフが父親だったら良かった。そう、考えたこともある。それぐらい、クリスとエイフは仲良くなっていた。


そんな旅を一月半ほど続け、ようやく天空都市シエーロに到着した。


徐々に高くなる山を上り続け、およそ一千メートル級の山々が連なる場所を抜けたところにそれはあった。

「うわぁ！」

「すごいよな。俺も前に見たってのに、やっぱり驚くもんだ」

高地の山中にぽっかりと空いた場所がある。その中央に恐ろしいほど大きな木が生えていた。少し離れて、中央の大木よりも小さめの木々が囲むように生えている。まるで外壁代わりのようだ。目を凝らせば、木々の間に多くの橋が張り巡らされているのが分かった。地面にも何かあるが、さすがに小さすぎて分からない。

縮尺《しゅくしゃく》のおかしい光景に、クリスもイサもポカンとしてシエーロを見た。

「エイフ。中央の巨木って世界樹なの？」

「違う違う。本物じゃない。でも、似たようなものか？　傍系《ぼうけい》らしい。エルフたちは世界樹だって崇《あが》めてるな」

「傍系ってことは世界樹そのものじゃないってことだよね？」

「ああ。だからってエルフの前で『傍系』だとか『分流』なんて言うなよ。奴《やつ》ら、目を吊《つ》り上《あ》げて怒り出すからな」

「……言ったんだね？」

「おう。いやー、怒られた怒られた」

ははっ、と軽い調子で笑う。エイフはこういうところがある。でも、神経質なクリスにはこれぐらいがちょうどいいのかもしれない。ガミガミ言っても、エイフは気にしないからだ。

エイフの説明では、天空都市シエーロの中心にある巨木は、一応「世界樹」の流れを汲んでいるらしい。孫にあたる木の「端の枝」を分けてもらったハイエルフが、別の巨樹と掛け合わせてできたものらしい。

第一章　天空都市シエーロへ

親木の種から育ったものではないため、直系とは言えないようだ。それでも世界樹の系統である。間違ってはいない。その証拠に、有り得ないほどの巨樹へと育っているのだから。

その巨樹を中心に天空都市シエーロは栄えているのだった。

入国審査も兼ねたシエーロへの滞在許可は、エイフの金級カードを見せるだけであっさりと取れた。冒険者が優遇されている都市らしい。さすがは金級ランクだ。クリスは銀級に上がったばかりなので、まだまだ一端の冒険者と胸を張って言えない。クリスだけなら、もう少し審査に時間がかかっただろう。

「エイフのおかげだね。ありがとう」

「おーう。感謝は受け取るぞ。今日の昼はヴヴァリのハンバーガーにしてくれ」

「分かった。パンは新しいのを買う？」

「そうだな。たまには違う味もいいか。とりあえず、馬車の預かり所を探そう」

幸い、預かり所はすぐに見付かった。馬ともども預けられる上に、冒険者ギルドの会員なら割引も利くらしい。ここはエイフの金級カードで割引率を上げることにした。

念のため、

「御者は泊まってもいい？」

と、確認してみるも「ダメだ」と断られる。粘ってみたが「男なら数日ぐらいは」見逃せても、「女の子が何日も」泊まるのはダメらしい。

どのみち都市は人が多く、通りから壁で隔てられているといっても人の気配は感じるものだ。そんな状態で家馬車に寝泊まりしても疲れるだけだ。都市だと治安維持に関するルールも厳しい。クリスは諦めることにした。ガレルから一月半の旅の間に小さな村や町へと立ち寄ったが、その時はどちらも家馬車に泊まれた。ルールがゆるゆるだったからだ。

エイフは呆れながらも、

「久しぶりの大都市だ。宿に泊まろうぜ。そりゃ、これも良い家だけどな」

などと、クリスのフォローを忘れなかった。

ペルとプロケッラは仲睦《なかむつ》まじく厩舎《きゅうしゃ》に入っていった。この二頭は旅の間もずっと仲良しだった。クリスはちょっぴり嫉妬《しっと》を感じていた。でも、ロマンスなら仕方ない。

……クリスもそのうち、良い恋をするのだ。母親代わりに頼っていたペルの幸せを願い、クリスは振り返りもしなかった彼女を置いてイサを胸にエイフの後を追った。

ちなみにプルピはすでにどこかへ飛んでいってしまった。基本的に精霊である彼は自由な存在なのである。

宿はエイフの希望で中ランクのところに決まった。シングル部屋《べや》の値段についてクリスが思案する前に、エイフが「同じ部屋だ」と受付に伝える。

「えっ」

「なんだよ、嫌なのか？　パーティーメンバーだし、いいだろ」

「一応、わたし女の子なんですけど……」

「ガレルで一緒に寝泊まりしたじゃないか。大丈夫大丈夫、お前は俺の好みじゃない」

「わたしだって、エイフは好みじゃないよ！」

「だったらいいだろ。あ、衝立《ついたて》を入れてもらおう。大きめのを頼むな」

受付に告げると、エイフはクリスを見下ろして続けた。

「風呂付きの部屋だ。言っておくが、シエーロは水が貴重でな。風呂付きってのは、なかなかないぞ？」

「ううう」

「ニホン組の広めたことで良かったことは、風呂と飯だな。お前もガレルでハマったんだろ？　特注するぐらいだもんな。あの料理店でも下働きして覚えたって言ってたし」

そういう説明をしていたのだが、どうやら本当に信じていたようだ。ホッとしつつ、クリスは相部屋《あいべや》を受け入れた。風呂には負ける。風呂には。

ニホン組については、旅の間に何度もエイフから聞いた。良い話も悪い話もだ。大体、ガレルで冒険者たちから教えてもらった噂話通りだった。実際、良い文化も広まっているそうだ。水が貴重らしいシエーロでも宿に風呂が付くほどに。

さて、クリスたちが泊まる宿は、巨樹に張り付くようにして建てられている。前世の感覚で言うなら、ビルの中高層階といったところだろうか。これが新人冒険者用の宿だと地面に近い、もしくは地上に建てられている。

この都市では地面ほど価値が低く、上へ行くほど価値が高い。

巨樹の内側は空洞になっており、倒れやしないか不思議に思うが、千年経っても変わらずに問題なく立っているそうだ。内側には政治の中枢が集まっている。外側には店舗や居住場所などが設けられているが、どちらも上へ行けば行くほど上流階級のものになる。

ここでは縦に町が成り立っており、巨樹全体が複合施設のようなものらしい。

巨樹の外側には移動のための道路や階段がある。これらは巨樹を削って利用している。公共の部分は削っても良く、予《あらかじ》め道路を通し、その周囲に家を建てていく。新しく家を建てる場合、楔《くさび》となる部分以外は他の木材を利用するそうだ。巨樹には細かくも厳しいルールがあるようだった。

宿の女性は、シエーロに初めて逗留《とうりゅう》する冒険者への説明に慣れていた。案内の間に、巨樹の基本的な説明から、覚えておくべきルールを丁寧に教えてくれる。たとえば、水がとても貴重である、という部分については三度も重ねて告げられた。当然ではあるが、シエーロでは水のスキル持ちが重宝されているそうだ。荷運び関係も人気職らしい。縦移動が大変だからだろう。工夫されてはいるが、巨樹の上へと伸びる道路には急坂も多い。

「うちはお風呂場はありますけど、毎回お湯代はいただいております。運び賃と温め賃ですね」

「……お幾らですか？」

「両方合わせて銀貨五枚です」

「えっと、自分で運んでも？」

「構いませんよ。ただ、外の方には公共の井戸の権利がないですから、毎回水代を支払う必要がありますけど」

にこりと微笑《ほほえ》まれた。クリスは首を振った。大きく振った。なんて贅沢《ぜいたく》なんだろう。お風呂に入るだけで銀貨五枚だ。だったら、お風呂に入らなくてもいい。道すがらに採取してきた洗浄剤を使えば、十分綺麗《きれい》になる。いや、そもそも【清浄】の紋様紙があるではないか。【水】の紋様紙を使ってもいい。お湯にして出せば——。

クリスが脳内で騒いでいると、エイフが止めてくれた。頭をポカリと叩《たた》いて。

「毎日じゃなくてもいいだろ。数日置きに運んでもらって、節約すりゃいいじゃないか」

「エイフ。今の話のどこで節約って言葉が使えると思ったの？」

エイフは黙ってしまった。

宿の女性は苦笑だ。たぶん、こうした会話は今まで何度も交わしてきたのだろう。「頼む時は早めにお願いしますねー」と、サラッとまとめて部屋から出ていった。

クリスの前世では「男女平等で割り勘」と考える人が周囲に多かった。婚約者も「共働き&生活費は同額持ち寄り」生活を希望していた。当時の暮らしはシビアで、都会で暮らすにはお金もかかった。大学を出て良い会社に入っても、それほど贅沢な暮らしはできなかったのだ。それなのに婚約者と別れてから「家だ、家を買おう」と思い立ち、更に節約生活が続いた。クリスには前世からのケチ臭さが染みついているようだ。ここで男性に「お願い～」と甘えて頼めるような性格だったら良かった。

そう、婚約者が浮気《うわき》した相手もそういう女性で――。

「あ、ダメだ。記憶よ、消えろ」

闇に落ちかけたクリスは何事もなかったかのように澄まし顔を作った。

そしてエイフはといえば、クリスの独り言を何も言わずにスルーしてくれるのだった。

部屋には大きな衝立が二つ用意された。

一つはベッドとベッドの間に。もう一つは部屋の片隅だ。そこがクリスの陣地、もとい個人スペースとなる。

エイフはクリスのことを「子供」だと思っている上、彼の好みからは大きく外れているようなので、そういう意味での不安はない。だからといって見られて平気かというと、そんなことはない。クリスだって年頃の女の子なのだ。着替えや、まして裸を見られるのは恥ずかしい。しかも、前世の記憶については忘れようと思いつつも、いまだにしっかり覚えているわけで。

つまり、二十代の女性の感覚も残っている。同年齢に近い「男らしい」エイフの前での着替えは、できそうになかった。自意識過剰なのはクリスも分かっている。イサに言われたことがあるし、勘違いで恥ずかしい思いもした。

でもやっぱり恥ずかしいものは恥ずかしいのだ。子供のフリで無邪気を装うこともできないし「奢《おご》ってくれてありがとう～」と、可愛《かわい》く言うこともできない。ようするに、男性からすれば「可愛げのない」女の子なのだった。

今生でも恋愛できそうにない気がして、クリスはどんよりした気持ちになった。

しかし、暗い顔をしていても手は動く。

家馬車から運んできた荷物をクローゼットに片付けるなど、やることは多い。エイフは大きな収納袋に何もかも突っ込んでいるため荷物の片付けはなかった。

「手伝うか？」

「ううん。服がほとんどだから」

「それが終わったら冒険者ギルドに行こうぜ」

「分かった。その後、市場を見てもいい？」

「そうだな。朝市ほどの活気はないが、飲食系の屋台が出ているはずだ。ついでに食ってこうぜ」

エルフが多い国なので、飲食店はエルフ好みになっているらしい。屋台だと、他国の人間や他種族でも食べられるものが多いそうだ。クリスはそのどちらにも興味がある。その顔を見たエイフが「明日は店の方にも行ってみよう」と笑って提案してくれた。

まずは冒険者ギルドで異動届を提出し、どんな依頼があるのか確認する。

金級のエイフにはすぐに受付から声が掛かり、彼は窓口で話し合いを始めた。同じパーティーとはいえクリスは銀級である。

ちなみに、銀級の上が半金級、そして金級と上がっていく。たった二つの差のように思えるが、上へ行けば行くほど上がりづらくなる。しかも、金級になるには特別な試験があるという。金級へ上がるためには冒険者に向いた特別なスキルがなければ難しい。そうした噂はクリスの耳にも入る。

クリスには「家つくり」というスキルしかなく、冒険者向きではない。普通に考えればランクアップは無理である。たぶん一生銀級だろう。それでもいい。地道に働けたらそれで良かった。クリスは、自分のランクに見合う依頼を掲示板で確認した。


気付けば夕方になっており、二人ともお腹《なか》がペコペコになった。ハンバーグを作る話は先延ばしにし、本格的に市場で食べることにした。

「外から来た冒険者や商人向けの市場は、巨樹の外側に張り巡らされた木々への通路沿いにあるんだ」

「外側の木々には家はあまり作られてないいんだね」

第一章　天空都市シエーロへ

眺めながら問うと、エイフが頷《うなず》いた。

「あれは貴族の屋敷のようなものだ。そうだなぁ、辺境の貴族を想像してくれ。一本の木が彼等の領地だ。この都市では守護家《しゅごけ》と呼んでいる。目に見える屋敷は守護家のものだ。彼等は領地である木と、それぞれへ通じる通路の管理を請け負っているんだ。中には通行料を取る守護家もある。通行料を取れるだけの、取引となる材料があるってことだ」

その家の木にしか成らない実もあるという。特殊な実は、薬や嗜好品《しこうひん》などへ作り替えられる。屋台から場所代をもらって、人々の通行料はタダ、という守護家もあるらしい。

橋は網の目のように張り巡らされている。たくさんのルートがあって、一つが使えなくなろうとも問題ない。貴族である守護家の人々は地面に下りないまま巨樹と行き来ができるそうだ。彼等はほぼ地面に下りないらしい。

「変なの」

「だよな。まあ、そうした風習も含めて、天空都市と呼ばれているわけだ」

「わたしたちは巨樹の上には行けないの？」

「幾つか方法はあるぞ。冒険者ギルドで依頼を受けるのが一番手っ取り早い。貴族に知り合いを作ってもいいな。一番上には入れないが、そこそこの上層には行ける。それでも、見下ろす世界は壮観だ」

「行きたい！」

「じゃ、虫退治の依頼が入ってることを祈ろうぜ」

エイフの不穏な言葉におののきかけたクリスだったが、魔物退治だと思えば問題ない。自分に言い聞かせて、屋台通りへと突入した。

屋台では、ガレルでも食べたような串焼きや肉巻き、サンドイッチなどが売られていた。ハンバーガーも多種多様で選ぶのが大変だ。野菜が足りないと思ったものの、それらはエルフ料理で食べられるらしい。

「エルフの飲食店って、つまり野菜料理ってこと？」

「あとは虫の肉だな。木の実も多いが」

「……虫か」

クリスは自然と顰《しか》め面《つら》になった。

「あ、さっきの虫退治とは別な。さすがに害虫はほとんど食わない。食用の虫は中層あたりで飼ってるってさ」

「あー、うん」

「この話になると、みんなクリスみたいな顔になるんだ」

「エイフは大丈夫そうだね」

「俺はなんでも食うからな」

虫食はエルフに好まれているため、生産者は立場が上らしい。反対に、小麦生産は地面で行うため下層の仕事という立ち位置だとか。そのおかげかどうか、屋台で小麦を使った食品は安い。

第一章　天空都市シエーロへ

肉類はシエーロの外にある山中で狩ってくるものだから、これもさほど高くなかった。

クリスは、エルフ御用達《ごようたし》の飲食店に行くのは一度だけでいいなと思った。物は試しで行くだけだ。後は屋台で十分である。足りない野菜も山中で採ってくればいい。

ギルドの依頼も、シエーロの外で行えるものを選ぼうとクリスは決めた。

その日は考えた末に【水】の紋様紙を使った。初級紋様紙の売値と水の運び賃を天秤《てんびん》に掛けたのだ。紋様紙作成の労力を考えると勿体無いかもしれないが、紋様紙の売値よりも運び賃が高い。クリスは自分の労力については考えないことにした。

「あー、気持ち良かった！」

「俺も入っていいか？」

「どうぞー。温くなったけどいい？」

「洗えりゃそれでいい」

旅の間にエイフもお風呂に入っていた。クリスが特注したお風呂に入るには窮屈《きゅうくつ》だったようだが、なんだかんだで気持ち良かったらしい。

「これまで気にしたことはなかったが、湯船に浸かるってのは確かに疲れが取れるし気持ちがいい。ニホン組様々だな」

「わたしも、お風呂に関してはニホン組ありがとう、だね。ところで、着替えちゃんと持って入ってるんだよね？」

「……収納袋、取ってくれ」

クリスは半眼のまま、早くも散らかされた状態の山から収納袋を摑み、腕だけお風呂場に突っ込んだ。


翌日ギルドに行くと、早速エイフに指名依頼が入っていた。パーティーで受けてもいいが、クリスは薬草の種類が気になるため別行動を取る。エイフは金級として名前を売り、巨樹の高層での仕事をもらえるようにするという。「頑張ってねー」と手を振って別れた。

クリスはシエーロの外に出るため、馬車の預かり所からペルとプロケッラを引き出した。こうした預かり所では頼めば馬の運動も代わりにやってくれる。が、馬だって気分転換が必要だろうし、彼等は護衛にもなる。一日ぶりに会った二頭は、交互にクリスを可愛がってくれ、ついでにイサにも鼻キスをしていた。鼻水が付いたイサはちょっぴり不服そうだった。

門兵に依頼書を提示してシエーロの外に出ると、すぐに探索だ。

森の中は清々しく、クリスはホッとした。巨樹だって木なのだから森の中にいるのと違いはないのに。

第一章　天空都市シエーロへ

「人の多さかな？」

「ピ？」

「巨樹よりも、こっちの方が気持ちいいと思って」

「ピピ！」

イサも同じらしい。ピコピコと尻尾《しっぽ》を振って同調する。そこにプルピが飛んできた。

「観光は終わったの？」

「見回《みまわ》リト言エ」

「はいはい。ここの精霊さんたちとの交流は済んだ？」

「フフン」

何故かドヤ顔のプルピだったが、クリスは自分から話を振っておきながら薬草を探すのに必死だ。視線が地面や木々の間を彷徨《さまよ》う。

それでも怒られることはなかった。クリスの中でプルピはすでに身内のようなもので、彼もそれを受け入れている。クリスの適当な対応を喜んでいる節もあった。

「噂ヲ聞イテ、我ガ家ヲ見タイト言ウノデ見セテヤッタトコロダ」

「……もう作らないからね？」

また新しく作ってほしいと言われたら大変だ。

精霊たちから対価はもらったが、同じ家ばかり作り続けて少々飽きてしまった。更に、紋様紙描きの方が思うように進んでいなかった。トリフィリの花を見付けたら、インク作りもしておきたい。だから依頼があってもお断りするつもりだった。

「安心スルガイイ。ココノ者ドモハ、大樹ニ家ガアルノダ」

「そうなの？」

「上部ニアル柔ラカイ葉デ作ッタ、揺レル寝床ナノダソウダ」

「へぇ。ハンモックみたいなものかな？　面白そう」

それに、巨樹の上部にある葉が柔らかいとは知らなかった。クリスはプルピの話を聞きながら、見付けた薬草を次々と採取していった。


休憩の際、クリスは精霊たちから家の対価としてもらった石を使うことにした。

小さな川から水を汲んで、そこに石を入れる。これは「灰汁取《あくと》り石」と彼等が呼んでいるもので、水の中にある「生き物にとって体に悪いもの」を吸い取り浄化するらしい。おはじきのような形の、小さくて軽い石だ。何度か使用できる灰汁取り石は、よほどの毒水でない限り使えるという。水さえあればいいので有り難くいただいた。

灰汁取り石は、クリスが一度喜んだせいで貨幣のようになってしまった。精霊たちが次々と持ってきたのだ。家馬車の居間兼作業場にある棚の一角が埋まってしまうほどで、「もう要らない！」と断ったのはつい最近のことである。

「わぁ、本当に綺麗になった」

「浄水ホドデハナイガ、飲用水ニチョウドヨカロウ」

「うん。美味《おい》しい。ペルちゃんとプロケッラも飲んでみて……」

と、クリスが言う前に二頭は川の水を飲んでいた。

「仲良きことは美しきかな」

「ピ？」

「嫉妬してるんじゃないから。喜んでいるんだからね」

「ピ！」

「イサにもいつか彼女ができるのかな」

「ピピ」

イサが自慢げに胸を膨らませたので、クリスはついつい拗《す》ねてしまった。

「ふうん、できるんだ」

「ピッ、ピピピ！」

「そんな慌てなくても。妖精《ようせい》だって彼女ぐらいできるだろうし。ただ、離れちゃうのは寂しいかな。あ、でも、結婚したら普通は自分の家庭を築くために独立するものだし……」

「ピピピ、ピピピ！」

「あ、うん。そうね。まだ先だよね？　って、そういう意味かな？」

「ピッ！」

なんとなく話が通じてしまい、クリスは笑った。イサは鳥らしからぬ、ほうっと安堵《あんど》の溜息《ためいき》を漏らす。妖精だからと言ってしまえばそうだが、本当に変わった小鳥だ。

精霊のプルピもおかしいので、妖精だっておかしいのがいるのかもしれない。この世界はいろいろな種族がいるし、魔法もあって不思議なことだらけだ。クリスはなるべく前世の常識にとらわれないようにしようと思いつつも、やっぱり時々戸惑《とまど》うのだった。

自分自身で欲しかった分も含め、依頼の薬草も採取し終えてシエーロに戻った。

先にペルとプロケッラを預けてから、ギルドへ行く。プルピはペルたちに付いていったが、馬と遊びたいわけではなく家馬車で過ごしたいそうだ。どうも彼は家馬車を第二の家のように思っているらしい。クリスは「勝手にどうぞ」と置いてきた。

イサは彼等とクリスを見比べ、慌てて飛んできた。心優しい彼の頭をなでなでするのは当然のことである。

「あら、随分綺麗に採取してあるわね。根っこが必要なものと葉だけのもの、そうした見分けができるのは大事よ」

「ありがとうございます」

「あなた、小さいのに偉いわ。今回の仕事、最高品質のランクとして受け付けておくわね。指名依頼が入りやすくなるの。その分料金が上乗せになるし、問題はないと思うけどいいかしら?」

「はい!」

綺麗な受付の女性に褒められて、クリスは頰《ほほ》を染めた。女性はちょっぴりセクシー系で、服装も胸元が強調されている。が、決して不快に見えない。このギリギリのラインを見極めるのは難しいはずだ。女性の目は厳しいからである。けれど同僚との様子を見ていても問題がなさそうだった。つまり、この受付女性は性格もいいはずだ。

「あの、お名前を伺ってもいいですか？」

「ええ。もちろんよ。わたしはマルガレータ、よろしくね」

優しい態度に、クリスは自分の選択は間違っていなかったと思った。

マルガレータはクリスの名前を覚えてくれたし、今のやり取りから、より強く記憶してくれるだろう。仕事もできる様子なので何かあった時に相談しやすい。もちろん、何もない方がいい。けれど、ギルドの仕事というのは大抵何かあるのだ。特にまだ未成年のクリスにとって問題が起これば困ることは多い。

職員を味方に付けておくのは大事なことだった。それが女性なら、なお良い。

シエーロ出身らしく、マルガレータはエルフのようだが耳はさほど尖《とが》っていなかった。他の種族の血も引いているのだろう。職員のほとんどはエルフで、耳の先が長くて尖っている。ただ、クリスが前世で見聞きした「エルフ」ほどではない。

都市内を歩いていても感じたが、体型は様々だ。細いというイメージがあったため、少し不思議な気もする。そして、エルフだからといって美男美女ばかりというわけではなかった。普通に考えれば当たり前だ。けれど、それほどファンタジー小説やゲームに詳しくないクリスでさえも「エルフは美男美女」と勝手に思い込んでいた。なるべくフラットに考えようとしても、つい「あれ？」と一瞬違和感を抱くのだった。

宿に戻るとエイフもほどなくして帰ってきた。

依頼は順調に終わったようだ。二人してまた食べに行く。都市の宿暮らしだと料理を作らないでいいのがクリスには有り難かった。もちろん安い屋台があるからだ。

しかし本日はエルフの店へ行く。

「なるべく虫がないメニューにしようね？」

「分かってるって」

本当に分かっているのかどうか不明な返事だが、彼に任せるしかない。

以前ここへ来た時には数ヶ月滞在したそうだから、どの店がいいかも知っているだろう。味については信頼している。迷宮都市ガレルで日本の料理を出してくれる店に案内してくれたのが彼だからだ。

しかし、エイフはやはり分かっていなかった。案内された店でよく分からない名前のメニューを勝手に頼み、出てきたものが何かの虫の足だったからだ。

「ギャー！」

「おい、それが『可愛い女の子』の出す声か？」

「だって！　毛、毛が生えてる！　あと、大きいよっ！」

「ピピピ！」

イサも抗議している。でも、いくら妖精とはいえイサは小鳥だ。小鳥が何故、虫を嫌がるのか。普段のクリスならすぐに突っ込んだだろうが、今は目の前の恐怖である。

「いやだー、あっちのテーブルで食べて！」

「へいへい。美味しいのになぁ」

「わたしは虫以外の料理でお願いします！」

店の人は慣れているらしく、クリスの失礼な態度を笑って許してくれた。

後から出してくれた野菜料理は大変美味しかった。それが救いだ。

最後に「もしかしたら、これなら食べられるかもしれないよ」と、小皿に入れた炒め物が出てきた。手間の掛かる料理だという。どう見ても何かの肉で、どう考えても虫だ。

クリスが眉間《みけん》に皺《しわ》を寄せて考えていると、エイフが食べ終えて戻ってきた。

「無理すんな。俺が食べてやるよ。悪いな、店主」

「いえいえ。外の人は本当に苦手らしいからね」

そんな会話を聞いて、クリスは自分のひどい態度を後悔した。ならば、すぐ反省の成果を見せるべきだ。クリスは皿に手を伸ばしたエイフを止めた。

「女は度胸、食べます！」

「おっ、挑戦するのかい？　頑張れ！」

「おい、クリス。無理すんなって」

「いいの。せっかくだもの。きっと見た目が分からないようにしてくれたんだよね？」

店主が頷いた。クリスは覚悟を決め、口の中に放り込んだ。これは肉、肉だ。そう言い聞かせる。しかし、味を確かめる間もなく飲み込んでしまった。

再度、口にした。大丈夫大丈夫。さっき飲み込んだじゃない。昔の人はタンパク質として虫を食べた。どこかの県でも飛蝗《ばった》や蜂を食べるじゃない。……姿を思い浮かべるようなことを考えるなど言語道断だ。クリスは目を瞑《つむ》って咀嚼《そしやく》した。

「……だ、大丈夫だと思う。うん」

「お、いけたかい？」

「うん、えっと、味は美味しい」

「そりゃ良かった」

「えーと、鶏肉《とりにく》に近いと言えなくもない。ヴヴァリ系じゃないね。鶏肉だ」

「このあたりじゃ鶏肉は食わないからなぁ。王都なら飼育もしているらしいが」

「あ、そうなんですか」

「それよりヴヴァリなんて高級品、そっちの方が驚きだよ」

確かに、ヴヴァリは高級牛肉と言っても差し支えない。

天空都市シエーロはダソス国の王都から離れている。迷宮都市ガレル側に近く、平原に住むヴヴァリの方がまだ手に入りやすいそうだ。とはいえ、滅多に手に入らないという。

普段、彼等が虫食なのは安定して手に入るからであって、肉は肉として楽しみなようだ。

店主と話をしていると、エイフが「ヴヴァリなら余分に持っているから分けるぞ？」と提案していた。もちろんタダではない。売るのだ。

　実際、エイフの収納袋には大量に入っている。そしてクリスたちはまた、来た道を少し戻ってペルア国の王都に向かう予定だ。平原に出れば何度でもヴヴァリは狩れる。商売っ気が出るのはエイフだけではない。

「ついでに、わたしたちの分も作ってくれたら嬉しいんだけど」

「おっ、それはいいな。ここの店主は腕がいいんだ」

「いやー、参った。そう言われちゃやるしかない。って言っても、ヴヴァリが仕入れられるのは有り難いことだよ。任せとけ。調理代はもちろん要らない。お嬢ちゃんは野菜が好きなようだから、野菜料理も付けてやろう。どうだい？」

「嬉しい！　ありがとう！」

　ということで交渉成立だ。ヴヴァリの買い取り額もクリスが想像したよりずっと高く、ほくほく顔でお店を後にした。


　翌朝は宿で朝食を食べたのだが、その時に不穏な噂を耳にした。巨樹の地下から汲み上げている水が枯渇《こかつ》するのではないか。そんな噂だ。

　エイフとクリスは顔を見合わせて、宿の女性に話を聞いた。

「ええ、まあ、そんな話はありますよ。古い井戸が涸《か》れ始めてね。新しい井戸だとそうでもないんですけど」

「巨樹自身に必要な量も考えないといけないだろうしな」

「そうなんです。地下神殿の方でも調査を続けてるそうですけどね」

聞けば、地下水を管理するのは神殿らしい。神殿は巨樹を世界樹として崇めているため、水位が少しでも下がるとすぐに水の配分を差し止めるとか。命の方が大事だろうに、神殿の決めたルールは厳しいようだ。

「水の制限が始まると長期滞在は危険だな。制限がかかっても宿は比較的最後まで緩くしてもらえるんだが」

「お風呂もきっと使用できなくなるんだろうね」

「ああ。制限される前に、今日の分だけ頼んでおこうぜ」

「うん」

宿の女性に頼むと、クリスたちはギルドへ向かった。

水が配給制になると一番困るのが洗濯らしい。今でもかなり節水しているので洗濯技術は発達しているそうだが、どうしても濯ぎが必要になる。もちろん、飲み水にも事欠くようになれば洗濯がどうのと言ってられないが。

クリスは思案して、ギルドに到着するとマルガレータを捜した。クリスが何か思い付いたと気付いたらしいエイフも一緒に後を付いてくる。ニヤニヤ笑っているので怪しいことこの上ないが、腐っても金級だ。誰も何も言わない。そしてマルガレータは、クリスの後ろに立っている不審な男を見ても顔色一つ変えなかった。プロだ。

「おはよう、クリスさん。今日も採取の依頼を受けるの？」

「おはようございます。今日は違うの。実は、紋様紙をこちらに卸《おろ》したくて」

「あら、もしかしてクリスさんはスキル持ち？」

「ううん。スキルは持っていないけど――」

と、これまでにもあちこちのギルドで説明した内容を繰り返す。いわく、魔女様に教育してもらい、スキルなしでも「時間はかかるが」紋様紙を描くことができると。

マルガレータは目を丸くして驚き、それからとても嬉しそうに笑った。

「良いお話を聞けたわ。ぜひ買い取らせていただきたいのだけれど、その前に検分する必要があるの」

「もちろんです。それと、相談したいこともあって」

だから時間を取ってほしいとお願いする。マルガレータは微笑んだ。

エイフは今日はクリスに付き合うつもりらしい。一緒に小さな会議室へついてきた。

「まず、冒険者向けに使ってもらえるような紋様紙を出しますね」

「有り難いわ。持ち込みはあっても、不要なものが多いのよ」

マルガレータはクリスが提出した紋様紙を丁寧に確認すると、満足そうに頷いた。どれも彼女のお眼鏡《めがね》にかなったようだ。

クリスが提出したのは「防御」や「身体強化」「探査」「回復」などだ。どれも初級レベルになるが使い勝手がいい。更に「浄化」も入れた。初級の「洗浄」より格上になる。

マルガレータは浄化の紋様紙のところで手を止めた。

「これも？」

「はい。実は水不足になるという噂を聞きました」

「あれね……。定期的にあるのよ。この時期の大きな渇水《かっすい》は珍しくて、だからこそ今回は制限が長引くかもしれないと心配してるのだけど」

「だからです」

マルガレータは目をぱちくりさせた。エイフは理由に気付いたようだ。冒険者だからだろう。クリスは持参した大きな荷物入れから、他にも幾つかの品を取り出した。

「制限が始まると、命に直結しないものから使えなくなりますよね？　たとえば体を洗う水なんて真っ先にやられませんか？」

「そうね」

「男性の多い冒険者だと、たぶんそんなに気にしないと思います。でも魔物や虫を相手に戦うし、あるいは怪我《けが》をすることも多いでしょう？　汚れをそのままにするのは良くないです」

「ええ、ええ、そうよ」

「浄化の紋様紙は本来なら中級レベルだけど、扱いはそれほど難しくありません。たとえば一つの部屋に集めた冒険者たちをまとめて綺麗に『浄化』できると思うんです」

「クリスさん、最高よっ！」

「そして、これです！」

クリスはえへんと自慢げに、あるものを取り出して見せた。

一月半の旅の間、クリスたちが通ってきたのは草原ばかりではなかった。荒野もある。そこには辺境の人々が使う洗浄剤代わりの品もあった。黄色いサボテンから作るパキュカクトスだ。硬くて割るのに力はいるが、節で割った後は少し削ぎやすくなり、削いだ中身が丸ごと洗浄剤となる。

「水で濯ぐ必要のない洗浄剤です。体を洗うのにも使える優れものですよ」

「これ、荒野にしかないものじゃないの。冒険者の間では人気商品よ？」

「ふっふっふ」

嬉しくて、つい笑ってしまった。

そんなクリスを落ち着かせるためだろう。エイフがクリスの三つ編みの先を握って引っ張った。下ろしているとすぐにここを持つので、毎回手で払う。今回も無意識に手で払ってから、荷物入れに手を突っ込んだ。

「あと、もう一つ提案があって。実は昨日、森を探索したんですけど、意外と近くに川が流れてますよね」

「まさか飲んだりしてないでしょうね？」

「……ペルちゃんとプロケッラ、馬に飲ませちゃったんですけど。ダメな水なの？」

青くなったクリスに、マルガレータは慌てて「違う違う」と否定した。

「上流側で冒険者が使うこともあるの。その、いろいろと。そう考えると嫌でしょう？」

「ああ、そういうことですか」

それは嫌だ。魔物の解体で使っているのも嫌だが、もしも男たちが水浴びをしたのだと考えたら怖気《おぞけ》が走る。これは差別ではない。少女なら当然感じて然るべき感情だ。そう、つまり当たり前の――。

「クリス、落ち着け。ほら、震えてないで話の続き」

「あ、うん。落ち着いた。ごめんなさい、マルガレータさん」

「いいえ。その気持ちは分かるわ。それで、その小さな石は？」

クリスはハッとして、取り出したおはじき型の石を手に持った。クリスが精霊たちに家を作ったお礼としてもらった、灰汁取り石だ。通貨代わりとして持ってくるから、溜まりに溜まって扱いに困っていた。

「これ『生き物にとって体に悪いものを吸い取り浄化する』石なの。何度か使えるから便利でしょう？」

「……待って、これは一体何かしら」

「ええと、わたしは灰汁取り石って呼んでます。昨日は、これを使って川の水を飲んだの。

冒険者にいいと思いませんか？」

マルガレータが目を瞑った。それから指で眉間の皺を揉《も》んでいる。

クリスはちょっと困って、振り返った。エイフは笑顔のままだ。けれど、肩に止まっていたイサがどこか呆れた様子で溜息を吐いている。いつも思うが、彼は仕草が人間臭い。

「あのね、クリスさん。そんな石があるなんて、わたしは知らないわ」

「え、でもだって」

プルピたちが言ったのだ。「どこにでもあるというわけではないが珍しい品ではない」と。探せば落ちているとも言った。人間も持っている、と。そう、仲良くなった人間に何かのお礼で渡すこともあるから、それほど珍しくはない――。

「えっ？　これ、本当に通貨になるの？」

「クリスさんが何を言っているのか、わたしには分からないけれど。少なくともダソス国では見かけたことがないわね。どこかの迷宮からなら出ているかもしれない、と想像はできるわ」

迷宮独自の品は多く、そうしたものは他国にまで広がらない。だからマルガレータが知らない品もあるだろうと、彼女は言っているのだ。そして一般的な常識を持つギルド職員の彼女が知らない品が、目の前の灰汁取り石である。

「……」

二人して黙っていると、エイフが間に入ってくれた。

「ま、そうした品が手に入ったということで仕入れるのはどうだ？　幸い、金級の俺が一緒だ。『俺なら』珍しい品を持っていたって不思議じゃない」

「エイフさんですね。昨日も素晴らしい成果を上げてくださったとか。お話は聞いております。承知しました。では、お二人のパーティーから仕入れたということにしましょう」

「あ、はい。お願いします」

「性能の確認、調査のために精霊樹を使って情報のやり取りを行いますがよろしいですね？」

クリスは振り返ってエイフを見た。彼が頷いたため、クリスも頷く。マルガレータはそこでようやく微笑んだ。

「エイフさん、彼女に冒険者としての知識を教えてあげてくださいね？　とても良い子だということは、たった二日しか接していないわたしでも分かります。悪い大人から守ってくださいね」

「ああ、分かった」

「では、金級でしたら精霊樹から情報を得る権利があるわ。信頼できる職員に依頼すれば取り出せることはご存じよね？」

「嫌味を言うなよ。俺だって、クリスがまさか灰汁取り石まで出すとは思ってなかったんだ。せいぜい紋様紙を売りつけるだけだとばかり――」

「エイフ、分かってたなら止めてよ！」

「お前が嬉しそうに出しちまったんだから仕方ないだろ」

「だって、プルピたちが普通にくれるんだもん！　人間も持ってるって言うから」

「へいへい、俺が悪い。じゃ、信頼できる職員に丸投げしようぜ」

そう言うとマルガレータに笑顔を向けた。彼女は肩を竦め、手のひらを見せた。そこに、エイフがギルドカードを置く。

「では作業してきます。その間、少々お待ちくださいね」

彼女が部屋を出ていくと、途端に室内はシーンとなった。こういう時に限ってイサは羽ばたかないし、鳴きもしないのだ。

「……怒ってる？」

「何故？」

「だって、勝手なことしたもの」

「まあ、これぐらいなら問題ないだろ。どのみち、妖精を連れ歩いてるんだ。その関係だろうと思ってくれるさ」

「うん。あの、ごめんなさい」

「謝る必要はない。多少目立っただけだ。それも金級の冒険者がいれば、なんとでもなる」

「えと、じゃあ、ありがとう」

この答えは正しかったらしい。エイフはクリスの頭をやや強引に撫《な》でた。まとめた髪の毛がぐしゃぐしゃになるが、そこは許容すべきだ。諦めよう。

「エイフ」が持ち込んだ灰汁取り石は、すぐに買い取ってもらえた。性能の検査の前に、精霊樹の情報網で出てきたからだ。過去、精霊の気紛《きまぐ》れで大量に出回ったことがあるらしい。人間界ではほとんど発見されたことはないが「精霊界では」珍しくないそうだ。

今でも精霊がよく現れる地域では使われているらしい。クリスが恐れるほど「貴重」な品ではなかった。

ただし、水が貴重な天空都市シエーロでは高価になる。今後、外から水を運ぶにせよ腐敗の問題もある。そのため大事に使うそうだ。当然だが金額もそれなりになった。まだ家馬車に山ほどある、とは言えなくなったクリスである。

他にも、紋様紙がいい値段で買い取ってもらえた。吟味《ぎんみ》した結果、良い物だと認められたのだ。これは素直に嬉しい。スキル持ちと違って時間を掛けている。頑張って丁寧に描いた成果だと思えば、にやけてしまうのも仕方ない。

パキュカクトスも買い取り額は想像より高く、提案して良かった。

しかし、マルガレータには懇々と説教された。先輩冒険者であるエイフにまずは相談しましょう、と。

「世の中には悪い人間が多いの。妖精を欲しがる奴だっているわ。イサ君だったかしら。その子のことは冒険者ギルドの情報に乗ってしまっているけれど、外ではできるだけ普通の小鳥だと思わせること。いいわね？」

「はい」

「灰汁取り石についても、精霊にもらっただなんて余所《よそ》で言ってはダメよ？」

「はい」

「本当に、あなたが魔法ギルドに持ち込まなくて良かったわ」

「え、どうしてですか？」

クリス自身、最初から魔法ギルドに行くつもりはなかったが、理由は気になった。魔法ギルドへ行かなかったのは、迷宮都市ガレルで嫌な思いをしたからだ。

クリスには紋様士スキルといった紋様描きに必要なスキルがない。そのせいで足下を見られ、紋様紙の買い取り額がびっくりするほど低かった。仕方なく冒険者ギルドに赴いて通常の金額で買い取ってもらった、という経緯がある。

だから今後も同じように冒険者ギルドで買い取ってもらおうと考えた。けれど、天空都市シエーロまで魔法ギルドは「よくない」のだろうか。――はたして。

「ここの魔法ギルドはエルフの中でも生え抜きの人たちが所属していてね」

「あー」

「ふふ。想像がついた？　彼等、プライドが高いのよ。そんなだから、スキルなしのあなたが描いた紋様紙は買い取ってくれなかったと思うわ。でもね、もっと問題なのは、灰汁取り石のような希少な品を持ち込んだ時の対処なの。彼等はそれを一般に広めてくれないわ。研究材料として使うだけ使って、終わり」

「そんな」

「だから、いざという時に放出できる仕組みのある冒険者ギルドの方が、良かったというわけ。パキュカクトスだってそうよ。彼等はきっと一般には売ってくれないわ」

どこもいろいろあるようだが、シエーロの魔法ギルドも問題があるらしい。クリスは行かなくて良かったと、胸を撫で下ろした。


この日はこんな調子だったため、依頼は一つしか受けなかった。ちょっとそこまで程度の、簡単採取一本だ。エイフは文句を言うでもなくクリスについてきた。

道中は「冒険者の心得」をクリスに教えてくれる。とはいえ軽い内容だ。

ギルドの受付に行く場合は若い女性より、少し歳《とし》を経た人がいい、などだ。笑い話のように教えてくれる。受付に女性が多いのは清涼剤のようなものだ。女性がいるだけで柔らかな空気になる。冒険者は男性が多いため、殺伐《さつばつ》とするのを防ぐためだろう。それにギルドの職員にも力仕事はある。力仕事は男性に割り振られ、力の不要な受付に女性が多くなるのだ。

また、意外とチャラチャラした理由で若い女性目当てに並ぶ冒険者は少ないらしい。仕事柄、命を懸けるかもしれない依頼の相談を、ナンパなどして潰すのはバカのすることだ。

「若い方がいいっていうのは年寄りに多いな。若い頃が懐かしいのと、単純に若い女と話せる機会が他にないからだろ。若いエキスを吸うんだってよ」

「あー、そういうオジサンいるよねー」

「あとは、なんだっけなー」

「エイフは割と適当だよね？」

「クリスだって適当だろ。邪魔になったからって灰汁取り石を早々に売ろうとするし」

「うっ」

「呻《うめ》くな呻くな。年頃の女の子なんだろ？」

「うるさいな。いいの、別に」

「ピッ」

イサのこれは注意だろうか。いや、クリスに同意したに違いない。たぶん。

クリスはイサを横目にチラッと見て、それからまた冒険者の心得について聞くことにした。イサはプルルッと震えると動かなくなった。


時間があまりないため、エイフの話していた浄水の泉までは行けなかった。しかし、のんびりと近場で薬草採取するのもたまにはいい。それもこれも同行者がいるからだ。パーティーを組む、というのは存外いいものだとクリスは思った。

いろいろ気遣う部分はあるものの、エイフとは上手《うま》くいっている。もちろん彼の方がかなり譲歩していた。本当ならもっと早く森の中を進めるだろうに、クリスと足並みを揃えてくれる。宿のことでもそうだ。クリス一人なら、中堅どころの宿は取れなかった。

だからこそ、クリスにできることをしようと思った。

実は山中にて、漆《うるし》に似た木を見付けた。樹液を、塗料や接着剤に使えるものだ。前世の記憶と同じである。ところが、これには魔法処理を行うと「保護」する性質があった。たとえば鎧《よろい》などの防具、武器に塗ると保護してくれる。この特殊塗料は剣にも塗布《とふ》が可能だった。

エイフのスキルは「剣豪」だ。剣を使って戦う。動きを妨げたくないという理由から、防具は簡略化された軽鎧のみだった。それすら着けずに戦うことも多い。そんな彼の防具や武器に、特殊塗料は使えるはずだ。

魔女様はこれを「黒灰油《こくかいゆ》」と呼んでいた。適度な油分があり、精製した後に錬金魔法を用いると、ねっとりとした黒に近い灰色となるからだ。

「そんなもの採取するのか？　まあ、俺はいいけど。時間がかかりそうだな」

「紋様紙を使うから早く終わるよ。ちょっと待ってね」

「おい、どうした、大丈夫か？」

「え、何が？」

「そんなにホイホイ使っていいのか？　普段あれだけ文句言ってるだろう」

「待って、わたしそんなに文句言ってる？」

「言ってる言ってる」

ぼやき癖があることは分かっていたけれど、指摘されるほどだったとは！　クリスは呆《ぼう》然《ぜん》としてしまった。そんなクリスの様子を見て、エイフが慌ててフォローしてくる。

「ま、まあ、いいじゃないか。お金の算段ができる女は良い妻になるって言うからな！」

「それ、褒め言葉じゃないと思う」

「そうか？　そういや、嬶《かかあ》天下《でんか》になるとも言ってたっけな」

「……ねえ、それ誰が言ったの？」

「俺を冒険者に育ててくれたオッサンどもだ」

「あー」

「なんだ？」

「ううん。いいの。それはともかく、これからは『経済観念がしっかりしてる』と言って」

「お、おう」

「そりゃあ、けち臭いことばっかり言ってたけどさ」

「なんだよ、拗ねてるのか？　拗ねるな拗ねるな。ほら、紋様紙を使うんだろ」

エイフがさあさあと背中を押すので、クリスは太もも付近のポケットに仕込んでいた紋様紙を取り出した。【抽出】の紋様紙を使って、樹液を強制的に取り出してしまう。

木には直接ガラス瓶をくくりつけた。傷を付けた場所に魔法が飛ぶよう、集中する。紋様紙は指向性を持たせて使わないと意味がない。

クリスが紋様紙を発動させると、小さな栞《しおり》サイズの紙がしゅわっと消えてなくなる。その様子をエイフがじっと見ていた。

エイフには魔女様特製の魔術紋があることは説明していた。クリスしか使わない、というのも話してある。その理由については「魔女様の直接の弟子だから」や「門外不出だから」としていた。事実、誰にも教えるつもりはない。エイフもそこは深く突っ込まなかった。

エイフが気にしているのは「魔女様が誰か」だろう。聞きたそうな様子ではあったが、クリスは気付いてないフリをした。魔女様の話をした時、彼女について「毒舌」だとか「自分が研究したものをホイホイと人にやるのは好きじゃない」性格だと説明している。軽い性格のエイフだけれど、彼は誠実で空気が読める人だ。

だから、知りたいと思っていてもクリスから無理に聞き出すことはなかった。

依頼の採取を済ませるとクリスたちは早々にシエーロへ戻った。せっかく採れた樹液を黒灰油にまで仕上げてしまいたい。エイフも、どのみち今日は仕事の気分じゃないと一緒に帰った。

宿に戻ると、部屋の共有場所で作業を始める。

まずは【精製】の紋様紙を使って不純物を取り除く。【精製】は初級程度の簡単な魔術紋だから使うのに躊躇《ちゅうちょ》はしない。ただし、その後に使う【錬金】は上級レベルだから少し躊躇いがある。魔女様考案とはいえ、いやだからこそ、上級レベルは難易度が高い。描くのには根気が必要だ。

その代わり、【錬金】は指向性の範囲が大きかった。場所の特定だけでなく【錬金】という大雑把な一枚だけで物質を変化させることができるのだ。いわゆる想像だけで魔法が使える。

想像と言っても、何故そうするのかや流れを理解していないと、発動しても上手くいかないどころか不発に終わる。魔女様の家で読んだ本を真に理解したのは前世を思い出してからだが、そのおかげで難しい紋様紙も使いこなすことができるようになった。前世の記憶をハッキリと思い出したことで憂えたこともあるが、今のクリスは前世の記憶があって良かったと思っている。

「さあ、できた！」

クリスが声を上げると、見ていたエイフが驚いた。

「もうできたのか？　早いな」

「紋様紙のおかげだよ。ふっふー。二枚も使った甲斐《かい》はあるんだからね」

「おー。で、どこに売るんだ？」

「売らないよ？　これはエイフの防具に使うんだから。できればその剣にも塗るといいんだけど……」

剣は断られるかもしれない。そう考え、クリスは語尾を濁《にご》した。冒険者にとって、武器は命綱ともいえる大事な相棒だ。いくらパーティーメンバーだからといって、出会って間もない子供に任せるなど――。

「いいのか？　じゃあ、頼む」

「え、そんな、あっさりと」

「そうか？　でも、クリスがお高い紋様紙を二枚も使って作ったものだろ？」

「……わたし、これから自分の言動に気をつけるよ」

「あ？　ああ、まあ、俺は別に何も気にしてないけどな」

「うん。エイフはそのままでいて」

きっとエイフには武器がたくさんあるのだ。そう思うことにした。なんでも詰め込んだ彼の収納袋には武器も入っているのだろう。でなければ、そんな、どうなるかも分からないのに……。

「わたしだけは猜疑心《さいぎしん》を強く持っているよ」

「何か言ったか？」

「ううん。なんでもない。じゃ、今のうちに作業してしまうから出しておいてね」

「おーう。あ、どれぐらいの量があるんだ？　全部は無理だろうな」

「は？」

収納袋をガサゴソしていたエイフが、振り返って問う。その手には剣が握られていた。普段使っているものはすでに壁に立てかけてあったので、違うものだ。他にも防具が幾つか出ている。

「よく分からんが、塗るんだよな？　何セットまで塗れるんだろうなー」

クリスの手元にあるガラス瓶を見て言う。クリスはほんの少し目眩《めまい》がした。そして、この人はこういう人だったなと思い出した。

「薄く塗ればいいだけだから、結構いけるよ。そうだね。全身セットを一としたら、二十はいけると思う」

「おっ、そりゃいいいな。待てよ、でもクリスの分も必要だろうから……」

ぶつぶつ言い出して、エイフは結局厳選された十セットに決めた。

クリスは冒険者用の服には仕込みをしているので、小刀などの武器に塗布する。余ったら家馬車に使ってもいいし、ペルやプロケッラの馬具にも塗れる。保護剤でもあり魔法攻撃を弾く防御にもなる黒灰油は、乾くと透明になるから装飾を邪魔しない。

エイフはそれを眺めて「へぇ」と感心したような声を上げた。

「つやが出て綺麗だな」

「元々そういう性質のものに対してはね。逆に、つや消ししてる刀の部分だと光らないよ？」

「面白いな」

「元の素材に馴染《なじ》むの。これこそが上級レベルの真価なんだよ」

思わず自分の手柄のように自慢したが、開発したのは魔女様だ。けれどエイフはそんな野暮なツッコミはしなかった。笑ってクリスの頭を撫でる。

「ありがとよ」

「ううん。こっちこそ、いつも助けてもらってるし」

「なんだ、それでこんなことしてくれたのか？」

「別にそんなんじゃなくて。偶然見付けたし、珍しいんだよ、これ」

慌てて説明したが、エイフはニヤニヤ笑うだけだ。ここにイサがいたらピッピと笑われていたかもしれない。何だか恥ずかしくて、クリスは作業に没頭した。


イサは翌朝帰ってきた。いつもの文字盤を使って聞いてみると、森でプルピに出会ってから付き合っていたらしい。精霊界で過ごしてから戻ってきたようだ。

「プルピは元気に見回り中？」

「ピピ」

「うーんと、精霊のお友達と遊んでる、ね。分かった」

クリスは紋様紙を補充したいので、今日はギルドの依頼は受けない。イサのことが心配だったのもあり、宿に籠もることにしたのだ。

エイフは依頼を受けにいった。幾つか頼まれているらしい。順調に仕事をこなして、巨樹の上層へ行く足がかりを作っていた。今度こそ一緒に仕事を受けようと話している。

「今日は集中したいから、外には出ないよ。お昼はヴヴァリのハンバーグだけど、いい？」

「ピピピッ！」

「良かった。朝に作ったんだよ。この宿ね、宿泊者が使える台所が結構立派なの。綺麗にしてあるし」

「ピピピ」

「ちゃんと出来たてを仕舞ってあるからね。あ、朝ご飯は食べた？」

「ピピ」

「だったら、良かった。じゃ、お昼になったら教えてね。遊びに行くなら窓を少し開けておくけど……」

イサは部屋に残るらしい。クリスが使っているベッドの枕元に飛んでいって寝てしまった。精霊界で宴会でもしたのだろうか。クリスは笑って、静かに作業を再開した。


ちなみに、宿は朝食付きである。朝から自分たちで調理をする必要はない。

それなのにクリスが朝からヴヴァリのハンバーグを作ったのは、エイフに頼まれたからだ。先日から食べたいと言われていたのを、結果的にスルーしてしまっていた。今朝になってエイフが申し訳なさそうに「食べたいなー」と言い出したため、では「お弁当にしよう！」と作った。素直に喜んでくれるので、なんだかとても良いことをしたような気になったクリスである。

さて、一日集中したおかげで、クリス専用の紋様紙は十分に溜まった。売り物の方はまだ万全ではないが、天空都市シエーロ向きのものは少しずつ溜まっている。

夜の食事はエイフが屋台で買ってきてくれたため、クリスは寝る直前まで紋様紙を描ききった。エイフとイサには、よくやるな、という目で見られた。

自分でもちょっと集中しすぎたなと思ったので、クリスは翌日はギルドへ行くことにした。

Ietsukuri skill de isekai wo ikinobiro 2

{ 第二章 }

新しい友人たち との出会い

Episode. 2

Zetsukuri skill de isekai wo ikinobiro

冒険者ギルドにて、クリスはいつものように採取の仕事を選んだ。他にクリスが受けられそうな依頼は小型の害虫駆除しかなかった。

小さいとはいえ、魔物となった害虫は大きい。どうやって外骨格を支えられるのかと不思議に思うが、そこが「魔物化」による影響なのだろう。虫まで魔法を使うのならばゾッとするが、魔法というより魔力が体を安定させていると思えばいい。

獣型の魔物も同じ。人間が魔物を積極的に狩るのは、彼等のほとんどが「害」獣になるからだ。ただの獣の時よりも攻撃的になり、人間を含めた生き物を多く害そうとする。魔力が増えて体内環境が良くなるせいか繁殖力も高くなった。しかも、魔物からは魔物しか生まれない。

大抵の魔物は人間のような魔法の使い方はしないが、魔力は彼等の身体能力を底上げする。そのため、攻撃スキル持ちの人間でなければ倒せないこともあった。

また、人間は魔力が高くても姿形が大幅に変わることはない。きちんと体内で循環させる器官があるからだ。多ければ排出するし足りなければ吸収する。

魔物にも核と呼ばれるものはあるが、人間の器官とは別だった。

核は魔物を異常にするものだ。そこには魔力というエネルギーだけでなく、不思議な機能が集約する。いわゆる魔法のような能力だ。その異常が続けば魔物は姿形を変えていく。進化と呼ばれるような異形《いぎょう》になったり、より強い攻撃力を得たりするのだ。

人間が恐れるのも道理で、自分たちを害する存在を狩ろうとするのも当然だった。

第二章　新しい友人たちとの出会い

クリスはペルとプロケッラ、イサを連れて森に入った。

重種のペルと、竜馬《りゅうば》の——厳密には違うがほぼ竜馬である——プロケッラは、そんじょそこらの魔物程度なら文字通り蹴散らしてしまう。

魔物よりも人間の方がある意味怖いため、馬たちはそうした意味でも護衛になった。イサも頼りになる。彼には跡をつける者がないか、空からの見張り役を頼めるからだ。

ところで、護衛にもなるプロケッラだったが、目を付けられる可能性もあった。

今のプロケッラは竜馬の姿そのままだ。当初「竜馬」に目を付けられては困ると思い、幻想蜥蜴《とかげ》から作られた幻覚作用を及ぼす薬を使っていた。しかし、シエーロでは使っていない。都市を出入りするのに嘘《うそ》はつけないからだ。幻覚薬は馬具に塗るタイプではあるが、一々付けて外してというのも大変だから、シエーロに入る前に拭き取っていた。シエーロの近くをウロウロする分には大丈夫だろうと、エイフには言われていたのだが。

「なんだか見られてる気がするんだよね」

「ピピ？」

「ペルちゃん、魔物だと思う？」

「ブルルル」

「違うのかー。プロケッラもイライラしてないんだよねぇ」

「ヒヒーン」

「分かったから、ちょっと落ち着いてね」

「ヒン」

プロケッラはペルの前だと澄ましたイケメン気取りなのに、クリス相手だと「俺は強いぞ」と示したがる。最初はマウントしてるのかと思ったが、どうやら彼はクリスのことを「ペルの子供」だと思っているようだ。

実際、ペルはクリスのことを我が子のように愛《いつく》しんでいた。つまり、プロケッラは自分もクリスの親気分でいるのだ。もう、ペルの夫になったつもりでいる。そして、我が子に対して「俺は強い」と示したいわけだ。

——ちょっと面倒臭い。

そんなことは言えないから、彼の自尊心を傷付けないよう親しみを込めてクリスは話し掛ける。

「悪い奴《やつ》らが出てきたら戦ってくれる？　でも、いきなり襲いかかったら、こっちが悪者になるからね。ちゃんと見極めてからだよ。プロケッラなら当然できるだろうけど」

「ヒヒーン」

「うんうん。そうだよね！　さすが、プロケッラ！　できる男！」

「ヒヒヒーン」

何やら嬉《うれ》しくなったらしい。ふんふん鼻息が荒い。それを見てペルがじゃっかん呆《あき》れたような気もするが、ロマンスにとってはただのスパイスにしかならないだろう。

クリスは馬に蹴られたくないので関わらない。二頭が何やら話し始めたけれど、クリスは完全スルーである。

警戒しながらの採取はすぐに終わった。イサがいれば見付けるのは早い。さすが妖精《ようせい》だ。クリスはまだまだ知識頼りなので、どうしても遅い。対して、イサは薬となるような「良いもの」に関しては探すのが早かった。

早く採取が済めば、その場で処理もできる。根を洗ったり、葉を一枚一枚重ねてまとめたりという作業は意外と手間がかかるけれど、その分喜ばれた。普通は採取した現地でやるものではないが、クリスには優秀な護衛が二頭もいる。薬草は新鮮さ第一だけど、丁寧な下処理も大事なのだった。

そうして、現地でできる最大限の処理を終えると、次は自分用の採取に取りかかる。

時間はまだあるのだから少し余分に採っておく。乾燥して粉にすれば体積も減るし、収納袋に入れるほど貴重なものではないから家馬車の中に置いておけばいい。ちょうど灰汁《あく》取り石が出払ったので余裕があるし。など、クリスが段取りを考えながら手を動かしていると、気配を感じた。

先ほどの「見られている」何か、だ。

ペルもプロケッラも、先ほどまでの喧嘩《けんか》なんだか恋人同士の掛け合いだかを止めて、頭を上げた。イサは首を傾《かし》げて「ピピピ」と鳴いた。でも全員、警戒しているわけではない。

第二章　新しい友人たちとの出会い

何故《なぜ》なら、現れたのは精霊《せいれい》だったからだ。

精霊の姿形はこれと決まっていない。各自好きなように好きな形で過ごしている。イサのような妖精は、元々存在する生き物の姿からは逸脱できないようだ。精霊は、多少ユニークであってもいいらしい。さすがに、神様の決めるルールからはみ出すような、つまり醜悪な姿にはなれないようだが。たぶん、なろうとも思わないだろう。

とにかく、精霊にはいろいろな姿形がある。

クリスの前に現れたのも不思議な形をしていた。

「……蓑虫《みのむし》？」

蓑虫のように見えるが、何故か細い糸のようなものが四本ついている。糸の先が玉結びみたいになっていて、それが手であり足であるらしい。位置的にも。

「え、でも、おかしいよね？」

「オカシイトハナンダ」

「あ、プルピもいたの？」

「アア、イタゾ。ヤレ、オヌシトキタラ、ワタシガ目ニ入ラヌノカ。加護ヲ与《あた》エタワタシヲ何ト心得ル」

「あー、精霊界に戻ったのかと」

すると人形みたいに小さなドワーフ姿の精霊は、ぷっくりと膨れっ面になった。あまり可愛《かわい》くないな、とクリスは内心で思った。もちろん口には出さない。彼が拗《す》ねるからだ。

「分かった。おかえり。プルピの家は、わたしのいるところだもんね？」

「ウム」

「じゃあ、精霊界の家は別荘ってこと？」

「ソウトモ言エル」

なんだか偉そうにふんぞり返っているので、クリスは笑った。

それはそうと、目の前でふよふよ浮かんでいる蓑虫だ。

「そちらはお友達の精霊？」

「ソウダ。コノ森デ出会ッタ。ククリ、コレガ加護ヲ与エタ娘ダ」

「※☆◇＋※△＋」

「ウム。良イ娘ダ」

――あ、また話が通じない系のだ。

そもそも人間と精霊は通話チャンネルが違う。というか、彼等が合わせてくれないと話ができない。しかも今回は相当、厳しそうだ。

何度か回線を合わせようとしてくれたのだが、難しかった。

「マ、無理ニ話スコトモナイダロウ」

と、プルピが早々に諦めたほどだ。

蓑虫の精霊は今まで人間と会話をしたことがないらしい。また、プルピほど高位の存在でもないとか。しかし、このあたりの森については詳しいそうだ。

プルピを通訳にして話をしてみると、トリフィリの群生地も知っているという。早速案内してもらうことになった。


蓑虫精霊は名をククリといい「プルピの家すごい」と、その家を作ったクリスを褒めてくれた。ククリにも家があるそうだが、巨樹の葉一枚だという。

「……巨樹の葉一枚でどうやって家になるの？」

「ウム。ソレハナ……ソレハ、ドウヤルンダッタカ？」

「※☆◇＋※△＋」

「アア、ソウダッタ。一枚ヲ巻キ付ケルヨウニシテ眠《ねむ》ルノダッタナ」

「それ、寝袋じゃない」

家ではない気がする。

けれど、ククリが家だと思っているのならと、それ以上口にするのは止めた。

――そもそも蓑虫に家が必要だろうか？　蓑虫の蓑が家ではないのか？　いや、糸のような手と足があるから……。

クリスは精霊の不思議について深く追及するのを止めた。


それはそうとトリフィリだ。

教えてもらった場所は、クリスの足で行けそうにないと分かった。そのため、ペルに乗って移動する。ククリの道案内は馬や人間に優しくなかったが、プルピが気を利かせて「遠回りにはなるが通りやすい道」を選んでくれた。とはいえ、最後尾のプロケッラが時折、忌々しそうに木の枝を振り払っていたが。

やがて到着した群生地は、見事に穴場だった。誰の手も付いていない。

ククリが言うには「人間は入れない場所」らしい。プルピの通訳だから、どこまで正しいか分からないけれど「精霊や妖精の溜《た》まり場が近いから」だそうだ。

精霊たちが好む場所には人間にとっても良いものが多くある。人間たちは素材を求めて後先考えずに採取するという。荒らされたくない精霊たちは、人間避《よ》けの幻惑を掛けて隠すらしい。

「そんな場所にわたしが来ても良かったの？」

「※☆◇＋※△※／◇×」

「ワタシトイウ素晴《すば》ラシイ精霊ノ後ロ盾ガアルノダカラナ！」

「……本当にククリちゃんがそんなこと言ったの？」

「ナンダ、ソノ疑《うたが》ワシソウナ目ハ！」

「疑わしそう、じゃなくて疑ってるんだよ」

プルピが「むきー！」と怒るが、本当に怒ってるわけではない。小さな手をぶんぶん振り回しているだけだ。ちょっと可愛いと思ってしまった。でもこれを言うと、彼は拗ねるだろう。クリスは話題を変えた。

「根こそぎ採るような真似はしないけど、採取はするよ？　大丈夫？」

「構《かま》ワヌ。花ダケヲ採ルノデアロウ？」

「うん。インクに必要なのは花だけだから」

「デハ問題ナイ」

ククリもこくんと頷《うなず》いた。……頷いたはずだ。目も口も見当たらないけれど、手と思われる糸の上部分がひょこんと動いたのだから。

いろいろと気になるけれど、クリスは先に採取を始めることにした。

その間、ペルとプロケッラは少し離れた川の近くで待機となった。早速お互いに毛繕いをしている。ほのぼのとした平和な光景を横目に、クリスは一人採取に勤《いそ》しんだ。


紋様紙《もんようし》は魔術文字によって描かれたものである。ただ描くだけでは上手《うま》く発動しない。魔力を通さなくては使えないからだ。魔力を通し、指向性を持たせて発動させる。

この、魔力を通して魔術紋による魔法を動かすのに必要なものが、紙でありインクだった。通常、売られている紋様紙は羊皮紙やオーク皮紙だ。これらに特殊な処理を施《ほどこ》す。羊皮紙は契約書などにも使うため、下処理まで済ませたものが辺境の町でも売っている。その代わり、処理の仕方が悪ければ紋様紙の発動時に問題が発生した。不発などだ。

インクも同じく、ドリュスと呼ばれる楢樫《ならかしけい》系の精霊樹が堆積したものに膠《にかわ》を混ぜ、更に精製水でじっくり丁寧に馴染《なじ》ませなければならない。ここでいい加減な作業をすれば、やはり問題が出る。同じく不発になったり、魔法の規模が小さくなったりするのだ。逆に爆発することだってあるらしい。


クリスに紋様描きを教えてくれた魔女様は、普段は掃除もろくにしないような面倒臭がりだったけれど、紙やインク作りは「絶対に手を抜くな」と口酸っぱく教えてくれた。

それを使う人のためではない。使った人がクリスを恨まないようにするためだ。

「あんたは人から責められたら言い返せないだろう？　のらりくらりと言い訳できるような、いい加減さがない。だったら、きっちり作りな。きっちり作った上で難癖《なんくせ》つけられたら『お前の使い方が悪いんだろう、バーカ！』と言ってやるんだ。いいね？」

魔女様はワイルドだった。

でも、おかげで、クリスは真面目《まじめ》に作り方を覚えた。元々、細かい作業が嫌いではなかったクリスだから、四角四面に作る作業は楽しかった。まるで実験をしているような気分でもあった。それはそれで、魔女様から「あんた変な子だねぇ」と言われたのだけれど。

ともかく、基本のやり方が目を瞑《つむ》ってもできるようになった頃、次の段階に進んだ。

最高級の紋様紙作りである。たとえば土台となる紙だ。これは魔力を通しやすいパピという植物で作った上級紙を使う。しかし、紙は羊皮紙と違って脆《もろ》いため、経年劣化を防ぐための保護剤をコーティングしなければならない。羊皮紙よりも手間が掛かるが、パピ製の土台は最高級のインクととても相性が良かった。

そのインクは、トリフィリという花から抽出した精油にドリュスの炭を混ぜる。馴染ませる水は浄水《じょうすい》だ。今回は生命の泉の水を使ってみる。これにより、インクの定着が更によくなり、紋様紙の威力も上がる。

この最高級のインクは特別な紋様紙に使うものだ。一般的に、上級紋様紙の一部、そして超上級紋様紙にのみ使われる。紋様士スキル持ちなら必ず学ぶレシピだ。

クリスも学んだ上で魔女様指導の下に作った。けれど、素材が手に入りづらいため在庫が増やせず、チビチビとしか使えなかった。つい先日使った【業火《ごうか》】という上級攻撃魔法がそうだ。失敗の許されない紋様紙だからこそ最高のもので作った。

もし【火】の紋様紙を、パピ製の紙と生命の泉の水で作ったとする。そのへんで売られている【火】の紋様紙と比較すれば、十倍以上の差が出るだろう。威力も精度も安定性も違うし、発動までの時間も短い。高価な素材は高価になるだけの理由がある。

ちなみに、インクの基材に浄水を使っても十分に「高価」だ。それすら王都でしか買えないような「特別製」だと魔女様は話していた。

このトリフィリの精油から作るインクが残り少なかったからこそ、群生地はクリスにとって楽園だった。何度か途中で我に返り「本当にまだ採っていいのか」と聞きながら、一心不乱に採取した。

イサもせっせと採取の手伝いだ。クリスが褒めていると、プルピやククリも手伝い始めた。しかも、通りがかった妖精や精霊たちまで一緒に採取する。どうも遊んでいると思ったらしい。精霊の溜まり場、つまり好きな場所だけあって大勢がやって来る。最終的にはクリスが採取するまでもなく集まるほどだった。

これは後ほどお礼しないといけない気がする。クッキーで大丈夫だろうか。クリスは内心で焦りながら、笑顔で花を受け取った。


さて。たくさんの花をそのまま持って帰ることはできない。クリスの持つ収納袋のポーチに余裕がないこともひとつ。けれど、理由の一番は新鮮さにあった。すぐに処理した方が効果は高いのだ。というわけで、現地で作業を行う。

「じゃあ、この円の中に花を置いてね？」

「ピル！」

「◇※◎×△※／〇」

どさっと山のように積まれた花の山から零《こぼ》れ落《お》ちた幾つかを、皆が拾ってくれる。

円は、近くの木に巻き付いていた蔓《つる》を剝ぎ取って地面に置いて作った。地面といってもトリフィリが植わっている。トリフィリは踏んでも、しばらくしたら元に戻るくらい元気だ。その上に蔓や花を置いたって問題ない。クリスも踏みつけているが、数日もしたら元に戻るだろう。

「では、精油を作ります！」

「ピピピッ！」

イサだけでなく精霊たちも集まって見ているので、クリスは講義をしているような気分で作業を開始した。

まずは花を【洗浄】する。それから【抽出】だ。油を搾り取る。ちなみに作業場所を円形にしたのは、紋様紙を使う時に必要な「範囲指定」がしやすいからだ。

出来上がった精油にドリュスの炭を混ぜ、生命の泉の水をゆっくりと馴染ませるのだが――。

「今回は時間もないので【錬金《れんきん》】の紋様紙を使います」

「ピピピ」

何故か精霊たちが拍手した。蓑虫タイプのククリも拍手している。糸のようなものは、やはり手だったようだ。

皆が楽しそうで、先ほどからイサが助手みたいになってるのも面白く、クリスは笑顔のまま紋様紙を使った。さあっと消えていく紋様紙とは正反対に、素材たちが形を変えて出来上がっていく。

用意していた瓶に、シュルシュルと流れ落ちるようにインクが入っていった。蓋をして翳《かざ》してみると、黒いインクだというのにキラキラと輝いて見える。

「綺麗《きれい》……」

「ピピピ！」

「◇◎※○～△※‼」

精霊たちも気に入ったらしい。瓶の周りを飛び回る。プルピもやって来て、腰に手を当てて偉そうな雰囲気だ。

「ナカナカノ腕デハナイカ」

「紋様紙使ってるから、厳密には違うけど」

「タトエソウデアロウトモ、魔法ヲ使ウニハ思考ガ大事ナノダ。明確ニ理解シテイナケレバ作レハシナイ」

「……そうなんだ」

指向性が大事だと魔女様は言った。それはつまり「魔法を何のために、どうやって使うのかを明確に理解していなければならない」ということだ。クリスはなるほどと納得して頷いた。

そして、プルピに褒められたのだと知り、笑顔になった。

精霊たちはキラキラ光る綺麗なインクを殊《こと》の外《ほか》喜んだ。一部言葉の分かる精霊が、次は

第二章　新しい友人たちとの出会い

浄水で作ってみようと言い出した。浄水の場所も案内してくれるという。しかし、だ。

「もう遅いよ。夕方だもん。急がないとシエーロに入れなくなるかもしれない」

「え〜、もりですごせばいいのに〜」

「※◎△◇」

「アタタカイバショモアルヨー」

「や、わたし精霊じゃないんで。せっかくお高い宿を取ってるんだもん。ちゃんとしたベッドで寝たいです」

精霊のベッドはトリフィリの上や木の洞《うろ》などだ。精霊界に戻るものも多い。人間の、女の子でもあるクリスには、野営以下の状況など辛すぎる。

精霊界に人間が行くこともできるらしいが、気持ちの良いベッドなどあるはずがない。

丁重にお断りし、クリスは急いで戻ることにした。

すると、ククリがぱっと目の前に移動してきた。まるで転移したかのような、突然のことだった。びっくりしていると、プルピが通訳してくれる。

「巨樹ノ下へ行キタイノナラ連レテイッテヤル、ソウダゾ」

「えっ？」

もっとびっくりした。ククリは本当に転移ができるらしい。

――精霊すごい！

なんて良い精霊なんだ、と思ったのも束《つか》の間《ま》、とあることに気付いた。

「そんなことしたら、門をすり抜けたことになるからダメだよ。都市の門を出てきたんだから、ちゃんと通らないと怒られちゃう。最悪、違法越境で捕まるからね」

「デハ、門ノ手前ニ移動スレバ良カロウ？」

「うーん。ペルちゃんとプロケッラの巨体も一緒に移動できる？　それと、人目に触れない場所だよ？」

無理だろうと思って細かい注文を出したのに、何故かククリはやる気を出したらしい。むんっ、と胸を張って――たぶん胸を張っているのだと思うが――腰に手を当てて斜めになった。クリスに向かって、斜めに……。

「あ、ありがとう。じゃあ、お願いしようかな」

「◎※◇△×○！」

任されたことが嬉しかったらしい。手足がパタパタと振られ、まるで操られた糸人形のようだった。


ククリの転移は、あっという間だった。正確には「いきなり」転移されたため、クリスは「は？」と素っ頓狂な声を上げたわけで。

せめて「行くぞ」などの掛け声が欲しかった。しかし、ククリの言葉は電波である。通じるはずもない。

ともあれ、せっかく転移で早く戻れたのだ。ククリにはお礼を言い、門のところでお別れだ。またねー、とクリスが手を振れば、ククリも糸の手を振って消えた。

プルピはイサと共にクリスの頭の上に座り込んでいる。門番が何も言わなかったので、彼には見えなかったのだろう。


クリスは翌日もトリフィリの花の採取に向かった。門の出入りのために採取仕事を受けてきたが、一件だけなのですぐに終わる。花の採取も精霊たちが手伝ってくれたため、空いた時間で浄水の場所へ案内してもらうことになった。彼等にはクッキーのお礼を渡したため、とても喜んでもらえた。

プルピには「精霊使いが荒い」と文句を言われたが、ククリは嬉しそうだ。糸の手が絡みそうなほど喜んでいる。人に仕事を頼まれるのが好きなのだろうか。やけに人慣れしている。気儘《きまま》と言われる精霊にしては付き合いがいいし、プルピもククリも変わっているのだろう。

浄水はトリフィリの群生地から近い場所にあった。というより、どうやらここが精霊たちの集まる「好きな場所」らしい。

窪地《くぼち》になった狭い岩場の陰に、こんこんと湧き出る泉があった。とても小さな泉だ。

太い幹の木々が邪魔をして、人間も獣も見過ごしそうな窪地を下りる。途端に清浄な空気に包まれた。

「すごい……」

「ピピ」

イサも呆気《あっけ》にとられたように嘴《くちばし》を開けている。

ふたりして感動していると、プルピが「早く水を汲《く》め」と言い出した。ククリも待っているような雰囲気だ。精霊にとってみれば、浄水の泉など特別感はないらしい。

「少しぐらい感動させてよ」

「オカシナコトヲ言ウ。生命ノ泉ノ水ダケデナク世界樹ノ慈悲ノ水《オムニアペルフェクティオ》サエ持ッテイルトイウノニ」

「それはそれ、これはこれだよ」

「フウム。ヨク分カラン」

「だろうね。持ってる人は持ってない人のことなんて分からないんだよ」

「ワタシハ、人デハナイ」

「そうだよね！　精霊だもんね！」

言い合いながらも水を汲む。

綺麗な瓶にも入れたが、収納袋に入る余地はそれほどない。そのため、大半はヴヴァリの皮で作った水袋に入れた。もちろん、紋様紙の【浄化】で綺麗にしたものだ。

第二章　新しい友人たちとの出会い

「物ヅクリノ加護ガアル、オヌシガ作ッタノダカラ問題ナカロウ」

プルピがそう太鼓判《たいこばん》を押すので信じることにした。

ヴヴァリの水袋に次々と浄水を入れ、それを持ち上げて運ぶのは大変な作業だった。これほど大変なら、一時的に収納袋の中身を取り出しておいて運べば良かったのだ。ただ、クリスは心配性のきらいがあり、どうしても貴重品を一時的とはいえ外に出しておくのが怖かった。もっとも「これぐらい大丈夫だろう」と甘く見ていたのが一番悪い。

運び終わったあとは太い幹に背中を預けた。さすがのクリスもドッと疲れた。ドワーフの血を引いているらしいクリスは普通の女の子と比べたら力がある方だ。けれど、重い水の入った「ふよふよ」している袋を抱えて岩場を上がるのは厳しい。なかなかの重労働に休憩が必要だった。


少し目を瞑って休んでいると背中から音が聞こえる。

「木の音かな。振動だったっけ？　葉が揺れるだけでも音が聞こえるんだよね……」

綺麗な音だと思う。こんな風にゆっくりしたのは、どれぐらいぶりだろう。クリスは思わず微笑《ほほえ》んだ。

その時、サリサリとした葉を踏むような音がした。とても小さな音だ。何かの気配を感じる。イサやプルピ、ククリではない。もちろん動けば大きな音を出すペルたちでもなかった。けれど、だからといって悪い気配でもないのだ。

クリスはそろりと目を開けた。

そこにはとても美しいエルフの男性が立っていた。彼は怪訝《けげん》そうな顔でこう言った。

「あ、なんだ、生きてたのか」

これぞエルフ、という姿にクリスがポカンとしていると、その青年が呆れた顔になった。

「お前、頭は大丈夫か？　知らない男が急に現れたんだぞ？　そういう時は走って逃げろ。お前よりもっとチビでも知ってるぞ。親は教えてくれなかったのかよ」

――うーん、口が悪い！

クリスこそ呆れてしまった。が、彼の言うことは正しい。クリスは急いで立ち上がった。

「精霊があなたを警戒してないから。だから、いい人なんだと思ったの」

「へぇ。お前、精霊が視《み》えるのか」

今度はジロジロと上から下へ視線が動き、じっくりと観察される。クリスはちょっぴり不快に思いながら、仕返しとばかりに青年を見つめた。

エルフの年齢は分かりづらいが、青年の見た目は二十歳ぐらいだろうか。少年時代を抜けた、ぐんぐんと大人の男に向かっている、というような不安定さがある。見る人が見ればキャーと騒ぎそうな美形だけれど、美少年というほど細くない。しっかりと筋肉が付いている。

――まあでも、エイフほどじゃないんだよね。

相手も品定めしているのだから、クリスだってしてやろう。そんな気持ちで、少し辛口

の採点をしてみた。だからか、青年がほんの少し眉根を寄せた。

「俺が美形すぎて言葉も出ないか」

「外面と内面の美しさは比例しないんだな、って思ってたところです」

青年は今度は明らかにムッとした。

でもクリスからすれば、口の悪い相手に対して繕う必要はない。

あと、これは本当のことだが、精霊も妖精も彼を警戒していないのだ。むしろ楽しそうだった。馴れ馴れしくしている精霊もいて、つまり顔見知りの可能性が高い。

知り合ったばかりの、この辺りにいる精霊のみならず、クリスと仲の良いプルピやイサが平気なのだ。悪意はないだろう。

口の悪さは普段から。そして、たぶん、ここは彼の大事な場所だったのではないだろうか。そこに見知らぬ少女が座っていた。つまり、青年の方がクリスを警戒している。

そう気付けば、クリスが殊更《ことさら》に警戒する必要はない。クリスはにっこり微笑んだ。

「仲良くなった精霊たちに教えてもらって浄水を汲んだんだけどね。ちょっと疲れて休んでいたの。すぐに出て行くし、あなたの穴場については誰にも話さないから」

「……別に、俺だけのものってわけじゃない。追い出すつもりもないから、疲れてるなら休んでいけばいい」

「いいの？」

「俺のものじゃない。ここは精霊が好きな場所だ。汚さなければ、それでいいんだ」

第二章　新しい友人たちとの出会い

「ありがとう」

クリスがお礼を言うと青年は視線を逸《そ》らした。でもすぐに戻して、にぱっと少年のような笑みを見せたのだった。

青年はマリウスと名乗った。話を振ってみると素直に応じてくる。特に精霊の話題では、誰かに聞いてもらいたかったのか前のめりで話し始めた。彼は昔から精霊に好かれる性質で、よくイタズラをされて困っていたそうだ。精霊のイタズラは都市内だと人が多いために迷惑をかける。精霊が見えない人からすれば「マリウスが悪い」と思われ、仕方なく人の少ない森へ出るようになった。結果的に、マリウスは狩人《かりうど》という職に就いたという。

大人になって「精霊たちは楽しいことが好き」で、更に「遊んでいたつもりらしい」と分かったそうだ。本精霊たちは悪い意味でイタズラをしたつもりはなかった。彼等と仲直り（？）してからは、精霊の助けを得て狩人の仕事をこなしているとか。

そんな話を、会ってすぐのクリスにする。

彼こそ、警戒心が足りないのではないだろうか。クリスは目の前の青年が心配になった。マリウスのことは大きな少年だと思うことにした。口が悪いのも少年だと思えば分かる気がする。

その後、話が途絶えたため困ったマリウスが浄水を汲みに行った。クリスはお言葉に甘えてゆっくり過ごすつもりだった。ところが、戻ってきたマリウスがそわそわとこちらを気にしている。まだ話を続けたいのだろうと、クリスが「いいですよ」というつもりで彼を見れば、にぱっと笑う。

——もう少し精神年齢を下げた方がいいかもしれない。

幼児と少年の中間ぐらい？　などと考えていたら、マリウスが近くにあった丸太に座った。ここは、居心地《いごこち》良く作った彼の休憩場所なのだ。

「お前、外からの冒険者だろ？　精霊に好かれるなんて珍しいな！」

「たまたまじゃないかな」

「そうなのか？」

「うん。ここにいるイサが、イサおいでー」

呼ぶと、ピピピッと鳴いて飛んできた。プルピもそうだが、みんな気儘に遊び回っている。マリウスのことを一切警戒していない。同じようにクリスのことも警戒していないから、ふたり以外の精霊や妖精たちも遊び回っている。

「この子を保護したのがきっかけかな。迷子《まいご》の妖精だったの」

「へぇ、そうなのか」

「その後にプルピと知り合って。あそこで丸太に細工を入れようとしている小さいのが、そうだよ」

「ああ……。ていうか、名前教えてもらってるんだな」

第二章　新しい友人たちとの出会い

「そうだね」

「珍しいんだぞ？」

どこか羨《うらや》ましそうな表情だ。マリウスは好かれているらしいのに名前を教えてもらっていないのだろうか。クリスが聞くと、彼はしょんぼりして答えた。

「誰も名乗らないいんだ。『マリウスにはおしえなーい』って、笑ってさ」

「んー。からかう感じ？　それとも拗ねるみたいな？」

「笑うのに意味があるのか？」

クリスは考えてみた。マリウスに対する人物像は先ほど固まった。精神年齢が幼児と少年の間ぐらい。口も悪い。幼い頃から森に入っているということは、人間同士の付き合いは他の人より少ないだろう。

「あのね、きっかけがあると思うんだ」

「きっかけ？」

「たとえば小さい頃に精霊をいじめたことがあるとか」

「俺はそんなことしない！」

「ふーん。じゃ、イタズラされて怒ったことはないの？」

イタズラだと思っていたのだから、普通なら怒りそうな気がする。そう思っての質問だったが、はたして――。

「怒ったっていうか、何度かぶち切れたな」

「なんて言ったか覚えてる？」

「あー、なんだっけ。そうだな。『埃《ほこり》ワタが舞ってる』とか『お前あんまり騒ぐと紙に巻いて煙草《たばこ》にするからな』って言ったことはある。そういや、ペットを飼うのに憧れて、一時期名前を付けたことがあったっけ」

クリスは半眼になった。嫌な予感しかしない。

何故なら、小学生男子の、この手のタイプが考え出す「ペットの名前」にろくなのがないからだ。予定調和だと思いつつ、どんな名前なのか更に突っ込んで聞いてみた。

「えっとな。黒トゲールだろ、トゲトゲミドリ、トゲ魔王君、ミニミニトゲ丸、触覚ワタボコリ、必殺トゲ王、とかだな」

「それです」

「あ？」

「それが原因です」

「……なんかその顔、むかつく」

美形を歪《ゆが》めて言うが、あまりに想像通りでクリスは笑いも出なかった。しかも、もう少し捻《ひね》ってあるならともかく、素直に少年らしいネーミングだ。きっと彼は当時「トゲ」なるものにハマっていたのだろう。

「微妙な名前を勝手に付けられたから抗議したんじゃない？」

クリスがズバッと告げると、マリウスは黙り込んだ。ちょっぴり下唇が出るあたり、彼

第二章　新しい友人たちとの出会い

は本当に子供っぽい。

「案外、尖《とが》った名前だと喜ばれたかもね」

「尖った名前？」

「楽しいことが好きな精霊たちだもん。プルピも、わたしが摑んで投げ飛ばすのを楽しんでるし」

「……待て、そっちの方がひどくないのか？」

「えっ、そんなことないよ！」

いやひどいだろ、と返され、二人でギャーギャーと言い合うことになった。

結果、どちらの問題でも「精霊たちは怒っていない」で話が付いた。プルピの場合もそうだが、マリウスの名前事件の後も、精霊たちが離れることはなかったからだ。

行きがかり上、クリスはマリウスと一緒にシエーロまで戻ることになった。

やいのやいのと騒ぎながら――いつの間にか、どちらが尖った名前を編み出せるかの勝負になっていた――門を通り過ぎたところで美女に呼び止められた。

「マリウス、その子どうしたの？　まさか、可愛いからって攫《さら》ってきたんじゃないでしょうね」

「お、ナタリーか。お迎えご苦労！」

「わたしの話を聞いてる？」

なんと、こんな精神年齢の男でも彼女がいるらしい。クリスは目を剝いて驚いた。そして「イケメンめ！」と謎の嫉妬心《しっとしん》が芽生えてしまった。イサも「ピピーッ」と騒いでいる。最近、鳴き声だけでも彼の気持ちが分かってきたクリスである。今のは「むきーっ」だと思う。たぶん。

そんな風に傍観《ぼうかん》していると、美女がクリスに合わせて屈《かが》んだ。その目が「心配だ」と告げている。

「大丈夫？　お父さんかお母さんと一緒だったんじゃない？」

「あ、えっと、大丈夫です」

「本当？」

なおも心配な様子なので、クリスは冒険者ギルドカードを見せた。それから後ろできちんと佇《たたず》むペルとプロケッラを示す。

「この子たちが護衛代わりなんです。ペルがわたしの馬で、大きい方のプロケッラは仲間の馬なの」

「そうだったのね。こんなに立派な馬がいるなら……もしかして竜馬なの？　すごいわね。だったら安心だわ。ごめんなさいね、突然」

「いいえ。心配してくれてありがとう」

「まあ、なんて礼儀正しいの。それにとっても可愛いし」

美女はにこにこと微笑んだ。彼女は褒めてくれたが、クリスは「いえいえ、あなたの方がずっと可愛いです」と内心で思った。美女というのはきつく見られがちだが、ふんわりした雰囲気があると可愛くも見える。きっと性格の良さが滲《にじ》み出《で》ているのだろう。

「彼ね、よく拾いものをするのよ。でも思い込みが激しくてね。以前も子供を持って帰ってきたことがあったの」

ほんわりと笑って話す内容に、クリスは一瞬気付くのが遅れた。

「……えっ？」

「ご両親と一緒にいるに決まってるのに。精霊がなんとかって言い出して、あの時は騒ぎになるし本当に大変だったわ」

「あ、あの、えっと」

すでにやらかしているし、しかも結構ギリギリアウトな話だった。クリスはなんと言っていいのか分からなくなった。でも、とりあえずマリウスだ。

「マリウス、そこへなおれ！　お説教するから！」

「は？　いや、なにそれ。てか、お前怒るなよ。後ろの馬の前脚がなんかおかしいから！」

本気で怒ったわけではないが、クリスの内心に気付いたペルが連動してしまった。クリスは振り返って「どうどう」と彼女を落ち着かせた。ちなみに、プロケッラは平然としている。ペルに合わせるつもりはないし、そもそもクリスが本気で怒っているとも思ってないのだ。当然イサやプルピ、ククリもふわふわーっと漂っている。気持ち、美女に寄り添っているのは、ひょっとすると心地良い何かが出ているのかもしれない。

マリウスが子供を拾ってきた話だが、よくよく聞けば単純で馬鹿らしい話だった。その親子は直前に喧嘩しており、通りすがりの精霊が「怒られて可哀想《かわいそう》！　助けよう！」となったらしい。マリウスは疑うことなく助けようとした、というのが真相だ。

クリスが呆れていると「門の前で騒がないように」と門兵に注意され、場所を変えた。

まずは依頼の処理をすべく冒険者ギルドだ。美女もついてきた。彼女はナタリーと名乗り、耳が長くて尖っている。あと、とてもとてもスタイルがいい。

そして、ギルドの受付マルガレータとは友人だった。

「ナタリーじゃない。どうしたの、ここに来るなんて珍しい」

「マリウスがまたおかしなことをするんじゃないかって、帰りを見張っていたのよ。そこでクリスちゃんと出会って」

「ああ、そういうことね。毎度お疲れ様。幼馴染《おさなな　じ》みも大変ねぇ」

「ふふ。でも、彼に助けられることもあるんだから、お互い様よ」

クリスのアンテナがピッと立った。何故か同時にイサも「ピッ」と鳴く。ふたりして、ナイスバディ美女たちの会話を聞く。

「またお持ち帰りしたと思ったのね。でも、クリスさんは立派な冒険者よ。安心して」

「ええ。さっき教えてもらったわ。馬たちもとても賢いの。それでね、びっくりさせちゃ

第二章　新しい友人たちとの出会い

ったし、ご飯でもどうかしらと誘ったのよ」

「いいわね。ナタリーの手料理は美味《おい》しいもの。マリウス、あなたも毎日お世話になってばかりじゃダメよ。お礼はしてるの？」

「してるぞ。ギルドに突っ返された薬草とか」

「あのねぇ、それは撥《は》ねられた商品よ。しかも三級品レベルってことじゃない。そんなものをお礼に持っていくんじゃありません」

クリスとイサは顔を見合わせた。といっても、クリスが肩を見て、そこに止まっているイサが首を傾げながらクリスを見ようとするわけだが。

「ねぇ、あの二人、結婚してるどころか付き合ってもないみたい」

「ピピ」

「もしかして、幼馴染みのまま大きくなって今更、みたいなベタなやつ？」

「ピピピ！　ピピピィィ～」

「オヌシラ、何ヲ言ッテイルノダ……」

プルピもまだいたらしい。クリスの頭の上で溜息《ためいき》を漏らしている。何故かククリも一緒だ。彼は、クリスの編み上げた三つ編みに糸を（どうやってか）絡ませて、まるでピアスのようにぶら下がっている……。

チラチラ視界に入ってくるのが、なんだか嫌だ。蓑虫のピアスなど、どう考えてもおかしいからだ。自分の趣味ではないと言いたいが、精霊が視える人は少ないのだった。

そして、視えるはずのマリウスは、少年の心を持っている。

「なあ、それ格好良《かっこい》いな！」

「マリウスは自分の話題が出ていることにもっと気を配った方がいいと思う。わたしじゃなくて、あの二人を見て！」

「お、おう」

でも怒られてるっぽいからなー、とマリウスがぼやく。そりゃ怒られるよ、と言いかけたところで、ギルドがざわついた。誰かが入ってきたのだ。

振り返ると、エイフが何か引きずって帰ってきたところだった。

——何か。

「ギャーーッ！」

ギルドに、女の子とは思えない叫び声が響いた。そう、クリスの声である。


騒ぎが落ち着いたところで、エイフも一緒に食事に誘われた。保護者としてだ。

「悪いな、俺まで」

「いいえ。保護者の方とご一緒の方がいいですから」

「だよなー。こんな訳わかんないの、ホゴシャがいないと困るぜ。あんな虫ぐらいでさ」

第二章　新しい友人たちとの出会い

「マリウス？　そんな言い方しないの。クリスちゃんは虫が嫌いなのよ。仕方ないでしょう？」

「だってさー、蟷螂《かまきり》を狩ったんだぞ。しかも食いでのありそうな肥《ふと》った雌だったよな～。あれを食べたかった～」

「もう、クリスちゃんは虫が食べられないのよ？　それに代わりにってヴヴァリの肉をいただいたのよ！　久しぶりで、とっても嬉しい。ね、クリスちゃん、だから気にしないで」

「……はい」

クリスは俯《うつむ》いたまま返事をした。エイフが頭に手を置いて乱暴に撫《な》でる。イサとプルピは今、エイフの肩にいた。クリスがいろいろ騒いだからだ。

ククリはマリウスの頭の上にいる。彼の髪の毛に絡んでいた。ふたりは知り合いらしい。ククリはマリウスと一緒の時はぶら下がらないようだ。

「落ち込むなって。俺より大きいサイズの虫だ。外の冒険者が怖がるのは、よくあるとは言えないが、まあ割といるらしい」

「その後、倒れたもん……」

「倒れるほど怖がる冒険者も、いる、かな？」

「いいよ、エイフ。無理に慰めてくれなくても。あれは、覚悟の足りないわたしが悪かったんだから」

「お前は頑張ってる。シエーロの冒険者たちも気にするなって言ってたじゃないか」

「うん……」

「それにな、女の子がキャーって騒ぐのは愛嬌《あいきょう》があっていいさ」

キャーではなく、ギャーだったのだが。

しかし、話をちゃんと聞いていたらしいマリウスまで助け船を出してくれた。

「そうだぞー。前に騒いだ冒険者は、俺より二回りも大きい戦士の男だったんだからな！」

食べられなくなった蟷螂を惜しむ発言をしたくせに、マリウスなりの慰めを口にする。

クリスは少し笑った。でもすぐに笑みを引っ込めた。

「でも倒れたのはクリスが初めてだ！　明日には都市中で噂《うわさ》になってるぞ！」

デリカシーのないマリウスはナタリーが叱ってくれた。クリスは自分のしでかしたことを何度も思い出しながら、頭を抱えそうになるのを堪《こら》えた。


ナタリーの家は、クリスたちが泊まっている宿より少し下にあった。場所的には中流家庭向けになるのだろうか。聞けば、マリウスの家はもっと下にあるという。

元々、二人は隣同士で生まれ育ったそうだ。今は事情があって、ナタリーだけ良い家を借りている。そこに毎日、マリウスが通っているとか。

もう結婚したらいいのに。クリスとイサが小声で話していると、エイフが口にしていた。

「結婚すりゃあいいのに。他に相手がいるのか？」

「そんな、わたしは……」

「えー。今でも毎日お説教なのに、朝から晩まで説教されるようになるんだぞ？」

――小学生男子！

クリスは内心で突っ込んだ。イサは声に出している。「ピッピッピーッ！」と。

「事情ってのは何か知らないが、毎日通って護衛してるんだろ？」

「え、どうしてそれを？」

「おい、お前。もしかして奴等《やつら》の関係者なのか？」

にわかに空気が変わった。マリウスがエイフを睨《にら》み付《つ》けている。ただ、エイフの肩にはのんびりしたプルピが座っており、絵面的《えづらてき》におかしい。だからだろう。マリウスはすぐに視線を弱めた。ナタリーの方は困惑げだ。クリスは、ご飯まだかなと思っていた。

エイフは冷静だった。淡々と説明する。

「家の窓が打ち付けてあった。裏手も頑丈な板を張っているようだった。部屋に入る時には、マリウスが慣れた様子でドアを確認していたろ。何かを気にしている、それも何かを恐れているようだと思ったんだが」

その説明にナタリーはホッとし、マリウスも肩から力を抜いた。

とりあえず先に食事をしようと、ナタリーが張り切って調理に取りかかった。ここで

「お手伝いします！」と言えたら良かったのだが。余所様《よそさま》の台所でテキパキ動けるならクリスも料理上手だと胸を張れただろう。

現実は非情だ。クリスが台所にいても邪魔になる自信があるので、テーブルの準備だけに留めた。マリウスは想像通り何もできないようだ。すごいのはエイフである。マリウスの相手をしながら、さりげなくクリスを手伝っていた。重い皿をテーブルに一度載せてから配ろうとしたら、ささっと先にしてしまう、というように。

彼等は同じように口調が悪いけれど、エイフの方が良い男だ。マリウスを見て、ちょっぴり自慢に思ったクリスである。

ナタリーの料理はとても美味しかった。

虫料理が一つもなく、肉類もヴヴァリだけという徹底ぶりである。野菜たっぷりのスープに、副菜を幾つも作ってくれた。特に胡桃《くるみ》などの木の実を砕いて混ぜたサラダや、味噌《みそ》のような味のする木の実で和《あ》えた菜の花茹《ゆ》では最高だった。

更に、マリウスが悪気なく「この前食った蜂の足が」と言いかけると、すぐさま布巾を投げつけ止めてくれる。ナタリーは本当に優しくて素敵な女性だ。クリスは大好きになった。だから、食後の一服として胡桃クッキーを食べている時に聞いた、先ほどの話の続きに怒りを覚えた。

「ニホン組の男につきまとわれている？」

第二章　新しい友人たちとの出会い

「ええ、そうなの……」

その男については「シエーロに住んでいないだけまだマシ」だというが、よくよく話を聞けば本物のストーカーである。ストーカーに本物も何もないが、いわゆる「片思いの淡い行動」で済まされないレベルだった。

しかも何度断っても、冒険者としてシエーロにやって来てはナタリーを誘ってくるらしい。

「そいつ、チンピラみたいな発言が多くてさー。ナタリーのところの親は神殿の下働きだから泊まりがけが多くて、家にあんまりいられないし。俺んちの母ちゃんも心配して、見てこいって言うから」

「マリウス、偉いねえ」

「お前に言われると、なんか腹立つんだけど」

「そう？」

強張《こわば》っていたナタリーの顔が少し綻んだ。お姉さんみたいな顔をしてマリウスを見ている。彼女からすれば、出来の悪い弟を見ている気分なのだろうか。

「でも、わざわざ家を借りるってのはどうなんだ。下の家だと治安に問題があるのか？」

「実は一度、壊されかけたんです」

「えっ」

エイフの問いにナタリーが答えたのだが、その台詞《せりふ》に驚いた。エイフも眉を顰《ひそ》めている。

「こんなあばら屋で暮らしているなんて可哀想だ、と言って。エルフならもっと可愛い、それっぽい？　家に住むべきだとかなんとか。でも、普通の家なんですよ？　そんな、あばら屋だなんて言われるような家じゃないのに……」

「ひどい。何なの、そいつ」

クリスがムカッとしていると、エイフも同意した。

「そうだな。そもそも、シエーロはエルフが住む場所だろう。『エルフなら』って、おかしなことを言うもんだ」

「だろだろ？　あいつ、チンピラなんだよ。でも、上の奴等があんまり逆らうなって言うからさ。なんていうの、穏便に？　やれって忠告されたんだよ」

「え、ひどい！　阿《おもね》ってるの？」

「おもね？　ああ、そうだ、そうだぞ！」

マリウスはたぶん分かっていない。が、言葉のニュアンスを感覚的に捉え、そうだそうだと納得した。ナタリーはそんなマリウスを微笑ましそうに見てから、クリスとエイフに向かった。

「家を壊されかけたのに上の人たちは守ってくれなくて。神殿で保護してもらうことも考えたのだけど、ニホン組と敵対したくないと言われたみたいなの。両親も仕事ができなくなったら困るから、神殿を頼るのは止めたのよ。それで、頑丈な作りの家に引っ越したというわけ。マリウスは護衛してくれてるの」

「そうだったんだね」

マリウスやるじゃん。クリスは頭に蓑虫ククリをくっつけたマリウスを見直した。

しかし、エイフは別の部分が気になったようだ。

「そいつは、今もシエーロにいるのか？」

「いいえ。今はいないはずよ。冒険者ギルドに異動届があれば分かるようになってるの」

「あ、マルガレータさん！」

「ええ。本来は個人情報だからダメだけど、つきまといに関してはギルドの職員たちも問題に思ってくれていて、特例措置として認めてくれたの」

「ギルドは治外法権的なところありますもんね。政治と切り離されていて良かったです」

ストーカーの情報が手に入るのは有り難いはずだ。ギルドに知り合いがいるのも良かった。クリスが自分のことのように喜ぶと、ナタリーも微笑んだ。

「ありがとう。……それにしても、クリスちゃんって若いのによく物事を知ってるのね」

「いえ、そんな」

褒められて、クリスは「えへへ」と照れ笑いになった。

何故か、ナタリーに微笑まれたり褒められたりするとぐねぐねしてしまう。こんな素敵なお姉さんが欲しかったから、だろうか。

姉という存在に夢を見ていた時期もある。前世の友人の中にも姉妹で仲良しがいた。ただ、同僚には「姉と妹は常に戦いだ」という人もいたから、それぞれなのだろう。

クリスが褒められていると、マリウスが何か騒いでいた。しかし「俺も知ってる」といった張り合い発言だったため、皆でスルーだ。

それより問題はニホン組のストーカー男である。

「そいつがいつ頃シエーロに来るのか、情報はあるか？」

「そろそろ来るんじゃないかとマルガレータが言っていたわ。王都で騒ぎを起こすとシエーロの依頼を受けるらしいの。他の冒険者は定期的に来てくれるのだけど」

「そいつの活動場所はダソス国の王都か」

「元々の出身はペルア国の王都らしいわ。そんなことを言っていたの。確か、正統派だとか。そうよね、マリウス」

「そうそう。意味が分からなくてさー。マルガレータに確認したから間違いない」

それを聞くや、エイフがチッと舌打ちした。珍しい姿にクリスはびっくりだ。

エイフはクリスの視線を受けて、説明を始めた。

「正統派ってのは、ニホン族の中で『ニホン組』と名乗るグループのことだ。ニホン族の中で最大派閥《はばつ》になる。奴等のほとんどが冒険者だ。ペルア国の冒険者ギルド本部でも幅を利かせている。……まあ、ニホン組の悪い噂は、そこから派生した過激派が原因だな」

「えっ、じゃあ、そのストーカー男も過激派に所属している可能性があるの？」

クリスが青くなって問うと、連鎖してナタリーも不安顔になった。クリスがしまったと思う前にエイフが苦笑で手を振った。

「いや、過激派なら、今ここにあんたはいない」

「ちょっ、エイフ、それってどういう意味？」

「そのまんまだ。過激派は欲しいものは即、手に入れる。つきまといなんて、まどろっこしい真似はしない」

シンと静かになってしまった。マリウスが「は、え、あ？」と変な声を上げているぐらいだ。

「とにかく、今ここで平和に暮らせているなら、そいつはまだマシな方だ。正統派の中でも過激派は『自分たちこそが一番』だと思っている。正統派の上層部にも過激派はいるからな。そいつがまだ若いなら大丈夫だとは思うが、それでも気をつけるに越したことはない」

「は、はい」

ナタリーは青ざめたまま頷いた。クリスは急いで明るい声を出す。

「あの、ナタリーさん、わたしにできることあったら言ってね！」

「クリスちゃん……。ありがとう」

エイフも怯《おび》えさせてしまったと眉をへにょりとさせる。そうだぞ、と言いたいところだが、こういう情報は隠さない方がいい。クリスがナタリーの横に座って手を握っていると、マリウスが我に返った。

「なあ、やっぱりシエーロを出ようぜ」

「出るって……。そんなの無理よ」

「でもあいつ、次はマジで攫いにくるんじゃないか？　ほんとヤバいって」

「仕事があるもの。それに、マリウスだって狩りができなくなるわ」

どうやら何度か話し合っていたようだ。クリスは二人の様子を見て、これは相当深刻なのではと不安になった。何よりも相手はニホン組だ。先日、迷宮都市《めいきゅうとし》ガレルでクリスも迷惑を被った。あれに絡まれる不快さは分かるつもりだ。

なんとかできないかとクリスも考えるのだが良い案は出ない。そう言えばナタリーは何の仕事をしているのだろう。クリスは話題のとっかかりとして聞いてみた。すると――。

「……その、食品を扱う店で働いているの」

「食品？　ああ、お料理屋さん的な！　ナタリーさんの作ってくれた料理美味しかったもんね」

わかるー、と納得していると、マリウスがスパッと口にした。

「虫を解体する店だぞ。ナタリーはこんな見た目だけど、凄腕《すごうで》の解体士なんだ。なっ、ナタリー」

「マリウス、あなた……」

「なんだよ？」

分かってないマリウスに呆れ、ナタリーは「何故、詳しく説明しなかったのか」という

第二章　新しい友人たちとの出会い

説明を止めた。それからクリスを見て苦笑いだ。

「冒険者ギルド専用の下請けのようなものね。持ち込まれた品はなんでも解体するのよ。時には調理することもあるわ。これでも店では頼りにされてるの。だから、辞めて出て行くっていうのは極力避けたいのよ」

虫という言葉を使わずに教えてくれたナタリーは、やはり良い人だった。


解体士は上級スキルになる。ナタリーは控え目に「店では頼りにされている」と説明したが、上級スキル持ちを職場が手放すはずはない。このスキルがあると、どんなに難しい魔物でも綺麗に「確実に」解体できる。冒険者ギルドにとってもなくてはならない人材だ。彼女の勤め先がギルド専用の下請けなのも、このスキルがあるからではないだろうか。

そもそも上級スキル持ちは引っ張りだこである。本来なら王都など、人の多い場所で働くのが普通だ。その方がお金も得られる。スキルを披露《ひろう》する機会だって多い。

たとえば解体士スキルだ。大物の素材が集まるのは当然、王都などの都市部である。そこに竜が持ち込まれるとしよう。それらは上級スキルの解体士でしか捌《さば》けない。新鮮に、かつ部位を余すことなく最適の形で処理できるのが、解体士スキル持ちだ。中級の解体スキルでも無理をすれば切り落とせるだろう。けれど、素材を最高の状態で維持するのは不可能だ。

もちろん、都市と名のつくシエーロにも大物が持ち込まれる可能性はある。けれど、シエーロでは少々事情が違った。周辺を山脈に囲まれており、近くに目立った町や村がない。つまり活躍の場を必要とする常駐の冒険者がいないということだ。それに、竜など大物の生息地もなかった。いるのは虫型の魔物だ。その虫型も、クリスが「ギャー」と叫んで倒れた時に見たサイズがほとんどである。

つまり中級スキルの解体で十分なのだった。それすら宝の持ち腐れだ。ナタリーは、下手すると天空都市《てんくうとし》シエーロで唯一の解体士スキル持ちかもしれなかった。

上級スキル持ちが自分のスキルを最大限に生かさず引きこもっているというのは珍しい。けれど、なくはない。

女性に多いのだが、外に出たくないと思う人もいるのだ。生まれ故郷を離れたくない。落ち着いて平和に暮らしたい。あるいは、好きな人と一緒がいい、などなど。

自分の性格と合うスキルならばいいが、そうでなければ辛い。

「わたしの場合は、両親が神殿で働いているからかしら。『好きな場所で好きなように暮らしなさい』と言ってくれたの」

「だからシエーロに居続けるんですね」

「ええ。わたし自身、どうしてもこの世界樹から離れて暮らしたくないの。ここが好きなのよ」

ナタリーは壁に視線を向けた。その向こうに巨樹の幹がある。住民の中には壁を作らずに巨樹の幹そのものに接して家を作る人もいるそうだ。それぐらい、シエーロの住民たちは、この巨樹を愛している。

「店の人も心配して、一時的にどこかへ行ってはどうかと提案してくれたのだけど。でも、このスキルで生きていけるような場所って案外少ないでしょう？」

「そうだよね。王都じゃないと無理かも。普通の町なら、解体士スキルは持て余すだろうし。それに町や村だと噂になって、すぐに居場所がバレそう」

「そうなの。王都は彼の活動場所だから論外なのよね」

「だから、いっそペルアへ行こうって言ってんのに」

マリウスが唇を尖らせて文句を言う。ナタリーは「仕方ないわね」みたいな顔で苦笑しており、エイフは呆れ顔だ。だから、クリスが口にした。

「ペルアって『中央国家』じゃない。そこにこそ、ニホン族がいるんだよ？　あ、ニホン組だっけ。とにかく、同じような人がいるかもしれないんだよ。新たなストーカー男だって現れるかもしれない。そんなところにホイホイ出向いて、ナタリーさんが狙われたらどうするんだよ」

「……大丈夫かもしれないじゃん」

「甘い！　激甘だよ、マリウスは！　あの人たち、すっごい強引らしいんだから！　いい人がいるかもしれないけど、そんな甘い考えだとニホン族関係なく、王都で悪い人に騙《だま》されて身包《みぐる》み剝がされるんだからね！」

「お、おう……」

クリスの剣幕にマリウスが引いた。ナタリーはぽかんとしている。けれど、ここは畳《たた》みかける必要があった。マリウスが甘すぎるからだ。

「許されるミスと、許されないミスがあるんだよ？　ナタリーを失うかもしれないんだよ？」

「それは！」

「マリウスは男だから分からないのかもしれない。でもね、圧倒的に強い立場の人に言い寄られるのがどれほどの恐怖か、もっと想像してみるべきなんだよ」

睨むと、マリウスが引いた。エイフが苦笑してクリスの頭をポンと叩《たた》く。

「マリウスだって心配なんだろう。だから引っ越しを提案してみた。そうだろ？　でも、もうちょっと想像力を働かせろって話なんだ。あのな、クリスも以前、ニホン組の男に声を掛けられたことがあってな」

「え、マジかよ」

マリウスの視線が「嘘だろ、コレが？」みたいになって、クリスは半眼になった。エイフは笑うだけだ。そこはちゃんと返してほしい。クリスはムッとして口を開きかけたが、エイフが先に話し始めてしまった。

「こんなチビに対して『俺の嫁』だと吹聴《ふいちょう》していた。何の関係もないのにな？　だから、クリスにはナタリーの気持ちが分かるんだ。何よりも、ムカつく野郎のせいで不便を強いられ、望んでもない移動をさせられる。そんなのは誰だって嫌だ。そうだろ？」

「う、そう、だな」

「お前はナタリーが心配で守りたいと思った。それはいい。その後が大事なんだ。ちゃんとナタリーの意見も聞け」

「……分かった」

「ナタリーも、故郷を離れたくない気持ちは分かるが、意地を張りすぎるなよ。お前を守ろうとして張り切っている周囲の人間の気持ちも少しは汲んでやれ。我慢するなって意味じゃない。分かってるだろうが」

「ええ。そうね、本当だわ。ありがとう」

ナタリーはエイフに微笑むと、次にクリスを見た。そっとクリスを抱き締める。いい匂いがして、クリスはあわあわしてしまった。

「あなたも経験者だったのね。こんなに小さいのに……。大変だったでしょうね」

「ナタリーさん」

「あなたはきっと頑張って戦ったのね。分かるわ。強い女の子だもの」

――君は強い女だから。

そう言った、かつての婚約者を思い出したが、すぐに頭を振った。クリスはもう栗《くり》栖《す》仁《に》依《い》菜《な》ではないし、ナタリーが言ったのも彼とは違う意味だ。

「わたしも戦うわ。あんな男に負けない」

「応援します。でも無理はしないで。わたしに手伝えることあったら、言ってね？」

「ええ。マリウス、あなたの力も貸してもらうわよ？」

「おっ、おう。任せとけ、ってなもんだ」

ナタリーは「ふふ」っと笑うと、エイフにも視線を向けた。エイフは黙って頷いた。彼も手伝うと答えたのだ。やはりエイフはいい男だ。クリスはついつい自慢げに胸を張ってしまった。


翌日、冒険者ギルドでマルガレータに「ナタリーの手助けをする」と報告した。エイフはニホン組についての事情を知っている上、なにより上級の冒険者だ。ナタリーの友人でもあるマルガレータは喜んでいた。

ギルドとしては表立ってストーカー男を止めることはできない。なにしろまだ悪さをしていない相手だ。個人的な情報を一般人に流すというのも本来はルール違反スレスレの行為だった。会員になら教えていい場合もあるが。

だから、エイフはこう言った。

「俺は元はペルアにいた冒険者だ。そいつが知り合いかもしれんから、ニホン組が来たら教えてくれ」

第二章　新しい友人たちとの出会い

「ええ、そういうことでしたら！」

金級冒険者から伝言が入っていれば、大抵の冒険者は「すぐに」聞きたがる。通常、異動届は早めに出すものだし、となるとナタリーのところへ行くまでの時間稼ぎになるだろう。何よりもニホン組が来た時点で、その情報が即エイフに流れる。

エイフからナタリーに素早く伝える方法はいろいろあるけれど、今回はイサに頼むつもりだ。紋様紙を使ってもいいが、クリスは元々エイフと一緒に依頼を受けるという話をしていた。ならばいつも一緒にいるイサに活躍してもらえばいい。何よりタダだ。

ギルドからエイフへの連絡は、通信魔法で知らせてほしいと頼み、情報料を含めた依頼料を支払った。クリスからすれば目を剝く金額だ。

マルガレータは「何故知り合ったばかりの他人のためにそこまで？」と驚いていたが、クリスには分かる。彼はクリスのことだって助けてくれた。困っている女性に優しい人だ。

クリスがそう思っていたら、エイフがマルガレータにこそっと耳打ちしたのが聞こえた。

「ニホン組関係の揉《も》め事《ごと》を解消したら上から報奨金が出る。これも経費になるんだ」

マルガレータは「ああ」と分かったような顔をして頷いていた。

Ietsukuri skill de isekai wo ikinobiro

2

{第三章}

二人で受ける依頼

Episode. 3

Tetsukuri skill de isekai wo ikinobiro

――報奨金って何だろう。

エイフの言葉に興味津々で見上げたクリスだったが、彼は肩を竦《すく》めて依頼書を見に行こうと誘った。誤魔化《ごまか》す感じではなかったので「ここでは話したくない」のだろうと、クリスは了承した。

「そういや、浄水《じょうすい》の泉はもう行かなくていいんだよな?」

「うん。いっぱい汲《く》んできたから。ごめんね、教えてくれるって言ってたのに」

「謝らなくていいって言っただろ。俺も早めに連れていってやれば良かったんだが。ちょいと遠いんだよな」

一応チラッとは考えたのだ。エイフに悪いのではないかと。けれど、精霊《せいれい》たちに連れていってもらった。その話はちゃんとエイフにもしたが、彼は全く気にしていなかった。

けれど、こんな風に確認するということは少し嫌な気持ちになったのではないだろうか。

クリスは不安になってエイフに視線を向けた。

「なんだよ、その顔。変だぞ」

「怒ってるのかなって思って……」

「俺が? なんで?」

「だって」

つい拗《す》ねた感じになってしまって、クリスは余計に自分が嫌になった。これではまるで許してほしくて甘えているようではないか。事実、そうなのだから始末に負えない。恥ず

第三章　二人で受ける依頼

かしくなって俯《うつむ》いていると、エイフが大きい手でクリスの頭を撫《な》でた。ぐらんぐらんと揺れる。

「おかしな奴《やつ》だな。俺は女心ってのは分からんから、ちゃんと言いたいことはハッキリ言えよ？」

「うん……」

「もっと我《わ》が儘《まま》も言っていいぞ」

「そうなの？」

「クリスならな。お前、なんだかんだで遠慮するし。子供なんだから、多少の我が儘は織り込み済みだ」

「……わたし、十分甘えてるよ」

「そうかぁ～？」

片方の眉を跳ね上げ、面白い顔付きでクリスを見下ろしてくる。そんなエイフを見ていると、クリスは笑いが込み上げてきた。

考えすぎるのはクリスの悪いところだ。もうちょっと気を抜いてもいいのかもしれない。クリスが笑うと、エイフはやっぱり「おかしな奴だ」と言って、また乱暴に頭を撫でた。

二人で受けた依頼は、巨樹の周囲を取り囲むように並んで生えている木のうちの一本に住み着いた虫の駆除だった。場所は、守護家《しゅごけ》と呼ばれる貴族の持ち物であり領地でもある大木だ。そこに通じる橋を渡るには通行料が要ったが、今回は依頼のため素通りできる。

「虫退治か……」

「嫌なら帰っていいんだぞ？」

「ううん。ミドリイモムシなら大丈夫だと思う……たぶん……」

依頼書にあった姿絵を薄目で確認すると、アゲハチョウの幼虫っぽい姿をしていた。これなら、まだ大丈夫だと判断した。

芋虫《いもむし》ならセーフ。コガネムシ系も大丈夫だろう。問題はゲジゲジやイラガの幼虫みたいな虫だ。カミキリムシやカメムシ系も嫌だが、毛のような突起物がいっぱいの虫は心底苦手である。

辺境の砂漠地帯には虫があまりいなかったし、そもそも普通のサイズだった。シエーロの巨樹の周囲だから魔物化して大きいのだ。

「持って帰らなくてもいい虫退治なんだから、やれるよ」

「そうか。ま、無理するな」

そう言って手を伸ばしかけたエイフは、すぐに引っ込めた。今クリスの頭の上は巣になっている。プルピがそこに居座っていた。

ギルドで依頼を受けた後、大木に登るのならばと、クリスは三つ編みをくるくるっと巻き上げてまとめた。するとプルピが「モウ少シ上デ巻イテオケ」と言い出した。言われたとおりに三つ編みを王冠のような形で頭の上部で巻いたのだが――。

プルピはゴソゴソと三つ編みの先をいじって、自分の巣を作ってしまった。エイフからはばっちり見えるらしく、ぶふっと笑って顔を背ける。出来上がった時にどうなっているか聞いたけれど、どうも背もたれを作ってソファに座っているような格好らしい。

しかも、イサがピアスの真似事を始めてしまった。どうやら彼はククリに対抗意識を持ったらしい。プルピとひそひそ話していたのは知っていたけれど、彼の巣作りをこれ幸いと思ってか、クリスのサイドにある髪に摑まってぶら下がっていた。重くはないけれど、精霊のプルピはともかくイサは妖精《ようせい》だから見える人も多いのに。

「笑わないでよ」

「だって、なぁ？」

「イサ、飽きたら肩に戻ってね」

「ピピ」

返事が適当だったので、これはしばらく聞いてくれない気がする。クリスは溜息《ためいき》を吐いた。

話しているうちに橋を渡りきり、立派な門構えの前に到着した。エルフの兵士が立っており、エイフが依頼書を見せる。

「害虫駆除の依頼だな。よし、通れ。……待て、その子供も一緒か？」

「パーティーメンバーなんだ。これで仕事はきっちりできる。銀級だしな」

第三章　二人で受ける依頼

「ほう、そうか。よし。じゃあ通って――」

言いながらクリスの左側を見て目を細めた。

「外の流行《はや》りか？」

「ま、そんなところだ」

「若い奴の考えることは分からんな」

首を振って、行けと手で合図する。彼は明らかにイサをぶら下げたクリスに対して呆《あき》れていた。クリスのセンスを疑われたようでなんだかモヤモヤするが、言い返しても意味がない。クリスはさっさと門を通り過ぎた。

大木は、巨樹ほどではないがそれでも十分に大きい。大きな屋敷が上空の方にあって、その下に家々が連なっている。

「一番上が守護家、貴族の屋敷だ。仕えている家格の順に家が作られているらしい。家の大きさが徐々に小さくなっているだろ？」

「ホントだ」

「大体どこの守護家も同じ作りになってる。巨樹は大昔からあるせいでゴチャゴチャしてるが、こっちは比較的新しいらしいから道も分かりやすい」

そう言うと、依頼書にあった地図を頼りに中央通りを進んでいく。中央通りは広く、店が並んでいた。つづら折りの階段を進んでは上の方へと向かう。

やがて、家々の大きさが変わってきた頃、エイフは横道へと入っていった。番地が振られているので、それを目安に進んでいるらしい。

そして、とうとう枝のある場所まで到達した。立派な枝だが、家は立っていない。

元々、ここは食用のイモムシを育てていた農場だったらしい。一度ひどい害虫被害に遭って放棄していたとか。枝葉が元に戻らないと農場を再開させられないらしい。

きちんと害虫駆除の薬も撒《ま》いていたようだが、久しぶりに巡回していると魔物であるミドリイモムシが大量発生していた。ただの害虫ではなく魔物だから、専門家に討伐《とうばつ》してもらう必要がある。そこで冒険者ギルドに依頼を、というわけだ。


農場跡地の入り口で待っていると、枝の根元近くにあった家から男性が出てきた。男性は依頼者である農場主に雇われた使用人だった。農場に入る許可を出し、どんな状況かを説明してくれる。

ちなみに「ミドリイモムシはねっとりとしている」などの余計な説明が多く、クリスは想像だけでうんざりした。そこまで詳しいのに、現地には付いてこないという。

「奴等《やつら》はなんでも食べるんだ。おらぁ、怖くて近付けないだ」

「そうか。ま、ちゃんと仕事したかどうかの確認だけしてもらえたらそれでいいさ」

「頼んだでな」

そう言って、そそくさと戻ってしまった。実際のところ、魔物退治に付き合う依頼者はいない。今回は討伐証明部位を持ってこなくてもいいが、その代わり成果を見てもらう必

第三章　二人で受ける依頼

要がある。

「消し炭にしちゃったらダメだね。ちゃんと残しておかないと、どれだけ倒したか分かってもらえないもん」

「その前に燃やすのは禁止だぞ」

「分かってる。ものの喩《たと》えだよ」

巨樹もそうだが、シエーロでは火にとても敏感だ。厨房《ちゅうぼう》を作る際にも細かな決まりがあるという。宿でも火の扱いにはしつこいほど注意された。もちろん防火設備になっている。

どこの町でも同じだけれど、特にシエーロが厳しいのは巨樹に寄り添って家々が建てられているからだ。しかも密集している。一軒が火を出せば、瞬く間に広がってしまう。

それを消す水は、シエーロでは貴重だった。魔法を使える人が近くにいればいいが、偶然に頼ってはいけない。そのため火気厳禁だ。

農場を進むと、やがて枝がささくれ立った場所に着いた。これも虫の被害らしい。今回の依頼とは関係ないため、エイフとクリスは無視して進んだ。

小枝を越え、藪《やぶ》になっている蔓草《つるくさ》を掻《か》き分《わ》け、拓《ひら》けた場所に出ると。

「わぁ、何にもない！」

「そうだな。寄生樹も草もないのは珍しい。大木の葉もかなりやられているしな」

「やっぱりミドリイモムシ？」

「ああ。あいつらが通った後は荒野になるって言われてるぐらいだ」

「うぇぇ」

雑食とは聞いていたが、本当に何でも食べるらしい。葉や花など、何もない時は枝まで食べるという。巨樹や大木に住む者にとってみれば大敵だ。

他にも害虫は多い。エイフが先日まで依頼を受けて倒していたのも、葉に卵を産み付ける蟷螂《かまきり》だった。幼虫が新芽ばかり狙うので巨樹の成長に良くない。

枝に食べ物を詰め込む害虫もいる。キツツキのように木の実を入れておくのならまだいい。もちろん、入れすぎたら良くないのだが。問題は、その食べ物が同じ虫であることだ。死んでしまうと毒になる虫もいれば、そこに集まる虫の糞《ふん》で枝が腐ることもある。糞害《ふんがい》は人間にも疫病をもたらすし、ろくなものではなかった。

巨樹も大木もシエーロの人にとっては大事な家だ。その家に害虫が住み着く。クリスは考えただけで怖気《おぞけ》が走った。

「今はまだ朝のうちだからな。昼前に巣から出てくるはずだ。その時にやってしまうぞ」

「出てくるのを待って一匹ずつ駆除していくの？」

「ああ」

「巣を探して、燻《いぶ》り出《だ》すとかは？」

「火はダメだ」

第三章　二人で受ける依頼

「火は使わないよ。薬草と紋様紙《もんようし》を重ねて使う方法があるの」

「マジか」

クリスは「うん」と頷《うなず》いた。もちろん、火の紋様紙を使うのでもない。クリスは論より証拠とばかりに、まず巣を探そうとエイフを突っついた。

使う紋様紙は二枚だ。売り物の紋様紙なので大きいサイズになる。それらが入った紙挟み《ポートフォリオ》をポーチから取り出した。

売り物の紋様紙は基本的には丸めての保管に向かない。売買の際も板で作られた入れ物でやりとりする。羊皮紙やインクに劣化があった場合、上手《うま》く作動しないからだ。

クリスが自分専用に作っている紋様紙は、紙もインクも上級ランクである。丸めても問題はない。とはいえ、万が一折れてしまって、インクが削《けず》れてしまうなどのリスクはある。なので小さいサイズで作ってポケットを補強した上、真《ま》っ直《す》ぐに入れていた。

取り出した紋様紙は【風】と【熱】だ。初級用なので、それほど惜しくはない。いや、惜しいことは惜しいのだが、今回の依頼料を考えると許せる範囲だった。

「じゃあ、巣は全部で五つ、間違いないよね？」

「ああ。大きなコロニーになっているのが二つ、あとはまだそれほど大きくない」

「目視の範囲にあって良かった。じゃあ、使うね？　燻されて出てきたら、あとはエイフに任せるから。動きも緩慢《かんまん》になってるはずだよ」

「おう。一網打尽《いちもうだじん》にできるなら楽だ。任せとけ」

紋様紙の間に、イモムシ類が嫌がる虫除《むしょ》けの薬草を挟む。それから魔力を通すと――。

「すごいな」

「でしょう?」

クリスはふふんと自慢げに笑った。

魔法が発動したことで紋様紙の文字が光って消えていく。同時に、薬草から煙が出た。火は出ていない。熱が薬草にだけ作用する。そこにだけ煙が発生するのは指向性を持った魔法であることと、燃えにくい薬草だからだ。とはいえ、念のため下に薄い鉄板を引いている。同時に【風】が発動して煙が流れた。あっという間の出来事だ。

「クリスは魔力を扱うのが上手いな。こんなに繊細な風の魔法は滅多《めった》に見ないぞ」

「ほんと? ふふー。もっと褒めてもいいんだよ」

「おー、クリスはすごいぞ」

軽口が出るぐらい上手くいってしまった。クリスもだが、エイフも楽しくなったようだ。しかし笑っていられたのもそこまでだ。コロニーから出てきたミドリイモムシが、クリスのメンタルを削った。

「な、何、あれ。嘘《うそ》だよね……?」

依頼書にあったミドリイモムシはデフォルメされていたのだ。大きさについては納得していた。魔物なのだから大きいだろう。分かっていた。しかし、実物がこれほど気持ち悪いとは思っていなかった。

第三章　二人で受ける依頼

「なんで毛がびっしり生えてるのっ？」

「いや、生えてるだろ、普通」

「依頼書には描いてなかったよ！」

「いちいち毛まで描かないだろ。むしろ依頼書に絵が描かれてる方が珍しいぞ」

「うわーん！」

後退《あとずさ》っていると、エイフが呆れたように振り返った。邪魔そうに手を振る。さっさと下がれという意味だ。しかし、ここで下がるわけにはいかない。及び腰ではあるが、クリスも虫退治に参加するのだ。

「う、討ち漏らしたやつは任せて。わたしが殺るから！」

「……おう。まあ、毒はないからいいか。だが、毛には触れるなよ。痒《かゆ》くなってたまらん」

「分かった」

「ウム、頑張レ」

プルピは頭の上から応援だ。イサはピアスを止めて、クリスの背中に隠れてしまった。どうやら彼もミドリイモムシは嫌いなようだ。ピルピルと小さく鳴いていた。

エイフは、ほぼ一人でミドリイモムシを倒してくれた。

しかし、元から巣にはいなかったミドリイモムシがいて、それはクリスが倒すことになった。一匹たりとも逃がすつもりはない。ここまで来れば全部やってしまうしかない。虐殺だ。目の色が変わっていたようだが、そんなことはクリスにはどうでもいい。

ただがむしゃらに、大きなトンカチを振り回して物理でやっつけた。

紋様紙を使うことは頭になかった。経費として考えると三枚、いや四枚までが上限である。その場合、突発的な事態が起こることを想定すると、現状の二枚がギリギリだ。

なんて冷静に考えていたわけではない。実際のところは、なりふり構わず動いていただけだ。とにかく倒す。かといって、素手で虫を殺すなど絶対に無理だ。ワンクッション欲しい。そこで思い付いたのが確実に倒せて、思い切り振り回せる武器、トンカチだった。

トンカチなら潰せる。クリスは必死でトンカチを振り回し、潰して回った。

「うぎゃー！」

「今度は何だ？」

「変な液体が付いた！」

「まあ、付くよな。お前のやり方だと返り血、じゃなかった体液が」

クリスがギロッと睨《にら》んだからか、エイフは口を閉じた。それからズボンのポケットに手を突っ込み、いつ洗ったのか分からない布を取り出してくる。

クリスは慌てて仰《の》け反《ぞ》って、いいよと手を振った。

「拭いてやろうと思ったのに」

「有り難いけど、結構です」

第三章　二人で受ける依頼

「んじゃ、宿に戻るまで我慢だな」

「ううう……」

「【清浄】を使うにゃ勿体無《もったいな》いもんな」

「うん。でも、お風呂も贅沢《ぜいたく》だよね？」

「昨日は入ってないいんだ。今日はいいんじゃないか。ほら、とりあえず確認してもらおうぜ。早く終わったから昼飯でも食って戻ろう」

この状態で昼ご飯を食べられるとは思えないが、クリスは頷いた。


ところが、宿にはすぐに戻れなかった。

確認に来た使用人がミドリイモムシの多さに驚き、処分もしてほしいと追加依頼を出してきたのだ。その上、依頼者の農場主が現地視察に来た。そして「これほどの短時間で一網打尽にできるのなら別の農場も見てほしい」と言い出した。

通常、追加依頼は別日になる。ギルドを通す時間が必要だからだ。けれど、どうしても急ぎで見てもらいたいと頭を下げる。それに、きちんとした契約書も提示してきた。

「あー、支払い要項と、ギルドにも後から申請すると書いてあるな。クリスも見ておけよ。現地で突発的な追加依頼ってのは意外とあるからな」

エイフが契約書をクリスにも分かるように説明してくれる。

ちなみに、今回ミドリイモムシの討伐が早く終わったのは「自分たちが有能だからだ」

と説明している。早く終わったのなら別の依頼もついでに料金内でやってくれ、と言われないためにだ。

とはいえ、堂々と「自分はこれだけのことを成し遂げた」なんて、なかなか言えない。特にクリスは、トンカチで潰して回ったとは恥ずかしくて言えないのだった。

「追加の依頼を受けよう。想定外の現象が起これば更に追加でもらうぞ」

「もちろんです。では、農場へ案内します。場所については内密に願いますね。守護家直轄の農場地なのです」

「分かってる。場所が場所だからな」

農場主の視線がクリスに向いたので、ぶんぶんと首を縦に振った。秘密の場所について語るわけがない。冒険者として当然だ。もっとも、エイフには秘密の場所がどこなのか分かっているようだった。上級冒険者の彼には情報があちこちから入るのだろう。

移動の最中、農場主は「場所については特に隠しているわけではありませんが」と語った。彼や守護家が秘密にしてほしいのは、農場の生産に関わることだった。というのも。

「うぇぇ」

「もうちょっと可愛《かわい》い怯《おび》え声《ごえ》でもいいんだぞ?」

「だってぇ」

またも虫だ。虫の農場なのだから虫がいるのは当たり前だと分かっているけれど、クリスの繊細な心はガリガリと削られていった。

第三章　二人で受ける依頼

「ここではアオイモムシを育てています。我が守護家伝来の方法により、羽化の直前に処理が可能となりました。このため襲われることがありません」

「蝶《ちょう》になる前にか。一番美味《うま》いという時期だな。だが、一番攻撃的になるはずだ。仕留めるのが難しい時期だとも聞いたな」

「そうです。羽化の瞬間を狙われると、寿命を縮めてでも羽化を早めて凶暴化します。もしくは硬い繭《まゆ》を作りなおして、次の羽化で強力な魔物となるのですからね」

「蛾よりはマシだろうが、蝶も巨樹の花の蜜《みつ》を吸いつくすからな」

「さようです。蝶になった瞬間に仕留めて羽を硬化させ、素材を剝ぎ取る守護家もございますが」

「それよりは食料の方がいいか」

「格別の味ですからな。特に我が守護家が作るアオイモムシのスープは世界三大珍味にも劣らぬもので――」

「あの！」

二人が「うん？」とクリスを振り返って見た。クリスは少し俯き加減になって、エイフと農場主に告げる。

「仕事の話をしましょう！」

「おっと、そうだな」

「そうでした。では、もう少し奥へ。このあたりにいるのは若い個体です。大丈夫。さ、どうぞどうぞ」

二人は何事もなかったかのように農場の中を進んでいくが、クリスは内心でプリプリしながら後を追った。そもそも、蝶も蛾もクリスからしたら同じ虫である。イモムシだってどれも同じ。なんてことを言えば専門家でもある農場主はきっと怒るだろう。だから口にしなかった。けれど、珍味の話はどうでもいい。クリスは絶対に食べないのだから。

なんてったって、現物が目の前にいる。うにょうにょと……。

アオイモムシもミドリイモムシと同じく細かな毛がみっちりと……。

クリスはぶるっと震えた。前を歩く二人はまだ話をしている。ミドリイモムシは蛾になるらしい。蛾の鱗粉《りんぷん》は毒性が強く、触れたら「かぶれ」どころではないそうだ。食害や糞害もひどいため早い段階で討伐できて良かったという。

――うん、そうだね。でも今はその話、要らなくない？

クリスはプリプリしたまま、視界の両端でうにょうにょする物体を気にしないよう歩き続けた。


アオイモムシの大きさが変わってきた。奥に行けば行くほど、肥えているらしい。計測したくはないが薄目で確認してみると、大きさは約二メートルほど。それらが組《く》んず解《ほぐ》れつで蠢《うごめ》いている。その中に、動きの緩慢な個体が見えた。農場主が指差す。

「あれは寄生虫に侵されています。この段階だと薬で抜くことは可能なのですが、作業はかなり厄介でしてね。最近は手が回らず、処分するしかありません」

「その寄生虫は魔物化しているのか？」

「そうだろうと言われています」

「研究はされていないのか」

「巨樹側から飛んできている、というところまでは分かっておりますが」

「巨樹で繁殖か。なら、揉《も》めるだろうな」

「はい。ご当主様も会議の度にお疲れでございまして」

クリスは知らなかったが、魔物化した虫を抑え込めずに繁殖の「発生源」となった場合、責任を取らないといけないらしい。その責任の所在について、行政側と互いに擦《なす》り付け合っているそうだ。守護家側も「大きな被害がある」とハッキリ言えない。発生源扱いされたら困るからだ。

ようするに、守護家側はこっそり対処して「なかった」ことにしたい。

「噂《うわさ》では二本隣の守護家にも被害があるようなのですが、あちらは葉や花のみの被害で済んでましてな。我等のように農場で生計を立てていないものですから暢気《のんき》なのです」

「北側に二本隣か？　あそこは葉から紙を作っているから、それはそれで困るだろう？」

「さようです」

「皆で情報を持ち寄った方がいいだろうに」

「いろいろございましてな。で、寄生が進んだ個体がこちらです」

「こりゃ、ひどい」

「ええ。わたしも今朝、知らせを受けたところでして。それはもう驚きました」

寄生されたアオイモムシが変色して、まだら模様《もよう》になっていた。クリスにはカラフルだなーとしか思えなかったが、元の姿を知っているらしいエイフは目を細めている。

動きも変だ。うにょうにょとした柔らかな感じはなく、ロボットのようなカクカクした動きである。そして、これがもっとも「災い」なのだが、彼等は唾液《だえき》を垂れ流していた。

「これが土を汚染します」

「土?」

「さようです。せっかく、ここまでふかふかにした土を菌で冒します。毒が含まれているため周辺の土ごと始末しなければなりません」

離れた場所で作業をしている人たちもいたが、どうやら彼等は土を入れ替えているようだ。また、寄生されたアオイモムシを一ヶ所に追い込んでいる。集めて始末しようとしているらしいが全く進んでいないようだった。

「寄生されたアオイモムシは外殻が異様に硬く、処分が進まないのです。ミドリイモムシも難しいはずですが、こちらはあれよりも硬くて……」

毒草を食べさせて処分したら、体液を吐き出してしまって余計に手間が掛かったらしい。

何よりも二メートル級の虫の処分は大変である。

「いよいよ、収納スキル持ちに頼もうかと思っていたところでしてね。高く付きますが」

第三章　二人で受ける依頼

「収納スキル持ちがいるのか？　ああ、都市だったら、それぐらいいるか」

「いえいえ。王都から定期的に来られるんですよ。さすがに上級スキル持ちは、天空都市《てんくうとし》といえども多くはおりません。エイフ殿はニホン組をご存じで？」

「あー、あいつらか」

「さようです。ま、文句は言われますでしょうな。虫を収納に入れたくないだのなんだのと、政府が以前頼んだ依頼でも散々だったそうです」

「そりゃまた」

ニホン組が何故《なぜ》シエーロへ定期的にやって来るのかと思っていたが、ちゃんとこうした契約があったらしい。契約というよりもお話し合いの結果だろうか。

迷宮都市《めいきゅうとし》ガレルでもそうだったが、大都市には定期的に上級スキル持ちが来るよう調整されているわけだ。行政府から冒険者ギルドを通す常時依頼のようなものかもしれない。ならば、エイフのような流れでも、突然やって来た上級冒険者の存在は有り難いだろう。

しかもエイフには収納袋がある。

けれど、今回は収納袋を使うつもりはなかった。都市外まで持って出て、そこで焼き捨てるという方法を採るまでもない。先ほどと同様に片付ければいいからだ。

実はここへ来る前、ミドリイモムシの死骸の処理を済ませていた。紋様紙を使ったのだ。初級紋様紙の【腐食（小）】で形をなくし【土】を使って混ぜ込んでしまう。それでもまだ気になるというから【清浄】により綺麗《きれい》にした。もちろんこれらは必要経費である。追加の依頼書にも書いてもらった。

ちなみに【清浄】を使った際、クリス自身も綺麗にしていた。「ついで」という言い訳が通用するのも、きちんと結果を出せるからだ。周辺も、全く問題なく綺麗になった。

というわけで、アオイモムシも同じく処分する。クリスは背負っていた大きなトンカチを地面に置いて作業を始めようとしたが――。

「はぁっ。しかし、腹立たしい。これだけ育てるのに一体幾ら掛かったか。ちょうど、この辺りを開拓したばかりで設備投資も含めると白金貨何十枚、いや百枚は超えてますよ。これをまた一から育てると考えたら……」

農場主が顰《しか》め面《つら》で大きな溜息を吐く。愚痴《ぐち》が延々と続きそうなところで、クリスはハッとして彼を見つめた。農場主もクリスの視線を感じて口を閉じた。首を傾《かし》げている。

クリスは作業を始めようと進みかけたエイフの上着を咄嗟に摑んだ。

「あ？　なんだ、どうした」

「待って、あの、提案が」

「提案？」

クリスは必死で考えた。問題ないだろうか、使えるのではないか。魔女様の家で読んだ研究者の本に書いてあったのを思い出す。大丈夫だ、問題ない。

「もし、寄生虫を体から取り出せたら、処分しなくても済みますよね？」

「そりゃあ。でも初期ならともかく、ここまで食い込まれては無理だと思いますよ」

「さっき、費用が掛かるって仰ったじゃないですか。その費用、軽く済むかもしれないんです」

「……上級冒険者であるエイフ殿のパーティーメンバーでしたね？　となると、あなたも見た目通りではないと」

そこでエイフがにやりと笑った。

「こいつは頭が良いんだ。それに、スキルなしなのに紋様が描ける」

「紋様を？　あの、文字とも絵とも思えない不可思議で複雑な模様を、スキルなしで？」

「ああ。そんな根性のある奴、そうはいない。そうだろ？」

「ええ、ええ、そうですとも。では、先ほどの紋様紙もあなたが？　では、もしや？」

期待の籠もった視線に、クリスはゆっくりと頷いた。自信を持って。


クリスが提案したのは「寄生されたアオイモムシを元の状態に戻す」だ。そのために必要なのは治癒ではない。寄生している虫を「除去」する。

治癒魔法とは怪我《けが》を治すものである。罹《かか》り始《はじ》めの病気にも通用するが、基本的には怪我向けの魔法だ。紋様紙の【治癒】も同じである。つまり、寄生虫にがっつり侵されているアオイモムシには効かない。

そして【除去】とは、そもそも体内にある腫瘍《しゅよう》などを取り除く目的で作られた魔術である。現在では上級魔物の毒成分を取り除くためのものとして使われているが、それは腫瘍を特定できるだけの人体に通じた医者が少ないからだった。また、人間の場合は別のアプローチで病気を治せるため、あえて【除去】という上級魔法を使う必要がなかった。

今回はどうか。少なくともクリスは、うってつけの魔法だと考えた。なにしろ寄生している場所は分かっている。うっすら透けて見えるぐらいだ。

「まず【除去】で寄生虫を取り除きます。もちろん、罹患《りかん》してるアオイモムシを一ヶ所に集めて。それから結界を張る必要があります。【完全結界】だと他に影響を与えないのでいいかもしれません。それから、取り除いた後に万全を期して【整正】を使います。体内のもの全てを正しい形へと戻します。その後、寄生虫による二次被害をふまえて念のため【浄化】を掛け、終了です」

全部で上級紋様紙三枚と中級紋様紙一枚。上級の場合、売価は金貨三十枚からだ。内容によって、あるいは在庫によって価格は変動する。クリスがギルドへ売る場合は金貨二十枚からが基本だった。これも時価だ。

農場主は買う側の人間だから価格については理解している。彼は一瞬で計算し、即、答えを出した。

「お願いしましょう。たったそれだけで憂《うれ》いが消えるのなら安いものです」

「おい、いいのか？　上手くいくかどうか分からんのに」

「失敗した場合は値切りますよ。ははは」

目が笑っていないので本気だ。けれど、彼はすぐに本当の笑みを見せた。

「お客様が待っているんですよ。それに残り少ないアオイモムシを巡って争うのを見たくない。まだ若いアオイモムシを出荷しなければならなくなるのも嫌でした。美味しい状態まで育てたいじゃないですか」

「それは分かるぞ。一番いい時のを食いたいからな」

「でしょう！　いや、さすが上級冒険者ですな。成功した暁にはぜひ、我々の営業している最高級店へおいでください。ご招待しますよ」

「マジか。絶対行くよ。なあ、クリス！」

「行かないよっ！」

「「……」」

「それに、まずはアオイモムシを集めないとダメじゃないかなっ？」

クリスはプリプリ怒って、エイフを急かした。

結果として、アオイモムシの寄生虫は全個体分を完全に除去できた。

農場で働く人たち総出でアオイモムシを掻き集めてくれたからだ。どうせやるなら全部やった方がいい。クリスには勝算があった。結界の範囲内に収まるのなら、できるはずだった。

とはいえ、繊細な作業はクリスの精神をゴリゴリ削った。削った大半はアオイモムシに囲まれていたからかもしれないが。とにかく指向性を持たせた魔法が各アオイモムシに届いて上手く作用した時には「経費が全額請求できる」と、クリスはホッとした。

農場主には感謝され、経費として挙げた紋様紙も「ギルドで購入する際の相場」で計算してくれた。万々歳である。

最高級のアオイモムシスープは遠慮した。エイフが残念そうだったので、どうぞ行ってきてくださいねと手を振ったら、何故かクリスと一緒に帰ることになったけれど。

そんなこんなで冒険者ギルドにも依頼完了の報告を済ませ、クリスたちは宿に戻った。

「せっかく今日は儲《もう》かったんだから、やっぱり風呂を頼むか？」

「うーん。でも【清浄】しちゃったしな〜」

「まあ、いいじゃないか。たまの贅沢だ」

「そうだよね！　今日は頑張ったもん、いいよね！」

「そうだそうだ」

なんだかんだでお風呂を気に入ったエイフの後押しもあり、入ると決めたのだが――。

「えっ、ダメなんですか？」

「今日から宿のランクに関係なく、お風呂は完全禁止になってしまいました」

「そんなぁ……」

第三章　二人で受ける依頼

制限がかかるだろうという話はあったけれど「何故今日からなんだ」と、クリスは肩を落とした。こうなれば、都市外の川で行水しようかとも考える。

あるいは家馬車で一度出てもいいのではないだろうか。なにしろ家馬車にはお風呂セットが付いている。川の水を汲んで灰汁取《あくと》り石を入れたら元手も掛からない。難点は、一度動かすために預け賃の長期滞在割引がリセットされてしまうことだ。クリスがみみっちいことを考えていると、宿の女性が困った様子で愚痴を零《こぼ》した。

「今回の制限はかなり厳しくなりそうでねぇ」

「そうなんですか？」

「数年に一度は渇水《かっすい》が起こるから予想はしていたんだけど……」

「時期が決まってるんですか？」

「ちゃんと決まってるわけじゃないのよ。まあ、大体そうだったかな、って程度でね。違う季節でも起こるから、溜《た》めておくわけにもいかなくて」

そう言いながらも、実は巨樹にも守護家にも溜め池は多くあるらしい。地面にだって作られている。そちらは作物用だったり飼っている生物向けだったりするそうだ。天空都市シエーロの人はどうあっても、地面より天空の方が格上という考えらしい。

「うちも雨水を溜めているけれど、ひどくなると台所を閉じるからね」

「えっ、簡易台所も？」

「それもそうだけど、宿から出す料理も作れなくなるのよ」

「えー」

「個人宅にしか配給の許可が下りなくなるからねぇ」

「外からの冒険者にとったら死活問題になるんじゃ……」

クリスが驚いていると、エイフが肩を叩《たた》いた。振り返ると笑っている。こんな時に笑うなんてと思ったら、彼の視線はクリスの頭の上だった。プルピがいるのは知っていたが、また何かしたのだろうか。

「涎《よだれ》まみれになってるぞ」

「……えっ？」

「ははは。それより安心しろ。冒険者ギルドが会員である冒険者を飢えさせるような真似はしないさ」

「どうするの？」

「専用の食堂を開くのさ。でないと、外から来た冒険者に逃げられちまう。シエーロ内部の冒険者だけで捌《さば》けるほど、運営は楽じゃない。今日だってそうだったろ？」

「あ、そうだね」

「シエーロがちゃんと冒険者を育てりゃいい話だが。まあ、どこも同じ問題を抱えてるからな」

冒険者になるタイプは、一つの場所に居着かないという問題がある。そもそも地元のために働こうと思う人は自警団などに入るそうだ。出世して騎士、というパターンもあるらしい。そして、行政府系の組織に入った人は無茶をしなくなる。安定しているし安泰だからだ。特別頑張らなくてもいいのなら、率先して魔物と戦う気がなくなるのも分かる気がした。

冒険者は頑張らねば生きていけない。よりよい場所へと移っていくのも当然である。

クリスだって旅を続けてきた。安定した生活を望んでいるけれど、難しい。

「そういうわけだから、食事については問題ない」

宿の女性は「知ってたんなら良かったよ」と笑顔になった。食事できる場所がなくなったらギルドの臨時食堂を利用するよう、伝えるつもりだったらしい。彼女は、簡易台所の使用も禁止だと告げ、奥へ引っ込んだ。

翌日はクリスの案が通り、家馬車に乗ってエイフの知っている浄水の場所へ向かった。

「気持ちいいね～」

「そうだな。やっぱり外はいい。プロケッラもペルも喜んでいるしな」

「自然の中だもんね」

「ピッ」

「イサも森の中がいいの？」

「ピピッ！」

宿は巨樹に沿って建てられているけれど、森の中、という感じではない。巨樹は木だが、大きすぎて緑を感じられないのだ。町中も枝打ちされていて葉も花もない。遠目に見たら自然いっぱいに思えたけれど、あれは縮尺《しゅくしゃく》がおかしかっただけだ。

「あれ、そう言えばプルピはどこだっけ」

「さっき飛んでいったぞ」

「自由だなあ」

「精霊ってな、そんなものだろ」

エイフは精霊の存在は分かるらしいが、基本的にはぼやけて見えるそうだ。全く姿が見えない精霊もいるらしい。ただ気配は感じるという。それはエイフが上級冒険者だからか、あるいは鬼人族《きじんぞく》という種族特性かもしれない。身体能力が高く、気配を感じ取るのが上手いのだ。そんな彼に、プルピは本来の姿を見せるようになった。エイフが初めて本当の姿を見た時は「こんな姿なのか」と驚いていた。


浄水の場所までは半日かかった。森の中だから早々に馬車を降りての移動だ。ペルとプロケッラを馬車から解放し、家馬車はエイフの収納袋に入れる。大型の収納袋があると、こんな使い方もできるから有り難い。

浄水の泉に辿《たど》り着《つ》くと精霊がチラホラ見えた。プルピも先に来ていたらしく、ふわふわ

第三章　二人で受ける依頼

ーっと飛んでくる。

「ワタシガ事前ニ頼ンデオイテヤッタゾ。感謝スルガイイ」

「ありがと！　ここでキャンプしてもいいって？」

「構ワヌ。殺生ハスルナヨ？」

「魔物が現れなかったらね」

「勿論《もちろん》ダ。デハ、ワタシハ誘ワレテイルノデ友好ヲ深メテクル」

「はーい。いってらっしゃい。あ、イサも連れていってあげてね」

プルピは偉そうに「ウム」と頷くとイサに合図して飛んでいった。

煩《うるさ》いのがいなくなったので、早速キャンプだ。

エイフが家馬車を出してくれ、夕飯の準備を始める。水がふんだんに使えるというのはいい。クリスは久々に調理を頑張り、エイフと二人美味しく食べた。

その後、エイフが排水路を簡単に作ってくれた。お風呂で使った水を泉に戻すわけにいかないからだ。そう、お風呂である。

「先に入っていいの？」

「レディーファーストって言うだろ。クリスもレディーだからな」

「別に子供だからって理由でもいいんだよ？」

「言わねえよ。女は小さくたって女なんだろ？」

そんなことを言って肩を竦める。彼は口調はこんなだが、態度は優しい。今もこうして先を譲ってくれる。

クリスの前世の父親とは大違いだ。一番風呂は家長である父親で、次に入るのが兄だった。親戚が来た時の順番も男性が先と決まっていた。今世の父も似たようなものだ。

それが少数派だというのは、辺境の旅で知った。この世界でも男性の立場は強いように見える。が、それは、彼等がそれなりのことをしてくれるからだ。力仕事を率先して行い、女性を守る。だからこそ女性は男性を立てた。何もせずに威張り散らしているわけではない。

迷宮都市ガレルの冒険者ギルドでも先輩冒険者たちは優しかった。生きていくには大変なことも多いけれど、クリスは今世の方が楽に息ができると思っている。


お風呂を交代すると、クリスはパジャマに着替えて家馬車の一階部分にある作業場で休憩した。後ろの戸を開け放しているため涼しい風が入ってくる。ついでに精霊たちも度々《たびたび》入ってくる。面白そうに見学しては出ていくのを眺めていると、エイフが半ズボンだけの格好で横切った。首元にタオルだけで、いかにも風呂上がりのオッサンスタイルである。

「エイフ、レディーの前だよ?」

「おっ、すまんすまん」

軽い声で謝っているが、姿が見えずゴソゴソと音だけがする。風呂桶《ふろおけ》を片付けてくれているのだろう。手伝おうと思ってひょいと覗《のぞ》けば、もうほとんど片付いている。

「ありがと！」

「おう」

「ね、何か飲む？　おつまみもあるよ」

「おー、マジか。風呂上がりだから冷たいのが飲みたいな～」

「お酒だったら自分で出してね。わたしが作ったものだからハーブ水とか果実水しかないの。氷は椀飯《おうばん》振る舞いしましょう！」

クリスが胸を張ると、エイフはパチパチと手を叩いて喜んだ。冷たい飲み物というのは滅多に飲めないからだ。

クリスが作業場にも入っていいと言うと、エイフは目を丸くしたもののすぐに破顔した。

「野良猫がようやく懐いた感じだ」

「何、その喩え。変なこと言ってると紋様紙使わないよ？」

「嘘だ。冗談冗談。ほら、紋様紙を出してくれ。氷はできるだけ多めにな。待て、先に魔道具を出しておくから」

「魔道具って何？」

「この入れ物だ。小さいが、完全に時間停止ができる」

そう言って取り出したのは炊飯器のような形の入れ物だった。十合炊きぐらいの大きさだろうか。クリスは「すごい！」と声を上げた。きっと高いに違いない。それを何に使うのかというと、氷にである。初級紋様紙の【氷】を使って出てきた氷を魔道具で保存する。

バカらしいが、エイフは「他に時間停止で使うものがないのだから構わない」と言い張る。クリスはそれもそうかと納得し、目一杯の氷を出した。

溢《あふ》れ出《で》た氷もなるべく保存しようと、断熱の魔法が付与されている軽魔鋼《けいまこう》で作った箱に入れておく。完璧ではないから最終的に溶けるけれど、一晩は保つはずだ。エイフはお酒、クリスは果実水で乾杯した。出入りの増えた精霊や妖精たち用として小さなコップにも入れてあげる。

エイフとはシエーロでの依頼内容や浄水の泉について語り合った。精霊と妖精も入り乱れての会話は夜更けまで続いた。

翌朝、浄水を汲んだ。エイフが収納袋にはまだまだ余裕があるというため多めに保管してもらう。それから帰路に就いた。その途中で通信が入った。マルガレータからだ。エイフは通信を終えるとクリスに向いた。

「ニホン組が数日後にシエーロ入りするらしい。一昨日の依頼者も来るだろうとは話していたが、なあ？」

「タイミング良すぎだね」

「ああ。だが、ちょうどいい。クリスもナタリーたちが心配だったろ」

「うん……」

シエーロを早めに出ていった方がいいのではないか。実は昨夜、そんな話もしていた。

第三章　二人で受ける依頼

無理に残る必要はない、と。

クリスたちが天空都市へ来た理由の一つは、珍しい家々を眺めることだった。家つくりスキルに役立てるためだ。実際に宿までの移動で十分に見学はしている。浄水も大量に汲んだ。あとは、巨樹の上に登ってみたいという願望もあったが、これは依頼がなければ難しい。実績を上げるために一昨日、エイフと一緒に依頼を受けた。が、それも長居をする理由にはならない。何よりも、今後は水不足で大変になるだろう。

心配だったのはナタリーだ。クリスと同じようにニホン組のストーカーに悩まされている。いや、クリスの時より事態は深刻だ。だから、何か助けになりたい。そう思ったし、伝えもした。

エイフも同じだ。だからタイ、、、、ミングが良い。早めに対処できるのだから。そしてその力がエイフにはある。

「……そう言えば『報奨金』って言ってたけど、聞いてもいい？」

「おう。ていうか、まだ話してなかったか」

エイフは「忘れてた」と頭を掻いて、話し始めた。

ペルア国の冒険者ギルド本部はニホン組の力が強い。上層部にもニホン組が就いている。その上、最上級冒険者のほとんどがニホン組で占められていた。そのため、彼等の意見が通ってしまうそうだ。

基本的には正しい意見が多い。しかし、中に過激派がいた。それが争いごとを生む原因になっている。これを良く思わないニホン組もいた。

「俺はニホン組、というよりもニホン族になるのか、そっちの依頼を受けているんだ。ニホン族だけじゃない。冒険者ギルドの、ニホン組に属さない派閥《はばつ》からの特殊依頼だ」

御者《ぎょしゃ》をしたままなのでエイフの視線は前を向いている。彼を窺《うかが》うが、特に何かを隠しているような様子は見られない。クリスは神妙に話を聞いた。

「過激派に限らずだが、奴等が起こす揉め事を解消する。それが特殊依頼だ。こなせば報奨金という形で出る。基本的には強制じゃない。だから、クリスが嫌ならシエーロを早々に出ても良かった。だけど、お前はそうしたくなかっただろ？」

「うん」

「……ガレルで、お前は子供たちを助けた。自分だって誘拐されて辛かったろうに、必死で頑張った。いくら紋様紙という切り札があったとはいえ、普通の神経じゃ無理だ」

「普通の神経って」

「肝が据わってるって言ってんだ。褒めてんだよ、バカ」

「バカはひどいよ」

「ははは」

片手でクリスの頭を撫でてくる。その仕草は大雑把で、せっかくまとめた髪の毛がぐしゃぐしゃになるほどだ。けれど、親しみの籠もった優しさを感じる。

「そういうの、俺は嫌いじゃない。でも無理はさせたくなかった。だから、決めるのはクリスだ」

「わたしはナタリーさんを助けたい。わたしでもできることがあるなら――」

「できるさ」

「そう、かな？」

「できる。実はな、ちょっと考えていたことがあるんだ」

そう言って、エイフはクリスを見て笑った。笑顔でウインクする。不思議に格好《かっこ》良《よ》くて、それでいて子供みたいに無邪気な笑顔だ。

その笑顔に、クリスは何故かとても安心できる気がした。


ナタリーは不安そうな顔でクリスたちを出迎えた。

家にはマリウスもいて、こちらも少しピリピリした様子だった。彼の頭の上には相変わらずククリがいる。プルピもクリスの頭の上で寛《くつろ》いでおり、もしや精霊とは人の頭に居座るのが好きなのだろうかと思ってしまう。ただ、今はどうでもいい問題だ。クリスは頭を振ってエイフと共に勧められた席に座った。

ナタリーとは、クリスたちがシエーロに戻ってきてすぐ連絡を取った。それで対策を話し合うべく、晩ご飯に招待されたのだ。ついでにエイフが「良い案がある」と伝えていたため、二人は少しそわそわしていた。

エイフは二人に、こう言った。

「まず、家を作ろう」

全員が頭に「？」を飛ばした。


プルピは食事を済ませると、ククリとイサを連れて出て行ってしまった。話し合いに飽きて、それなら巨樹の上に住む精霊と遊んだ方がずっと「暇つぶしにいい」らしい。

クリスはこっそり「今度、わたしも遊びに行っていいか聞いてみて」とお願いした。もっとも精霊がＯＫを出しても、シエーロの偉い人が許可しなければ行けないだろう。あくまでもダメ元だ。ひょっとしたら裏技があるかもしれない。ニマニマして見送った。

そんなクリスを、マリウスは薄目で眺めて溜息を吐いた。

「何よ」

「精霊に変なこと頼む奴が、本当にそんなご大層なものを作れるのか？」

ご大層とは「家」のことである。

食事の前にエイフが提案した内容は、ストーカー男から身を隠せるシェルター型の家を作るというものだった。表向きのダミーと、実際に隠れて過ごせる場所。両方を兼ね備えた家を作ると、何故かエイフが宣言した。

相談されていなかったクリスは最初びっくりした。何を勝手に決めて、とも思った。けれど、そう思いながらもクリスの頭の中はすごい勢いで「どんな家なら大丈夫か」を考え出していた。せっかくのナタリーの美味しい手料理も、覚えていないぐらいだ。

食べ終わった頃に思考が途切れた。そこでプルピが「遊びに行ってくる」と声を掛けたのだ。もしかすると彼は、クリスが正気に戻るのを待っていてくれたのかもしれない。

「大体、こんな小さい奴に家が作れるのかよ」

「小さいは関係ないよ？」

「そうだ。関係ない。スキル持ちだからな」

「スキル？　大工スキルか？」

クリスは首を横に振った。エイフはどこか誇らしげだ。にやりと笑ってクリスを見ている。これはクリスに言わせたいのだなと思い、口にした。

「家つくりスキルだよ」

ちょっぴりドヤ顔になっていたかもしれない。だからか、マリウスが胡散臭《うさんくさ》そうにクリスを見た。益々目が細くなっている。クリスがムッとしていると、ナタリーが慌てて口を挟んだ。

「稀少《きしょう》スキルなの？　だとしたら、もしかして最上級の？」

クリスの持つ「家つくり」スキルは、稀少ではあるが最上級スキルではない。

よく勘違いされるのだが、珍しいからといってイコール「すごい」わけではなかった。残念ながら、どうでもいいような変わったスキルも多い。

クリスが冒険者たちに聞いた話の中でも有名なのが、大昔にあったらしい「玉結び」スキルだ。裁縫スキルどころか、玉結びに特化している不思議なスキルだったそうだ。幸い、そのスキルを持った人は、他に中級スキルを三つも持っていたため笑い話で済んだ。しかし、知らない人からすれば、他に例を見ない稀少さ＝最上級と勘違いする場合もある。

実際、最上級スキルを持つ人は少ない。ちなみに、認定を受けているものだけが最上級スキルと呼ばれる。スキル一覧は冒険者ギルドの資料にあるため、クリスは大きな町に行くと必ず見ている。そこに家つくりが入っていたことはない。

かといって玉結び系でもないはずだ。何故ならクリスは家つくりスキルが「使える」ことを知っている。

エイフも知っていた。それどころか、クリスが考えているよりも家つくりスキルを買っていたようだ。

「俺は大工スキルよりも上位じゃないかと思っている。図面を見ずとも動けるし、スキル発動中は些細《ささい》なミスも見逃してない。元々クリスは力のある方だが、底上げもすごい。それにとにかく早い。奴等が数日中に来るなら急いだ方がいいだろう？　隠れるにしても頑丈でなければならないはずだ」

家を壊されてはたまらない。ナタリーはハッとして頷いた。拳《こぶし》を胸に、もう一度頷く。

第三章　二人で受ける依頼

「そうね、いつ来るか分からないわ。ずっと守ってもらうわけにもいかないし、頑丈な家はとても有り難い」

「だろう？　仕事の行き帰りはマリウスという護衛がいる。職場でも守ってもらえるだろう。だが、家だと厄介だ」

「ええ」

「今回は俺たちでなんとかできたとして、次がないとは言い切れない」

エイフが力を貸すと言っている以上、上手くいくとクリスは思っている。しかし「引き下がった振り」をされたらどうしようもない。

クリスはエイフのことを、本来は大雑把な性格だと思っている。一緒に過ごしてそう感じた。けれど、今はとても慎重な意見を口にする。きっと、そうした経験があるのだ。でなければ猜疑心《さいぎしん》は生まれない。元々慎重な人もいるけれど、エイフに限っては普段が普段だから違うだろう。彼には、ニホン組に迷惑を被った経験があるのだと思われた。しかも慎重にならざるを得ないほどの。

「わたしはクリスちゃんのスキルを信じるわ」

「ナタリーさん、ありがとう！」

「うー、分かった。俺も信じる。どのみち、奴が来たら今度こそヤバい。逃げ隠れするにも対策が必要だ」

「そうだ。何重にも対策はしておくべきだ。いいか、マリウス。大事な女を守りたいなら全力で当たれ」

「お、おう」

マリウスはビクッとして体を少しだけ引いたが、真面目《まじめ》な顔のエイフに思うところがあったのか、すぐに表情を引き締めた。


クリスはエイフの様子も気になったが、先ほどから頭を支配している「家」について吐き出してしまいたかった。なので早速、ナタリーと打ち合わせを始めた。紙を用意してもらい、机に広げる。

「避難する場所が必要なのは基本だとしても、ナタリーさんの意見だって取り入れないとダメだと思うんだ」

「でも、緊急対策だもの」

「だからって不便になったら意味がないんだよ？」

「クリスちゃん……」

「家はね、一番安らげる場所じゃなきゃダメなの。家は大事なんだよ」

クリスの真剣な様子に、ナタリーも拳に力を込めてテーブルに乗り出した。一つ頷いて答える。

「わたし、料理を作るのが好きなの。できれば自宅で解体もやりたいわ」

「分かった。じゃあ台所は大きめだね。隣に解体室と保管室も必要と。その代わり、他の

第三章　二人で受ける依頼

部屋が狭くなっちゃうけど」

「食堂があればいいわ。あとは寝室ぐらいね。あ、隠れるなら共同のお手洗いと風呂場が使えないわね。小さくてもいいから家の中に欲しいのだけど……」

「了解です。でも、風呂場って？」

水が貴重なシエーロには共同浴場があるとは聞いていた。しかし個人宅の風呂場とはどんなものだろう。クリスは首を傾げた。

「風呂場と言っても宿にあるような大きな浴槽があるわけじゃないのよ。盥《たらい》に水を溜めて体を拭うの。スキル持ちの人に頼めるから、週に一度は盥のお湯に浸《つ》かれるわ」

「そういうタイプかー。サウナではないんだね」

共同浴場はタイル張りになっており、タイルに温熱効果のあるものを使っているため寒さで震えるほどではないそうだ。それでも冬場は数日に一度だけしか入らないという。

「じゃあ、シャワータイプにしましょう」

「シャワー？　でも水なんて……」

「まあまあ。なんとかしましょう。もちろん、水は引きませんよ。料理用の水だって配制ですもんね。分かってますって」

「え、ええ」

「ではトイレとお風呂場、清め室って言いましょうか、それを作って。そうだ、個人宅でもトイレの処理はスライムパウダーです？」

「そうよ」

トイレの処理にもいろいろある。専用の家畜を使うか、あるいは大規模な下水処理場を持つ都市もあった。たとえば迷宮都市ガレルがそうだ。下水処理がしっかりできていた。辺境だと穴を掘って処理することが多い。トイレを清潔にしていないと病気が蔓延《まんえん》するというのは知られているから、少し離れた場所に共同トイレが用意されている。満杯になれば埋めてしまい、新たにトイレを設置するのだ。そんなことができるのも土地が多い辺境だからで、そんなやり方しかできないのも辺境だからだった。スキルによる処理も、物資も何もないからだ。

町の場合は大抵スライムパウダーを使う。発酵と消臭を兼ね備えた商品名のことで、いろいろな素材を配合してパウダー状にしたものだ。使用後の見た目がスライムに見えることから名付けられたらしい。ちなみに、配合を考え出したのも商品名を付けたのもニホン族だ。ヨーグルトみたいな増やし方ができるため、菌の素《もと》さえ死なせなければ永遠に作れる素材である。ただし、完璧ではない。砂漠のような辺境の地では菌が生きられないし、湿度の高すぎる場所でも作れないそうだ。

スキル持ちが多ければ、溜めた汚物を浄化するという方法もある。消臭用の薬草もあるため、その地域が実際に何を使っているのかは聞かないと分からない。

「スライムパウダーがあるなら問題ないですね」

「ええ。あ、薬草ポットも必要かもしれないわ。あまり深くに汚物タンクを置けないの」

「あ、そういう決まりがあるんですね。了解です。とりあえず、明日、改装許可を取るついでに確認してきます」

「わたしも一緒に行くわ。事情を説明しなきゃ」

それは心強い。とにかく急がないといけないから、クリスとナタリーはどんどん話を詰めていった。男二人は、唖然《あぜん》としていたようだった。


翌日朝から、クリスとナタリーは家の改装についての許可取りに走り回った。

マリウスとエイフの二人は狩りだ。ストーカー男が来るまでに猶予《ゆうよ》があるため、引きこもれるよう食料を溜め込む。万全を期すため事前準備は念入りに、だ。

そうして女性二人で役所に赴いたわけだが――。

最後の、許可証を発行してもらう窓口で揉めてしまった。外国人であるクリスが大工として働くと聞くや、突然の手のひら返しだ。もちろん外国人でも仕事はできる。

シエーロの住民でもあるナタリーが丁寧に説明しても「大事な巨樹を傷付けられては困る」の一点張りだ。そんなことは言われなくても分かっている。だから「改めてルールの再確認もした」と言ってるのに馬耳東風だった。

クリスがイライラし始めた頃、突然助けが入った。プルピが登場したのだ。しかも彼は大物と一緒だった。大物とはつまり、精霊である。

プルピは皆に見えるよう隠蔽《いんぺい》を解き、いささか胸を張るような仕草で声を張り上げた。

「ココニイルノハ、ワタシノ友人デモアル、コノ大木ノヌシノ子ダ」

ぽかーんとしたのは役人だけではなかった。クリスもナタリーも、その場にいた全員が同じ表情だったかもしれない。

「コノ娘、クリスモマタ、ワタシノ友人デアル。友人ガ友人ノ作ル家ヲ見タイト言ウノダ。見セルベキデハナイカ？」

「……あ、いえ。はあ。えっ？」

「ココニハ、バカシカオラヌノカ？　精霊ヲナント心得ル！」

「はっ、申し訳ありませんっ！」

プルピの台詞《せりふ》の続きが「頭が高い！」になると思っていたのに、肝心なところで役人に遮られてしまった。その方が良かったのは分かっている。プルピが珍しく不機嫌になっていたからだ。でもクリスはちょっぴり肩透かしにあった気分だ。


それはそうと、クリスは巨樹にヌシがいるとは知らなかったが、巨樹に住み着く精霊ならば大物であるのは間違いない。その子供が来てくれるとはタイミングが良すぎる。ひょっとするとプルピはいろいろ見込んで、昨夜遊びに行ったのだろうか。

ちなみに子供の精霊は人型だった。背中に羽根が六枚あって「いかにも」妖精みたいな

第三章　二人で受ける依頼

見た目だが、妖精とは存在感がまるで違う。ぼんやりと光って見えるため幻想的だし、ずしりと感じる厳《おごそ》かな空気は間違えようがなく「精霊様」だ。

　窓口の男だけでなく他の役人たちも、そんな精霊をしっかり見ようと目を凝らしている。が、どうもハッキリとは見えないようだった。

ただし、プルピの言葉は届いている。

「ドウスルノダ？」

「はっ、いえ、わたしだけの判断ではお答えできず……」

「何故ダ。ソモソモ、大木ノ持チ主ハ精霊デアルゾ」

「……っ！」

子供の精霊が羽を大きく揺らし始めた。ヴヴヴと変な音がする。クリスとナタリーが役人の顔をじっと見ていると、真《ま》っ青《さお》になってきた。

　クリスたちは追い打ちを掛けることにした。

「精霊の子供、まるで怒ってるみたい」

「本当ね」

「そう言えば申請書類に間違いはなかったよね。案内係の人が確認してくれたもんね？」

「ええ、そうよ」

「確か、ダメって言われたのは、この窓口の人に見せてからだったような」

「大工をここから選べってリストを渡されたけれど、断ったのよ。それからだったわ」

「そうだね。シエーロに登録している大工以外はダメだという法律はなかったのに」

法律については朝のうちに調べていた。クリスは以前、迷宮都市ガレルで永住権が取れないと知って随分《ずいぶん》落ち込んだ。あの時の二の舞は嫌だからと、家つくりについて穴がないか調べたのだ。もしルール上無理ならば、他に抜け道がないかも調べるつもりだった。幸いにして問題はなかった。書類に不備もない。だからこそ、おかしいのだ。

窓口の男性は青い顔のまま、リストをそろっと手前に引っ込めようとした。それをすかさず引っ張り返す。

「このリスト、他の人に見てもらおうかな～」

「それがいいわね」

「精霊の子供さんと一緒にね。そうだ、上の部署に掛け合ってみよう！」

ヴヴヴ。精霊の子供とプルピが頷いた。それを見て、男性は観念したようだった。

代わりの役人が申請を受け付けてくれたため、クリスたちは無事に許可証をもらった。

ハッキリとは言わなかったが、渡された大工リストは全員分が載っておらず、偏っていたようだ。つまり、何かしらの意図があってリストを改竄《かいざん》していた。窓口の男性が業者を選定することの意味は、たとえば「業者側に賄賂《わいろ》を要求する」といった理由が想像できる。当然、同僚たちもクリスと同じように考えたのだろう。彼は皆に白い目で見られながら上司に連れていかれた。

第三章　二人で受ける依頼

それはそうと、ヌシの子供だ。クリスが名前を聞いても、安定の電子音で全く分からない。プルピに変換してもらっても通じないため、クリスは諦めて名前を付けることにした。数秒考え「ハネロク」と呼んだ。とても喜んでくれた。

　精霊の喜ぶポイントは相変わらず不明だ。クリスは首を傾げつつ、材料の仕入れへと急ぎ向かった。

　木材の仕入れは役所と違って何の問題もなかった。ナタリーの仕事場の近くにあって、知り合いが多かったことも一つ。ほとんどはハネロクのおかげだ。彼（もしくは彼女）がクリスの頭の上に座っているおかげで「精霊様だ」と拝み始め、それだけでオールオッケーになってしまった。逆にいいのだろうかとクリスが不安になるほどだ。でもクリスは、そこでイイ子ちゃんになるつもりはない。使える権力は使う派である。

　クリスがこっそり拳を握って笑っていると、昼ご飯を一緒に摂《と》ろうとマルガレータを誘いに行ったナタリーが戻ってきた。ナタリーは苦笑していたが、マルガレータは「クリスちゃん……」と呆れ声で見てくる。

　クリスのあくどい笑みにドン引きされたのかと思えば、違った。

「精霊をおふたりも乗せていると聞いていたけれど。なんだかすごい格好じゃない？」

「えっ」

「（あのね、あなたの髪の毛を丸めてクッションみたいにしてるわよ？）」

小声になって、控え目な表現で教えてくれる。プルピはまたも勝手に改造しているようだ。

「ちょっとプルピ？　あなたのために髪を纏《まと》めたんじゃないんだからね？」

「イイデハナイカ。滅ルモノデナシ」

「どうせ、ふんぞり返って寝てるんでしょう？　ハネロクが真似しちゃうから止めてね」

「フフン。〇※△◇※ガ逆ニ前ノメリニナッテイルノデチョウドヨカロウ」

クリスは慌てて前髪のあたりに手をやった。そろりと指で触れると、ハネロクが摑まった気配を感じる。プルピもそうだが精霊は触ろうと思えば触れるのだ。その触れたところから「楽しい」という感情のようなものが流れ込んできた。どうやら精霊の子供は、かなり下界を楽しんでいるようだ。

これはもしかして「お守り」もしなければならないのだろうか。クリスは少し不安になってきた。

天空都市シエーロの住民は大半がエルフだ。元々、精霊という存在は敬われているけれど、エルフは更にそれが強いらしい。特に世界樹の流れを汲むという巨樹に住んでいるからか、精霊への信仰が強いようだ。なにしろ世界樹には精霊たちが多く住んでいる。

世界樹には滅多なことで近付けない。精霊の導きなくしては入れないとされていた。世界樹の葉や枝は不可思議な、理を覆すような最高の素材であり、そこに自在に出入りできる存在はそれだけでも憧れなのだろう。

もちろん精霊自体に尊敬の念もある。

ただ人によって感じ方は違う。「可愛くてほのぼの見ている」もあれば「存在が素晴らしすぎて恐れ多い」となるなど、幅が広いようだ。クリスみたいに、むんずと掴んで放り投げるような真似はあまりしない。サバサバした感じのマルガレータでさえ、精霊に対してうっとりとした視線を向けるぐらいだ。

だから彼等の気持ちは理解できる。しかし、人々の視線の少し下にはクリスの顔があって、まるで自分を見られているようだ。どうにも居心地《いごこち》が悪い。食事のために皆で屋台通りへ向かったが、その際にも通りすがりの人や店の人の視線が痛いほどだった。

「プルピ、なんとかなりませんかね？」

「何故、敬語ナノダ」

「お願いする時は敬語になるんですよ。当たり前ですね」

「……分カッタ。分カッタカラ、普通ニ話スガイイ」

「はーい。てことで、ハネロクをなんとかして。見えないようにするか、輝きを消すか、髪の毛に潜り込ませて隠すか――」

「分カッタ、分カッタ」

やれやれ、と呆れ声で答え、プルピはハネロクを説得してくれた。電子音だったので彼等の言葉でだろう。何と説明したのかは分からないので気になるが、結果が良ければいいかと思うことにした。

その後、マルガレータに「ニホン組対策としてナタリーの家を作る」と説明すると、彼女はできるだけの便宜を図ると約束してくれた。ギルドから買い取れる素材も多いため、融通を利かせてもらうのだ。しかし、途中で「虫素材はナタリーの職場から買えばいいんじゃない？」などと言うものだから、クリスは思わず叫んだ。

「却下！」

ナタリーは苦笑でマルガレータの肩をポンと叩いた。

午後は資材を運ぶのに費やして作業どころではなかった。

ナタリーとは家の改装契約を済ませているが、ほぼ実費の材料費だけもらう。こちらから言い出したのだからそれは構わない。それに、言い出しっぺのエイフが代わりに何かくれるらしい。ハッキリとは言わなかったが、例の報奨金から出してくれるのだろうと察したクリスである。

ナタリーは「さすがに材料費だけというのはいくらなんでも失礼すぎる」と言い、話し合いの末、三食用意してもらえることになった。願ったり叶《かな》ったりだ。料理上手ではないクリスにとって、美味しいご飯が毎回いただけるというのは大変ありがたい。宿でも食事ができなくなるため、ちょうど良かった。

ちなみに水の配給は家にいる人数で量も変わってくるそうだ。今回のような場合は「大

第三章　二人で受ける依頼

事な客人を迎えるため」の必要措置として許可される。

　契約書を複数用意していたので何故だろうと思っていたが、仕事を依頼しているという証明になるそうだ。

　そうしたわけでナタリーは自宅で調理中である。余分に作ってくれる分は、エイフの収納袋に溜め込むつもりだ。肉はこちらから提供した。ヴヴァリがまだあるから問題ない。

　――でないと、虫肉を使われたら困るもんね。

　クリスもさすがに我が儘だと思っている。だから一応エイフにも確認したのだが、あえて食べたいわけじゃないから大丈夫だと頭をポンポンされた。その割には最高級のアオイモムシスープとやらに興奮していたが……。

　調理をお願いしている間はクリス一人で作業する。その資材を運んでいると度々声を掛けられた。

「お嬢ちゃん、大丈夫なのか？」

「一人で運ばされてるのかい？」

　などと、行き会う人々に心配されてしまった。確かに、適度にカットしたとはいえクリスのサイズに合わない大きな木材を、えっちらおっちら運んでいるのは心配にもなろう。

　だが、ドワーフの血を引くクリスは力持ちだ。見た目が人族のようにも見えるため弱々しいと思われがちだが、骨太で筋力もある。

　何より、プルピにもらった物づくりの加護が何気にいい仕事をしていた。加護がついて以来、それに付随《ふずい》する能力が上がっている。

最初に気付いたのは、旅の間、精霊の家をたくさん作っている時だ。手早く作業ができるようになったと感じた。その後、浄水の泉の水を汲んだ時にも少し気になった。些細な上昇だったため気のせいかと思っていたが、そうではなかった。プルピが頭の上から教えてくれる。

「家ヲ作ルノモ、物ヅクリデアルカラナ。ワタシノ加護ガ働イテイルヨウデ良カッタ」

「え、それってすごくない？　基礎体力が上昇するの？」

「ソウダ。筋力モ、身体的ナモノナラ全テ上昇シテイルゾ」

「すごい！　プルピ様々だね！」

「ウム！」

クリスには見えなかったが、絶対に胸を反らして自慢げな様子でいるのだろう。

ところで、ハネロクが来てからというもの、イサはクリスの肩に止まったまま頭上には行かなくなった。どうも居場所がないらしい。偉そうなプルピと偉い精霊の子供のふたりがいたら、ぎゅうぎゅうなのも分かる。遠慮して可哀想《かわいそう》だが、そもそもクリスの頭の上は彼等のものではない。

——そのうち追い出そう。

今は権力が必要なので「どうぞどうぞ」である。

光るのを止め、髪の毛に埋もれる遊びを覚えたハネロクのおかげで、クリスはただの怪力娘として目立つだけで済んだ。

午後はそんな感じで、時々心配されながら資材を運びきった。


ハネロクは夜は親元に戻っていった。そのついでにプルピを追い出す。いくらなんでも頭の上でふんぞり返りすぎだ。遊んでおいで、と見送った。

イサは今日はクリスと一緒にいるらしい。上司に付き合うのも大変だろうと言えば、何度も頷いていた。精霊たちは尊い存在なのだろうが、ちょっとアレである。

……自由すぎるのだ。一歩間違えれば「我が儘」と受け取られても仕方ない。

妖精のイサからすれば親にも似た大事な存在だ。でも、我が儘な親にずっと付き合うのは大変である。クリスが労《ねぎら》うと、イサは大きく頷いた。

「ピルルルゥ」

「溜息吐いちゃうほどか～。お疲れだね。今日は一緒に寝よう。髪の毛で巣作りもしていいから」

「ピルッ?」

「いいよ。たまにはね」

「ピルル!」

イサは喜んで、宿のベッドの横に置いていた彼の家ではなく、クリスの髪の毛に潜り込んだのだった。

Ietsukuri skill de isekai wo ikinobiro 2

第四章

避難ができる家つくり

Episode. 4

Ietsukuri skill de isekai wo ikinobiro

翌朝もエイフたちは狩りに出掛けた。ニホン組情報を常にキャッチしつつ、引きこもり用の食材集めを行う。それだって大事な仕事だ。

クリスは夜更かしして紋様紙《もんようし》を描き、朝は遅めにナタリーのところへ向かった。朝一から仕事はできない。周辺の家々に迷惑を掛けないのもルールの一つである。

近隣の人には改装の理由を「マリウスと一緒に暮らすため」としている。新婚さんの家の改装ならよほどのことがない限り、文句は言われない。それにストーカー男に「あそこは新婚さんだよ」と教えてくれる可能性もある。結婚している相手を狙うのは、極端な行動を取るニホン組でも御法度だ。ニホン族の基本の考えとして「不倫はダメ絶対」というのがあるらしい。

正直この話をエイフから聞いた時、クリスはこう思った。「マリウス、さっさとナタリーと結婚しろ」と。

エイフは、一緒に狩りに行った際、本当に勧めたらしい。その時の返事が「け、けけけ、結婚っ?!」これである。エイフは笑いながらマリウスの様子を話してくれたが、聞かされたクリスは半眼になった。

――いい大人の男性が小学生男子を発揮してるんじゃない。

ナタリーの方は満更でもないようだ。こういう理由にしましょうと案を出した時も、特に嫌だとも何とも言わなかった。本当に嫌なら口にも態度にも出るはずで、ようするにマリウスが子供すぎるのだった。もちろん、クリスは二人の恋愛事情に口を出すつもりはない。淡々と家の改装に手を付けるだけだ。

ナタリーの家の前には小さな庭があり、そこで作業を開始した。

必要な資材を、脳内の設計図に合わせて切《き》り揃《そろ》えていくのも家つくりには必要となる。

この時点でスキルを発動して問題ないことは、最近の作業で分かっていた。

この日も家つくりスキルを発動し、手早く進めていく。イサは当然のこと、プルピとハネロクもやって来て見学していた。

家は改装だけでなく、増築の許可も取っている。庭が減ってしまうが、下層には庭のない家が多いため不自然ではない。実際、ナタリーの実家も庭はなかった。

今回の改装にあたって、ナタリーは家主に「家を買い取らせてもらえないか」と頼んだ。改装自体は役所がＯＫすれば問題ないが、そこは人付き合いの道理として、事前にお願いに上がっている。その際に、改装の理由についても説明した。

家主は老齢のため子供に引き取られて暮らすことになったが、夫と暮らした思い出の場所を大事に残したかった。そのためには誰かに住んでもらうのが一番だろうと貸し出したものの、もう戻れないことは理解していた。気持ちの問題で残したに過ぎない。引き取られて落ち着いた女性は、生きているうちに納得できる相手に譲れないだろうかと思い始めていた。そこにナタリーの話が飛び込んだ。

話を一緒に聞いてくれた女性の子供も同情し、何より、建て直しではなく改装という形であることに女性は感激したらしい。あっという間に売買契約が決まった。

万々歳といきたいが、若いナタリーに中層の家を一括で買い取るのは難しい。どうするのだろうと思っていたら、両親からの援助と職場で前借りするという。ナタリーはどうやら物事を即時に決めてしまえる性格らしい。突然の事態にも対処できる。

「ナタリーさんって格好良《かっこい》いよね。男前っていうか。見た目はほんわかした優しそうな美女なのに」

「ピッ」

「マリウスの方がヘタレだね」

「ピ……」

作業しながらついつい語り合ってしまうクリスとイサだった。


午前のうちに資材を揃え、午後から本格的な作業に入る。その予定で進めていたが途中で邪魔が入った。

水道管の件で役人が来て、ぐだぐだ言い出したのだ。

「今は渇水《かっすい》問題が起こってましてぇ」

「それは分かってますけど、家はすぐ改装しないとダメなんですよ」

「ですがぁ、ちょっとでも漏水しますと大問題になりますしぃ」

「分かってますよ！　だから水は調査用の分だけしか流しません！」

第四章　避難ができる家つくり

「とは言ってもですねぇ」

クリスが内心で「ぐあぁっ！」とキレかかっていると、庭の隅で見学していた精霊《せいれい》がピカッと光り始めた。

――権力を使う？　どうする？

クリスは一瞬の間に考えた。考えたが、権力を使いすぎるのはどうだろう？　とブレーキを掛ける自分もいて、数秒悩んでしまった。その間にも光が強くなり始め……。

「ダメー！」

つい叫んでしまった。役人がビクッとしてクリスを見下ろすので、あはは、と笑って誤《ご》魔化《まか》す。

「ゴホン。ええと、とにかくダメです。急ぎ案件なんです。許可ももらってますから」

「ですがぁ」

「分かりました！　じゃあ、調査用の水はこっちで用意します。だったらいいんでしょう？　その代わり、止水栓の場所を動かして下さい。通常の検査で流すのとは違ってくるから一つ手前の場所からになりますよね」

「い、いや、それは困ります。辺り一帯を断水させることに――」

「あれもダメ、これもダメなんて、もしかして嫌がらせ？」

「違います！」

「大体、改装するなら中の水道管全部入れ替えろって言ったの、そっちですからね。漏水検査もそっちのルールじゃない」

それらはもちろん理解しているし必要な部分だ。けれど、この際なので文句の羅列《られつ》の中に入れておく。役人は矢継ぎ早に話すクリスにたじたじで気付いていなかったが。

クリスは腰に手を当て、斜め下から役人を睨《にら》んだ。

「なに、もしかして、賄賂《わいろ》を渡したら許可してくれるってやつですか～？」

「はぁ？」

「顔が赤い！　図星かな？　ふーん。みなさーん、この人、いたいけな少女に賄賂を――」

「わーわーわー」

慌てて止められた。ちょっとやりすぎてしまったかもしれない。が、役人はブツブツ言いながらも許可を出してくれた。ついでに水道管も「すぐに」持ってきてと頼む。というか、この時点で持ってきているはずだったのだ。検査にも立ち会ってもらう予定だったのに遅れてしまった。

クリスがプリプリ怒りながら待っていると、近所の人が来て「お疲れ様だね」と慰めてくれた。

「悪いのに当たったね。たまに賄賂を要求するのがいるんだ。ご近所のマホイさんもやられたんだよ。あれに引っかかると、家を建てるのに時間がかかってしまうものだから、つい渡してしまったらしくてねぇ」

悪い人間ばかりではないようだが、たまたま引き当ててしまったようだ。

クリスは呆《あき》れてしまった。世界は変われど人は変わらない、という事実に。

ゴタゴタしつつも、夕方にはなんとか水道管の検査を終えることができた。

ちょうどエイフたちが戻ってきたところで、その姿を見た役人が早口で「さっきの話はなかったことに」と言う。やはり、先ほどは賄賂を要求していたらしい。当初はねちっこい話し方だったのに、エイフたちを見るやキビキビと話し始める。

クリスは怒っていいのか笑っていいのか分からなくなって、変な顔になってしまった。

そんなクリスを見て、エイフは不思議そうに首を傾《かし》げていた。


さて、本格的な改装を始めてしまったが住むのは問題ない。途中で水道管の検査だなんだで床板を剝がすなどしたが、そこはクリスの持つ家つくりスキルを使って突貫で元に戻している。明日にはまた剝がすことになるので二度手間だが、明日いっぱいあれば改装は終わる手筈《てはず》だ。多少の誤差である。

ただ改装中ということもあって、きちんと板や扉を直しているわけではない。水道管の検査も済んだとはいえ気になる。すると、ナタリーから嬉《うれ》しい提案があった。

「ね、良かったら泊まっていかない？　もし何か起こっても、クリスちゃんがすぐに直してくれるでしょうから、安心だわ」

「……っ！」

「それとね、明日も朝早くからは作業できないでしょ。だったら少しぐらい夜更かししても大丈夫よね。女子会、しない？」

お泊まり会の誘《さそ》いだ。クリスはパッと笑顔になった。

一応、防犯という意味でマリウスもいるが、彼は居間のソファが定位置である。ナタリーの寝室には入らない。

そしてクリスは、ナタリーと同じベッドで寝るのだ。こんなことは初めてだ。前世でも経験がない。クリスは急に心配になった。

「本当にいいの？　わたし、床でも大丈夫だよ？」

「そんなこと言わないで。クリスちゃんが嫌じゃなければ一緒に寝ましょ」

「嫌じゃないよ！　でも狭いかなって思って」

「家主さんがご夫婦で使ってらしたベッドだから、問題ないわ。それにクリスちゃん小さいもの」

「今ほど小さくて良かったと思ったことはないよ」

「ふふふ」

ナタリーは優しい表情でクリスを見て笑った。

エイフは宿に戻った。万が一、ストーカー男が早く来たとしても、すぐに連絡が入る。

第四章　避難ができる家つくり

それを待っても十分に間に合うからだ。

クリスが「女子会だ、お泊まり会だー」とはしゃいでいると、微笑《ほほえ》ましそうに笑って宿に帰っていった。イサもエイフと一緒に行ってしまった。クリスが女子会だと言ったから遠慮したのかもしれない。プルピは少し悩んで、巨樹の上へと飛んでいった。先に戻ったハネロクと合流するのだろう。

「わたし、女の子同士のお泊まり会って初めて！」

「そうなの？　わたしは何度かあるわよ。マルガレータともよく話し込んだわ。お互いの家に遊びに行ってね」

「わぁ～」

「みんなで服を持ち寄って、着方を研究したりするのよ。お菓子はどこのお店が美味《おい》しいか、髪型は誰が素敵か、話し合うの」

「面白そう！」

ナタリーはベッドサイドに飲み物を用意して、喉が渇く前に「飲まないとダメよ」と勧めてくれた。それがとても美味しくて、クリスは目を瞠《みは》った。

「とっておきなの。これはね、巨樹の上の方に生えている木の新芽で淹《い》れたお茶よ」

「それって貴重じゃないの？　いいのかな」

「いいのよ。女子会で飲まなくて、いつ飲むのよ。ふふふ」

それからクローゼットを開けてパジャマを取り出してきた。

「好きなのを選んでね。あ、そうだ。小さい頃の服を間違って持ってきてたの。欲しいのがあれば持っていって」

クリスでも着られそうなワンピース型のネグリジェを合わせ、これがいいかな、と選び始める。持っていってと指差した服の中にはエルフらしい薄布の可愛《かわい》いワンピースもあった。普通の女の子の力でも簡単に引き裂けそうなほどの儚《はかな》い薄さだ。分厚い布地の服ばかり着てきたクリスには怖いぐらいだった。でも、とても可愛い。

実は可愛いワンピースならクリスも持っている。ガレルでもらったものだ。試着はしたものの、まだ外には出ていない。クリスがそんなことを考えていると、ナタリーが「あ、これ！」とワンピースを手に取った。

「ふふ。マルガレータが可愛いって褒めてくれた服だわ。彼女に貸すわよって言ったのに、自分には似合わないからいいって」

「マルガレータさんは綺麗《きれい》って感じだもんね。……でも可愛い服が着たかったのかも」

「たぶんね。だけど彼女ったら、似合わない服は着ちゃダメって考えだったから」

「好きな服を着たらいいのに」

「そうよねぇ」

ナタリーはワンピースを眺めながら何やら考えていた。マルガレータもナタリーも美女で、どちらもセクシー体型だ。タイプは少し違う。ほわほわして優しい雰囲気のナタリーには可愛い服も似合うだろう。マルガレータは仕事の出来るキャリアウーマンっぽい見た

目だから、若い頃は大人びて見えたかもしれない。現在の彼女の格好も、年齢より上に見える。

ナタリーはふと笑うと、ワンピースをクリスの手に乗せた。

「良かったら、もらって」

「え、でもこんな綺麗な刺繍《ししゅう》のワンピースは――」

もらえない。何故《なぜ》なら、余所行《よそい》きの、大事な外出着に見えるからだ。すべすべとした薄布が何層にも重なり、胸元と裾《すそ》に細かな刺繍が施されている。自分の子供に譲り渡していくような、大事な服に違いなかった。

「いいの。もらって。これはね、刺繍の得意な祖母がわたしに作ってくれたものなの。でも、本当はわたし、この手の服が好きじゃなかった」

「え？」

「だけど似合うだろうって言われてプレゼントされて。それにね、着て見せたら喜んでくれるでしょう？　喜ぶ顔が好きだったの」

「だったら、それこそ大事な思い出の服じゃ……」

「そう思って大事に取っておいたのだけど、同時に思い出しちゃうのよね。本当は好きじゃなかったなーって」

ナタリーは悲しそうな笑みで、他の服も引っ張り出してきた。それらを撫《な》でながらクリスを見る。

「マルガレータに譲りたかったのを、思い出したわ。でも今の彼女にはサイズが全然合わない。今更押しつけても仕方ないでしょ？」

「……将来できるお子さんに譲れるよ」

「そうね。でも、その時は子供が着たい服を用意してあげたいわ」

それに、と言葉を区切る。ナタリーはウインクして、クリスに笑顔を向けた。

「あなたにはすごく感謝してるの。知り合ってから、滞っていたものがするする動いていく気がする。マルガレータも楽しそうよ。マリウスだってそう。あんなに楽しそうに言い合いするのも珍しいわ。なんだか、すごく嬉しいのよ」

「わたし、何も、まだ……」

「これからしてくれるんじゃない！　そうでしょ？　素敵な図面を見せてくれたわ。一緒になって考えてくれた。わたしが望む家の形を、ちゃんと聞いてくれたわ！」

だから――。

「クリスちゃんが気に入ったのなら、もらってほしいって思ったの。お古だけどね？」

クリスはただただ首を横に振った。

美味しいお茶を飲みながらの女子トークは夜中まで続いた。恋愛の話もこっそり聞いてしまった。

それから、ニホン組の男性たちがエルフ女性を見てがっかりしたという話も。

「失礼しちゃうわよね。スレンダーじゃないだとか、容姿を貶《けな》す人もいたのよ」

「うわぁ」

「ニホン組の女性もエルフ目当てに来るのだけど、やっぱり残念がってるわ。それで、マリウスを見ると顔を赤くするの」

「マリウスって黙ってたらイケメンだもんね」

「ふふ。そうよね。わたしは見飽きてるから気にならないのだけど」

「ナタリーさんは、マリウスの中身がいいんだもんね？」

「……大人をからかうのね？　だったら、わたしも本気を出してクリスちゃんをからかうわよ？」

「あっ、嘘《うそ》、ごめんなさい！」

きゃっきゃと騒いでいると、居間から「おーい、声が大きいぞ」とマリウスの声が聞こえる。内容までは届いていないらしく、気になるようだ。そわそわした様子が掛け声から伝わる。それが彼らしくもあり、クリスとナタリーは顔を見合わせて笑った。


翌朝はゆったりと食事を摂《と》った。その間、マリウスは何か言いたそうにもぞもぞしていた。そして、ナタリーが皿を片付けに台所へ行くと、こっそりクリスに寄ってきた。

「俺の悪口言ってたんじゃないだろうな」

「は？」

「昨日、馬鹿笑いしてたじゃないか」

「それがなんでマリウスの悪口になるの？」

「……だって、狩り仲間の奴等《やつら》がそんな感じだからよ」

マリウスはどうやら同業者たちにからかわれているようだ。クリスは呆れつつ、ちょっぴり可哀想《かわいそう》になってフォローした。

「ナタリーさんが悪口なんて言うわけないじゃない。わたしも何か言いたいことがあるなら、マリウスに直接言うよ」

「そ、そうか」

「あ、でも、マリウスの話はしたよ」

「はっ？」

「ふふーん」

クリスが思わせぶりに笑うと、マリウスは途端に焦った様子で詰め寄った。

「ど、どんな話だよ」

「内緒でーす。女子会で出た話なんだもーん」

「女子って、お前は子供だろ」

「十三歳は子供じゃありません！」

「うっ。そういや、マルガレータもそんなこと言ってたな。くそー」

マルガレータのことを思い出すと、これ以上は無理だと悟ったのかマリウスは追及を止めた。ぶつぶつ言いながら支度をして庭に出て行く。きっと幼い頃から強気のマルガレータにあしらわれていたのだろう。ナタリーは宥《なだ》め役か、見守っていたのかもしれない。

幼馴染《おさなな じ》みというのもいいいなあと、クリスは微笑ましく見送った。


片付けが終わるとナタリーも家を出た。作業の間、邪魔にならないよう庭で見学するらしい。仕事は休むそうだ。ストーカー男が来たらどのみち仕事にならない。職場の人たちは「ああ、またか」と諦めて、大物の解体仕事以外で呼び出しは掛けないとのことだった。

ご近所の人が仕事に出たのを確認し、在宅の住人たちに「今から作業を始めます」と挨拶し終わる頃、エイフがやって来た。彼は護衛兼、見学だ。とはいえ一日中見ているのも暇である。待っている間、マリウスと一緒に武器の手入れをするそうだ。庭にどっかり座り込んでいる。

イサやプルピたちも邪魔にならない場所で見学するらしい。

皆が見守る中、クリスは大きく息を吐いてスキルを発動させた。

まず、必要な資材を奥へ運んでしまう。大半を運び終えると用意していた大工道具で改装に着手した。

配管の位置は頭に叩《たた》き込《こ》んでいる。傷付けないよう慎重に、かつ素早く床を剝がしていく。通常、地面に家を建てる場合は柱を支える束石《つかいし》があるものだが、巨樹に建てられる家の束石は全て木製だ。更に、家を固定するための穴に丸太がきっちりと収まっている。それらを確認するが、虫に食われている様子はなかった。少々痛んでいたのは台所があった場所だけだ。水回りは床が腐りやすい。土台の丸太を全部入れ替えた。

ナタリーの家は元々、平屋タイプだった。巨樹に沿う形で作られているが、家自体は長方形の造りだ。天井は採光のために高く取っており、思ったよりも広く感じられる。

半地下もあった。これは巨樹にできたへこみを利用したもので、外からでは気付かない部分だ。他にも、巨樹側の壁を剝がすと見えてくるものがあった。直線の家具を置いたり壁を作ったりするため、あえてへこみ部分を隠していたのだ。真っ直ぐではない木に沿って作るのだから当然デッドスペースはある。

これを、使う。

また、将来を考えるとスペースが全く足りないため、ロフトを作ることにした。子供ができた場合にも使える。これらはクリスとナタリーの二人で話し合って決めた。

改装は半地下から手を入れた。使われていなかった半地下はジメッとして、端にはカビが生えている。カビは広がると危険だ。特に巨樹を大事にしているシエーロでは、建築や改装時の重要検査項目としてチェックされる。

これらはシエーロならではのルールで、十年に一度の立ち会い検査もあるそうだ。大抵はその直前に業者を入れて徹底した大掃除をするらしい。

今回の改装でも検査は入る。が、設計図は提出しなくていい。水漏れ検査と巨樹に対して不必要な作業をしていないか、カビなどの菌対策はされているかのチェックだけだ。そのため、最終的な板張りは検査後となる。それまでは仮留めだ。半地下も板を張り直したものの、一部はその下が見られるようにした。

それから、今までは部屋の内部から半地下へ入っていたのを、家の端にできたデッドスペース部分の外壁側に入り口を作って変更した。これは仮の扉になる。検査後に塗りを入れると報告しているため仮でも問題はない。

検査後に完成させるのは、外壁と見間違えるよう作りたいからだ。一見して扉があるとは分からないように作る。まさか隠し扉イコール犯罪とは思われないだろうが、役所に変に疑われても嫌なので塗りは後回しにした。

この入り口から半地下部分へは、デッドスペースを利用した狭い螺旋階段《らせんかいだん》を使う。十段にも満たない階段を下りるとダブルベッドサイズの小さな部屋に着く、という寸法だ。

半地下とはいえクリスの身長なら立てるぐらいある。エイフみたいな大男だと窮屈《きゅうくつ》だろう。それでも座れば問題ない。ここは荷物置き場になるが、ストーカー男対策の一つでダミーとして用意した。

隠れていると思われた場合の部屋だ。だからこそ、外側から入れるようにした。この部屋の真上に寝室を作って、ベッドの下にいかにもな入り口を用意する。つまり、家に入られて「誰もいない、逃げた」となった時に「ここから逃げたんだな」と思わせるためのダミーだ。

クリスは半地下を仕上げながら、知らず知らず「くくく」と笑っていた。

半地下を終わらせると、全くのデッドスペースとなっていた奥のへこみを処理する。今の家は外から見るとへこみが見えないように建てられている。というのも、ちょうど建物で隠れる大きさの丸いへこみだったからだ。

もしくは、へこみを隠すために平屋でありながら天井を高く取ったのかもしれない。

今回は片流れの屋根にするつもりだ。巨樹とは反対側の屋根に天窓を付けて採光する。以前よりも室内が明るくなるはずだ。

丸く抉《えぐ》れたようにへこんでいる部分はずっと隠されていたせいか、やはりジメッとしていた。けれど、虫にやられているということもない。美しい木肌だ。換気できるように壁を調整すれば今後も問題なく過ごせそうだった。

このデッドスペースが隠し部屋となる。表の家と同じく一階部分と半地下を利用し、へこみの位置的には狭くなってしまうが、ロフトという名の荷物置き場も作る。

クリスは手順を脳内に思い浮かべながら、半地下部分から順番に床を仕上げていった。

隠し部屋自体への移動も狭い螺旋階段になる。

半地下部分にはタイル張りの清め室を作った。当初はトイレの横にと思っていたが、水道管検査の際に水を使うのかと横やりを入れられてしまったからだ。水道は使わない、と言ったが後で変更する人もいるらしくダメだと言われてしまった。そのため階層を別にした。実際、水道を使うつもりはない。ここには雨水を流すのだ。そして排水は、台所や解体場から出るものと一緒にして流してしまう。

ちなみに、雨水の利用は自由だ。大抵の人は庭の草花や洗い物に使っているらしい。ナタリーは庭はどうでもいいと言っており、今までも使っていなかった。しかし無料の水があるのだから使わないのは損だ。

雨水を大量に集められるかどうかは周囲の巨樹の形によって決まる。幸い、ナタリーの家の上部には小さな枝があった。上方に向かって生えているため枝葉を伝って集まりやすい。木肌の様子からも集めやすそうだった。以前は流しっぱなしにしていたようだから勿《もっ》体無《たいな》い。

雨水として引き込む配管は巨樹に沿わせてもいいことになっている。シエーロで売られている専用管を貼り付けて終わりだから簡単だ。

隠し部屋の半地下には簡易のトイレも作った。ダミーとなるベッド下の半地下へ続く扉も作る。ただし、ダミー部屋からは入れない仕組みだ。普段は塞いでおき、何かあった際の抜け道にする。

隠し部屋の一階部分には作り付けのベッド、ソファと小さなテーブルを置いた。ストーカー男が急襲してきても隠れて過ごせる。巨樹の壁が自然でできている以上、これでもデッドスペースはできてしまう。そこにぴったり収まるように棚も作った。余すことなく使い切る。

この隠し部屋への行き来は、問題が収束するまではトイレの中からになる。衛生的にどうかと思うがナタリーは気にしていなかった。むしろトイレが綺麗だと喜ぶぐらいだ。

それでも納得いかないクリスは、細工した隠し扉の部分に彫りを入れた。清浄の紋様だ。余っていたトレントの端材を薄く切って貼り付けた。紋様はトイレ側ではなく、隠し部屋側にある。扉を開けるとすぐに螺旋階段が出てくる造りだ。少々危険だが、今だけのこと。落ち着けば、ちゃんとした扉を作って行き来すればいい。壁を防音対策も含めて頑丈にしたため、手直しは大変だろうが……。

隠し部屋を熱心に作ったクリスだったが、もちろん本来の家の改装も抜かりない。

解体部屋を欲しがったナタリーのために専用室も作った。すぐ横には台所だ。天窓から光が入って作業がしやすい。解体室の隣には、増築という形で作られた物置もある。外から直接持ち込めるようにした。……たぶん虫の解体をするのだろうと考えたクリスが「急な来客があるかもしれないし、体液で汚れてる獲物を表玄関から通すのはちょっと」と提案という名の苦言を呈したからだ。ナタリーは素直に了承してくれた。

解体室の隣にはトイレがあり、その向こうが隠し部屋である。

隠し部屋を奥にして右が解体室や台所、左が寝室だ。寝室は以前より少し狭くなっている。荷物はロフト行きになるが、これもナタリーは気にしないとのことだった。それより解体室が欲しいらしい。

寝室は完全に個室となっており、夫婦が寝るのにちょうどいい。

その庭側に居間を作った。以前は家の真ん中にあったのを端に寄せた格好だ。大きなソファを壁いっぱいに作り付け、テーブルの下にはラグを敷いた。ここでゆったり過ごし、客人が来た場合はソファやラグの上で寝てもらう。天窓もあるため明るく過ごしやすい。庭が見えるよう窓も作っている。頑丈な雨戸付きだ。

食堂テーブルは台所のすぐ横、家の中央に近い場所に用意した。以前は玄関すぐにテーブルが見えたけれど、位置をずらしたことで生活感が多少は隠せるだろう。

本当は玄関から入ってすぐに生活スペースが見えるのは、クリス個人の考えでは好きではない。見えないような工夫を取り入れたかったが、それほど広い家ではないし、動線を邪魔したくないのもあって諦めた。

なによりナタリーが受け入れている。彼女はクリスの設計に一も二もなく賛成してくれた。ほとんどは、解体部屋と隠し部屋があればいい、というレベルでの話だが。

さて、ロフトとそこに上がるための掛《か》け梯子《ばしご》も作り終えると、あとは屋根を仕上げて終わりとなった。

雨水を溜《た》めるためのタンクも設置する。屋根だけでも巨樹のへこみ部分を隠せるが、更に上部にタンクを設置することで完全に見えなくする。荷重分散のためタンクは幾つも用意した。

引き込む部分には濾過装置《ろかそうち》を組み込む。定期的な清掃が必要だけれど、解体ができるナタリーなら全く問題ない。マリウスだと忘れそうだから、しっかりしているナタリーの方が適任である。


ここまでで半日以上かかった。クリスは完成した家を前にスキルが切れるのを感じ、肩から力を抜いた。途端に体がふらつく。

「おっと、大丈夫か？」

「うん。エイフ、ありがと」

「いいさ。まずは、休め。それから飯を食え。ナタリーが用意している」

安心する腕に支えられ、クリスは振り返った。そこには心配そうな、それでいて嬉しそうな表情のナタリーがいる。エイフが言ったように、ナタリーの手にはお弁当らしき入れ物があった。途端にお腹《なか》がギュルルルと音を立てる。

クリスは恥ずかしいと思う前に、力が抜けるのを感じた。

「お腹、空いたぁぁ」

「ははっ、だろうよ。あれだけのスキル発動だ。さ、庭で食べようぜ」

エイフは当たり前のようにクリスを軽々抱き上げて運んでしまった。ほんの数歩だけれど優しい。

小さな庭の端には盾が並べられている。エイフたちは剣だけでなく盾の手入れもしたようだ。黒灰油《こくかいゆ》で保護した武器たちはしっとりとして見え、美しい。自画自賛になりそうだから言わないけれど、クリスはなんとなく嬉しくなった。

クリスが昼も食べずに改装していたのはスキルのせいだ。スキルの発動中はいつにも増して集中力が続くため、作業以外の何もかもが気にならなくなる。元々、夜の内職として紋様紙を描く時も、集中すると周りが見えなくなる性質だった。家つくりスキルはその傾向がより顕著になる。だから食事を抜くのはクリスの側の問題だ。

それなのに、誰も食事を摂っていなかった。クリスはびっくりして皆を見回した。

「先に食べてて良かったのに」

「まあ、いいじゃないか。俺たちも見学で夢中だったんだよ」

「本当にすごかったわ。それにね、クリスちゃんだって我慢してるのだもの。わたしたちは大人なんだから少しぐらい平気よ」

「そうだぞ！」

ドヤ顔で言い放ったものの、マリウスのお腹からキューキューと音が鳴った。誰も何も言わないからクリスも指摘できないが、結構大きい。クリスが戸惑っていると、ナタリーが解体予定の古いテーブルの上に次々と食事の用意を始めた。

エイフはクリスをそっと、敷物の上に座らせてくれる。背もたれは盾だ。地面に突き刺した大盾の前にクッションを入れて調整すると、エイフは「うむ」と頷《うなず》いた。それからクリスを見る。

「そりゃ、腹は減ってたけどな。それよりもクリスの『家つくり』を見ていたかったんだ」

「そんなに面白い？」

「すごかったからな。だよな、マリウス」

「うん？　ああ、クリスのスキルな。あれはヤバい」

テーブルの上に目が釘付《くぎづ》けだったマリウスが、クリスを見た。そして何度も頷く。

「あんなのは見たことがない。お前、マジですごい奴だったんだな」

「そ、そう？」

「ああ、スゲーよ！」

キラキラ光る目で見られ、クリスは思わず仰《の》け反《ぞ》ってしまった。クッションが背中に当たって、力が抜ける。

「あのさ。なんか、最初信じてなくてゴメン！」

「は？」

「お前みたいな小っこいのに作れるかって思ってたんだけどさ。スゲーじゃん。お前のスキル最高だな！」

「あー、うん。そうね。ありがと。とりあえず、食べよ？」

「おう、そうだな！　俺もう腹が減って倒れそうだ」

にかっ、と少年みたいな笑顔だ。マリウスはそのままの表情で皿に手を伸ばした。が、速攻でナタリーに阻まれる。

「お行儀が悪い。お客様が先でしょう？　それにフォークとナイフを使ってちょうだい」

「……ちぇ」

「舌打ちしない。ほら、ちゃんと座って。あ、クリスちゃんの分はわたしが取るわね」

ナタリーはクリスのために、盛り付けてあった大皿からサンドイッチを取ってくれた。他にも飲み物を用意するなど甲斐甲斐《かいがい》しい。まるで母親みたいだ。なんて言ったら失礼だろうか。けれど、クリスにとっては母親にしてもらいたいイメージそのものだったのだ。

「あら、どうしたの。顔が赤いわよ？」

「ううん、なんでもない」

「そう？　あれだけのことをしたのだもの、疲れたのよね。熱じゃないといいんだけど」

白い手がそっとクリスの額に当てられる。思わず目を瞑《つむ》った。そのせいで思い出す。

母親の小さな手。細くて冷たい手だった。クリスがベッドに近付くと、その手を伸ばして触れてくれた。優しく頬を撫でてくれるが、骨張ってガサガサで……。

ナタリーの手は温かくてスベスベしていた。

「熱はないようね。だけど心配だわ。ご飯を食べたら横になって休んでちょうだい」

「出来上がったベッドがあるだろ。そこに寝かせようぜ」

マリウスも心配そうにクリスの顔を覗《のぞ》き込《こ》む。しかし、それはダメだ。エイフも指摘した。

「そりゃ悪いだろ。新婚さんより先に使うわけにはいかない。俺が抱いて連れ帰るさ」

「ちょ、しっ、新婚って！」

「そ、そうですよ、エイフさん。それにわたしは気にしませんから！」

クリスはそっと瞼《まぶた》を開け、三人を見た。楽しそうに笑っている「今」が見える。

――お母さんはもういない。でもいつでも心の中にいる。大丈夫。

もっと甘えてみたかったが、言っても仕方ない。それに甘えさせてくれる人がここにいるではないか。そう思うと自然と笑顔になった。

「エイフ、わたしも二人のベッドを最初に使いたくないから抱っこして帰って」

「おう。任せとけ」

「ちょ、おい、クリス！」

「クリスちゃんたら……」

「ナタリーさん、わたし野菜炒めが食べたいな～」

「あ、待って。取るわね。マリウス、あなたも野菜炒めをちゃんと食べなさい」

「えー」

「マリウスは贅沢《ぜいたく》だよね。こんな料理上手《じょうず》な人いないよ？　文句ばっかり言ってると捨てられるからね。後悔しても知らないんだから」

「うっ……」

「わたしは文句言わないもんね。ナタリーさん、あっちの木苺《きいちご》ソースがかかったヴヴァリのステーキも欲しいな～」

「いいわよ。食べやすいように小さく切るわね。ふふ。クリスちゃん、なんだか可愛い」

ナタリーはクリスが甘えても嫌な顔ひとつせず、にこやかだ。優しくお世話してくれるものだから、クリスは遠慮なくお願いした。


エイフもクリスの皿にあれこれ載せてくれる。もちろん同時にバリバリ食べていた。

マリウスは段々「自分も何かやらなきゃ」と思ったらしい。キョロキョロした後、胸元から袋を取り出した。

「おい！　これ、美味しいぞ」

「なにそれ」

「昨日、森で取ってきた。精霊グミだ」

「グミ？　山でよく採れる果実の？」

「違う。精霊みたいな形の花が咲くんだ。その果実だから精霊グミ」

精霊みたいな形というあたりに、おかしさを感じる。けれども、マリウスが自慢げに差し出すものだから、クリスは思わず手を出して受け取った。形は山にある茱萸《ぐみ》と似ていた。ただし、実の色が派手な紫と青のマーブル模様だ。よくこれを食べようと思ったな、と突っ込まずにはいられない。しかし、紫色はまだ食材の色として許容範囲にある。ナスだって紫色をしているのだ。だったら問題ないはず。

マリウスはクリスが手に取ったため嬉しそうに笑った。

「甘酸っぱくて美味しいぞ。栄養もある。あんまり採れないけどな」

「そうなんだ。ありがとう」

クリスがお礼を言って口に入れようとしたところで、ナタリーが困ったような表情で見ていることに気付いた。エイフはにこにこと笑っているから、変なのはナタリーだけだ。

「もしかして貴重なもの？　あっ、ナタリーさんの好物だとか？　だったら、いいよ」

「ううん、違うの。そうじゃなくて……」

「どうしたんだ？　もしかしてマリウスの奴が変なものでも渡したのか？」

微笑ましそうに笑っていたエイフも表情を変えた。どうもマリウスは、昨日の狩りで何かやらかしたのではないだろうか。エイフが「変なものを渡した」と言った部分に、クリスは引っかかってしまった。

案の定、ナタリーは視線を逸《そ》らしながら教えてくれたのだが。

「虫の卵が産み付けられているの」

「はっ？」

「でも昔のニホン族の人が、ペルア国の王都で流行《はや》ったお菓子のグミみたいな食感だって言い出して、それが本当の名前の由来なの」

「果実の茱萸じゃなくてお菓子のグミ……」

「でも、美味しいのは本当よ。エルフだけじゃなくて、外の人だって食感が面白いって喜んで食べているもの。栄養価も高いし人気があるわ。ただ、その……」

そう。クリスは虫が嫌いなのだ。ナタリーはそれを知っている。だから様子が変だった。

クリスは摑んでいた実をそっとナタリーに手渡した。それから半眼でマリウスを見る。

「だっ、だって、高級品だぞ！」

「ふうん」

「お、美味しいんだって！」

「そう」

「……ううう、分かった、悪かった！　ごめんなさいっ！」

謝ってくれたので、クリスはそれ以上何も言わなかった。それに彼の厚意だ。虫が苦手だという事実を忘れていたのは彼の性格上の問題であって、わざとではない。

クリスはいろいろ飲み込んで納得した。そもそもクリスこそ、嫌い嫌いと文句を言ってばかりだった。野菜を食べないマリウスを笑っている場合ではない。

シエーロに来てすぐ、エイフ行きつけの店でも虫の肉を食べたではないか。あの時、クリスはこう言った。

「女は度胸。そうだった。うん！　ナタリーさん、やっぱり一つ返してください！」

「た、食べるの？」

「はい！」

「クリス、動きが硬いぞ。大丈夫か？」

「大丈夫！　エイフ、その虫は食べても平気だった？」

「ああ。問題ない。言われなければ卵が入ってるってのも気付かなかったぐらいだ」

「だったら食べる！」

「お、おう」

視界の端にマリウスの驚く姿が見えた。ナタリーは心配そうだが、徐々に笑顔になっていく。さりげなく、飲み物を引き寄せてスタンバイもしていた。

クリスは手のひらに載せられた精霊グミを見て、深呼吸するとぽいっと口に入れた。

ぐにぐに。もにょもにょ。

――うん、グミだね。お菓子の。

大体、虫ぐらいなんだというのだ。クリスは前世で食べたもの一覧を思い出した。ツバメの巣だって食べたじゃないか。フカヒレの元を考えてみよう。そもそも、サメだ。サザエだってナマコだって、最初に食べた人を尊敬したはず！

「んぐ。んん。……うん、美味しい、かも？」

「おっ、そうか」

「だ、だろっ？」

「良かったわ！」

ナタリーがサッとお茶を出してくれたので思わず流し込んでしまったが、味はいけないことはない。いや、むしろ美味しかったのでは？ となって、クリスはマリウスの手元を見た。まだまだたくさん残っている。

マリウスは慌てて、まるで王様に献上するかのように恐る恐るクリスに差し出してきた。もちろん、貴重な品だというものを全部もらうわけがない。半分はナタリーに。残りをエイフと分けることにした。エイフは現地で食べたというが、クリスは半分も食べられないので一緒にと勧める。

マリウスがちょっとしょんぼり顔なのは、全部クリスに持っていかれて自分の分がなくなったからだろう。でもそれも、ナタリーによって笑顔になる。

「マリウスったら。そんな顔しないの。一緒に食べましょ。はい、どうぞ」

「いいのか？」

「あなたが採ってきたんじゃない。市場で売ったらいいのに。いつも、ありがとう」

「……別に。俺が食べたいだけだし」

「ふふ」

甘い。と精霊グミを食べながら、やっぱり半眼になっていくクリスだった。

ちなみに、プルピとイサは家が完成した後、興奮してどこかに行ってしまった。もちろんハネロクも一緒に。そのため食べさせてあげられなかった。せっかくだから、精霊に精霊グミを食べさせたい。クリスは少しだけ残して持ち帰った。

夜、プルピが戻ってきたので聞いてみると、精霊グミの存在については知っていた。精霊がいるような清浄な空気の森でなら普通に見かけるものらしい。残念だ。

ただ、マリウスが「精霊の形をしている花」だと言っていたことについては反対意見のようだった。本物の精霊であるプルピは話を聞いて、ちょっぴり怒っている。

「アンナ猿ミタイナ姿ナドシテオラン！」

ということだ。ただ、実は好きなので、精霊界から食べに来るものも多いという。プルピは精霊グミを一つ食べると、残りをお土産《みやげ》にして精霊界へ行ってしまった。

「帰ったと思ったら出ていって、プルピは忙《せわ》しないなあ」

「ピッ」

「イサは行かなくて良かったの？」

「ピプゥ」

「あ、疲れたんだね。そんな顔してる。わたしが家を仕上げた後、急に飛んでいっちゃうんだもん。プルピに連れ回されたんでしょ。お疲れ様～」

「ピピピ！」

イサは「そうだそうだ」と言わんばかりに興奮した。詳細に何かを伝えたいらしく、クリスは急いで文字ボードをセットした。

それで分かったのは――。

ハネロクが、クリスの家つくりスキルに興奮したのがきっかけだった。ハネロクは親にも家つくりについて教えたいと言い出した。しかし、上手く説明できる自信がない。だからクリスを知っていて言葉も理解しているプルピ（と、ついでにイサ）を連れていった。

イサはヌシである精霊の前で、プレゼンばりにクリスのスキルや作った家の数々を話して聞かせたそうだ。面白いものに飢えている精霊たちは大層喜んだとか。

クリスにも興味を持ったらしく、ひょっとすると巨樹の上層を見せてもらえるかもしれない。イサもまだ最上部には行けていないというから、一緒に「見てみたいねー」「ピー」と語り合った。


翌日の朝、役人を呼んで改装場所をチェックしてもらい、無事ＯＫをもらえた。あとは最終仕上げである。仮留めしていた部分をやり直し、外壁を塗り直すなどしていたらあっという間に昼前だ。

「昨日、使ってみて不便なところはなかった？」

「問題ないわよ。解体室が思ったより広くて嬉しいぐらい」

「台所も？」

「ええ。動きやすくなってる。作業台を移動式にしてくれたでしょう？　あれが本当に便利で助かってるわ」

トイレもスライムパウダーを入れているが、その処理も簡単にできそうだと喜んでいた。なるべく手を汚さずポットの廃棄と入れ替えができるように工夫したため、喜んでもらえると嬉しい。

また、清め室があるのをとても喜んでいた。雨水とはいえシャワーが使えるのだから、ナタリーの気持ちがよく分かる。洗浄剤で体を拭いても綺麗になるけれど、やはり水を使って洗い流したい。

その洗浄剤も市場では品薄になってきているという。ナタリーが、雨水に布を浸してゴシゴシ擦るだけになりそうだとぼやいていた。仕事場では優先的に洗浄剤が回ってくるけれど、さすがに自宅への持ち帰りは禁止されているそうだ。

「パキュカクトスでいいなら在庫あるけど、要る？」

「売ってくれるのなら欲しいわ！　解体をするから、どうしても気になるの」

「そうだよね。じゃ、エイフに預けてあるから後で持ってくるよ」

「ありがとう。わたしも何か譲れるものがあったらいいのだけど。素材で欲しいものってない？」

「うーん。そうだなあ。ここって虫の素材が多いんだよね。その中からというと……」

「最近だと渦巻虫《うずまきむし》や貝殻虫が入ってきてるわ。貝殻虫はそもそも害虫でしょ？　その魔物化だから駆除が大変らしいけど、現場は潤ってるわね」

錬金術を使って赤い顔料が採れる貝殻虫は、害虫といえども喜ばれる素材だ。そちらには興味がないけれど、クリスは渦巻虫が気になった。

渦巻虫は硬い殻に覆われており、中にいるナメクジみたいな虫を燻《いぶ》して取り出し、薬の素材にする。たとえば、管の部分を使うと平衡感覚を失わせる薬に、角部分は逆に平衡感覚の機能を取り戻す。殻にも効能があったはずだが、そこまでは覚えていなかった。これらは魔女様の家にある本で読んだ。

「渦巻虫なら欲しいかも」

「良かった。じゃ、解体して渡すわね」

「悪いよ。確か面倒な作業じゃなかったっけ」

「問題ないわ。それにわたしのスキルはなんだった？」

「あ！」

そう、ナタリーは解体士スキル持ちだ。上級スキルでもある解体士は、何もレベルの高い魔物を解体するだけのものではない。

「渦巻虫程度なら時間は全くかからないわ。それに誰よりも丁寧に処理して卸せると自負しているの。わたしに任せて」

「うん、だったらお願いします」

「殻の分はオイルにまで処理しておくわね。その方が邪魔にならないでしょう」

「オイルに？」

クリスの様子に、オイルの用途を知らないとナタリーは気付いたようだった。にっこり笑って自らの腕を撫でた。

「虫除《むしよ》けオイルね。肌に塗るの。調合スキル持ちでも仕上げるのが難しくて、処理が下手だとザラザラになっちゃうのよ」

「え、じゃあ錬金術士レベルの品？」

「彼等が作ると最高級品よ。でも虫除けオイルなんて作ってくれないでしょうけどね」

「そうなんだ……」

「でもね、わたしの解体士スキルは『素材の処理』までできるの。渦巻虫の場合、最初の殻の処理レベルによって質が決まってくるわ」

「そういうこと！」

「だから下級の調合スキルでも問題なくオイルが作れるってわけ」

「あ、もしかして？」

「ええ。わたしの二つ目のスキルよ。下級スキルだからメインでの仕事は受けてないの。でも、こういう時に役立つでしょ？」

ナタリーは胸を張った。仕事にはならなくても、家族や友人たちの間では十分に使えるらしい。たとえばマリウスが森で採ってくる薬草でも、それなりのものが仕上がるという。マリウスが回してくる薬草は冒険者ギルドで撥《は》ねられたB級品だ。それを考えるとナタリーがドヤ顔になってしまうのも分かる。

というか、彼女が胸をドンと突き出すものだから、クリスはついつい見てしまった。

「いいなぁ」

「ふふ、いいでしょ。特に魔物系の素材で作る時は自信あるの。下処理が完璧だからよ、って、ちょっと自慢しすぎちゃったかしら。やだわ」

「ううん。自分の仕事に誇りを持つのは良いことだよ。スキルに慢心しないで手を抜かずに仕事するのは、当たり前のようだけど難しい。だから自信を持っていいと思う」

「……クリスちゃんって、たまにすごいこと言うのよねぇ」

「そうかなあ？」

でもそれより、クリスは目の前の豊かな胸から視線が離せない。男性が女性の胸に安らぎを覚える気持ちが分かる気がした。これに抱き締められたらきっと安心するだろう。マザコンの気があるクリスは、どうも年上の女性に弱いようだ。……いや、しかし、魔女様に母親像は求めなかった気がする。クリスは頭を振った。変なことを考えるなど、初めて

第四章　避難ができる家つくり

の同性の友人に失礼である。

「じゃ、虫除けオイル、有り難くいただくね」

「ええ。錬金術士の作る最高級品とはいかないけれど、十分に高級品レベルだから期待してね」

「うん。ありがとう。あ、どんな虫に効くの？」

「何にでも効くわよ。ただし、どんな虫でも寄ってこないってわけじゃないの。その代わり、毒や麻痺《まひ》攻撃からは守ってくれる。お肌の保護剤のようなものね」

なるほど、虫除けとはつまり「害のある虫からの攻撃を防ぐ」もののようだ。まるで、虫に対する結界である。そこでクリスは思い出した。魔女様の家で読んだ本に、渦巻虫には天敵がほぼいないと書いてあったのだ。彼等には硬い殻があり、それが結界の役目を果たしていた。

とはいえ、人間の知恵には負ける。専用の薬草を使って彼等は燻り出されるのだから。

クリスは虫全般が嫌いというわけではない。小さな虫は慣れているし、素材になりそうな魔物も迷宮都市《めいきゆうとし》ガレルで見てきた。といっても解体済みのものがほとんどで、丸ごとの姿を見るのは稀《まれ》だったが。

クリスにとって許せないのは、前世で知っているような虫が魔物化、つまり大型化したものだ。蟷螂《かまきり》などもってのほかである。その点、渦巻虫や貝殻虫の魔物など「素材」にしか見えなかった。ようするに認識の問題なのだろう。「これは魔物だ」と思えばクリスの心も安定する。ならば、ミドリイモムシやアオイモムシだって魔物なのだから……とは簡単にいかないのが現実だった。

その日はナタリーの実家にも手を入れた。補強しておいた方がいいだろうと思ってだ。ついでにマリウスの実家にも声を掛け、できるだけの補強をした。

更に翌朝、クリスは気になることがあってナタリーの家に再度お邪魔した。隠し部屋との境の壁に、巨樹を模したダミーの壁を作ったのだ。その上から板を張る。これで家つくりは終わりだ。

「お疲れ様。今日のおやつは水餅《みずもち》よ」

「わぁ、プルプルしてる！」

ガラス製の器に盛られた半透明のデザートは、まるでゼリーのようで見た目に涼しそうだ。器を受け取る時にもプルプルと揺れた。

「クリスちゃんは蜂蜜は食べられるわよね？」

「うん！」

「だったら大丈夫ね。これは水蜂《みずばち》が採ってくるものでできてるの。蜂蜜みたいなものね」

「水蜂？　聞いたことない……」

「ちょっと変わってるらしいわ。ダソス国に多く生息してるの。普通の蜂と違って蜜以外も集めるから、シエーロ以外では大事にされてないわね」

シエーロだから水蜂が重宝されているという。クリスがふんふん頷いていると、ナタリーがハッとして慌てて勧めてきた。まずは食べようと。

クリスは一口大の水餅をスプーンで掬《すく》って、口に入れた。つるんとして噛《か》まなくても飲み込めそうだ。けれど、プルプルしたそれを噛んでみたい。奥歯でゆっくりと押さえた。

「甘い！」

「でしょう？　しかも蜂蜜ほど、くどくないの。さっぱり爽やかなのに甘くて美味しくて、人気のお菓子よ」

「分かります！　これホントに美味しい。ひんやりした感じが夏にぴったり。喉越しもいいし」

「ふふ、そうなの。夏の定番ね。食欲のない人にも合うの」

その場合は野菜をみじん切りにして混ぜ合わせるそうだ。むにゅむにゅとした食感で、喉に詰まることもない。だから老人でも食べられるそうだ。クリスは感心して、次の水餅に手を出した。つるんとして噛めば噛むほど食感が面白い。

「シエーロの水蜂は巨樹を中心に巣を作っていて、樹液が漏れ出ているところから吸うのよ。水は朝露を飲むみたいね。だから水蜂蜜というの。わたしたちは巣から少し拝借して、お菓子に使うのよ」

「へぇぇ。じゃあ、この甘さは樹液の？」

「そうよ」

シエーロでは巨樹を傷付けることは許されていない。必要最小限が認められているものの、ほぼ公共事業に限られている。道路や大型施設のための土台作りなどだ。

個人の家はあくまでも載せているに過ぎない。とはいえ、何があるか分からないから留め具は存在する。杭《くい》という形でだ。杭は巨樹から自然と落ちた枝などを利用している。

この「自然と折れる」場所からも樹液が流れた。あるいは表皮が剝がれて出来た隙間などから。意外とそこここに樹液の溜まり場があるそうだ。

「樹液だけを煮詰めても、ここまでさっぱりとした甘さにならないの。不思議よねぇ」

「処理の仕方かな?」

「ずーっと研究してるそうよ。でも水蜂がいるのだから、もういいのにね」

「養蜂してるんだね」

「ええ。巨樹側でも領主の直轄部署でやっているけれど、出回っているのは守護家《しゅごけ》の一つが手掛けたものね。水蜂の養蜂に関して右に出る者がないと言われていて、生育についても秘匿されてるのよ」

「へぇぇぇ」

トルネリ家という守護家が育てた水蜂は高水準の水蜂蜜を作るらしい。

クリスは先日とある守護家で害虫駆除をやったばかりなので、ナタリーの話を面白く聞いた。彼女によると、守護家それぞれで得意分野があり、切磋琢磨《せっさたくま》しているとか。一つの家に一つの事業を任せていると良くない気もするが、そこは巨樹に住む領主一族が上手くやるのだろう。

ちなみに水蜂は通常サイズの蜂よりも小さく、クリスは話を聞いて「ニホンミツバチ」みたいだと思った。ころんとして可愛いらしい。そして普通の虫で良かった。巨樹には魔物化した虫が多すぎて、これ以上はお腹いっぱいだ。それに蜂の大きい姿なんて絶対に見たくない。想像だけで震えたクリスだった。

これほど美味しいお菓子を、クリスは一人で食べてしまった。

イサはプルピと一緒にハネロクのところへ遊びに行っていたし、エイフもギルドに呼ばれて不在だったからだ。

マリウスも巣ごもりの準備に余念がなく、あちこち走り回っている。

悩みながらも最後の一つを食べてしまったクリスはちょっぴり後悔した。何故、残しておかないのか。腕を組んで唸《うな》っていると、ナタリーが笑った。

「イサちゃんの分は残してあるわよ。お土産に持って帰ってね」

「本当っ？」

「ええ。もちろん、エイフさんの分もね。それと精霊様も食べるみたいだから」

というわけで、クリスの後悔はあっという間に霧散した。

ちなみに、普通の精霊は人間の世界の食べ物を口にしないそうだ。少なくともナタリーやマリウスはそう思っていた。もちろん、世界には「ものを食べる精霊」がいる。クリスも本で読んだし、プルピからも聞いていた。

けれど、人の目に映らないせいか「食べない」ものだと思われている。実際、彼等は食事を摂らなくても問題ないそうだ。魔力素を取り込めばそれでいい。人間界だと時間がかかるとかで、精霊界へ「戻る」のもそのためだった。

逆に人間が精霊界へ行くと、すぐに魔力が満タンになってしまう。命に関わるほどではないが、あまりいいことでもないらしい。

とにかく、食べなくても問題ないのに食べるというのは食いしん坊だからだ。

「良かった～、ありがとう。プルピにバレたらネチネチ言われるところだったよ！」

「クリスちゃん……」

ナタリーの視線がじゃっかん呆れたものになったけれど、すぐ笑顔に戻った。それから用意していたお土産の袋をクリスに渡し、注意事項を告げる。

「日持ちはしないから今日中にね」

「はーい」

「余っても翌日に持ち越さないこと。冷やしておくと美味しいけれど、氷はあるかしら」

「ある！　この間、エイフのお酒用にたくさん作ったんだ～」

エイフの収納袋にも入っているが、分散して持っておこうと専用の魔道具を貸してもらっていた。今日の作業でも暑くなったから飲み物に氷を入れたところだった。

案外、冷たい飲み物は作れないのだ。氷に特化した便利なスキル持ちがそうそういるわけではない。ナタリーが冷やしたものを用意できたのは、職場が魔物の解体を行う店だからだ。氷スキル持ちはもちろん、大型の冷蔵や冷凍魔道具だってある。

ただし、取水制限がかかっているため、水を使った氷で冷やすわけではない。持たされたお土産の袋の外側に付けられていたのは、凍った「何か」の残骸《ざんがい》だった。ナタリーが「宿に戻ったら水餅だけ取り出して外の袋ごと捨ててね」と言った理由を、クリスはもっとちゃんと考えるべきだった……。

Ietsukuri skill de
2
isekai wo ikinobiro

第五章

やって来たストーカー男を迎え撃つ!

Episode. 5

Leitsukuri skill de isekai wo ikinobiro

連日のように家の改装工事を手掛けていたが、一向にストーカー男が到着するという情報が入って来ない。「数日後」とは一体なんだったのか。

ニホン組は目立つ存在だ。彼等がシエーロに到着するまでの動向は、誰彼となく伝わってくる。まして、王都からシエーロまでの間には村や町があり、当然ギルドもあった。ギルドには精霊樹《せいれいじゅ》の実水晶《みすいしょう》があるから、情報の伝達は早い。だからこそ「あと数日」だと予想もできていた。

クリスとエイフは早朝、確認のため冒険者ギルドに寄った。すると、

「あ、ちょうど良かった！」

と、マルガレータが声を掛けてきた。もしや新情報かと聞けば、そうだと頷《うなず》く。

「お二人も一緒にこちらへどうぞ」

案内された小さな応接室には他にも数人が待っていた。ギルド職員と、冒険者らしき男性一人だ。

「本部長、先ほど確認が取れました。サウエナの町でまだ依頼を受けているそうです」

「そうか。グレンの情報通りだったな。いや、悪かった」

「分かってる。ニホン組の動きは正確にしないとな。二重で確認するのは当然のことだ」

「そう言ってくれると助かるよ。じゃ、受付で情報料を受け取ってくれ。ありがとよ」

冒険者のグレンという男性が立ち上がって部屋を出て行く。その際、エイフと拳《こぶし》を合わせて挨拶していった。

第五章　やって来たストーカー男を迎え撃つ！

「知り合い？」

と、クリスが問えば、エイフは笑顔になった。

「前に来た時、大物の依頼があって一緒に受けたことがある。あいつはシエーロ出身の上級冒険者でな。今回は見かけないから遠征に行ってたんだろうが――」

というエイフの言葉に、ギルド長とマルガレータが同時に頷いた。

「彼のスキルを見込んで、王都近くの町から応援依頼があったのよ。その帰りにニホン組の一行を見かけたらしくて」

「上級冒険者にはギルドから情報収集を頼むこともあるんだ。普段はここまでニホン組を警戒しているわけじゃないんだが、最近は度を超しているからね。たまたま遠征に行っていたグレンにも情報を集めて欲しいと連絡していたんだよ」

なるほど、とクリスは納得した。例のストーカー男がいるパーティーはどうやらオイタが過ぎたようだ。

それに金級冒険者のエイフが介入したことで、ギルドも本腰を入れたのだろう。

まだ一人の女性へのつきまといだけれど、それを許していてはダメだ。行政が及び腰なら、自警団も兼ねている冒険者ギルドが動く。

「サウエナの町なら、あと数日はかかるか」

エイフが思案げに呟《つぶや》くと、マルガレータが答えた。

「そうですね。それに依頼内容が大白桃の実の採取ですから」

「じゃあ時間がかかるな。確か、奴等《やつら》には転移が使える空間スキル持ちもいなかった」

「……答えませんよ？」

「分かってるさ。この情報は俺が精霊樹から出してもらったものだ。問題ねえよ」

スキルは個人情報なのでギルド職員が話すわけにはいかない。けれど、公開されている情報を個人で調べることは可能だ。ただし、お金がかかる。

今回の情報収集に関して、エイフ個人から出ているのか、もしくは上部組織の資金が潤沢なのか。クリスはちょっとだけ気になった。……実は大いに気になっている。見ないようにしていたけれど、そろそろ真剣に考えるべきではないだろうか。

何故《なぜ》エイフがそこまでニホン組の問題に首を突っ込むのか、について。

冒険者として依頼されたから？　義理人情に厚いからか。あるいは過去にニホン組と揉《も》めたから。どれも有り得る。でも、それだけでここまでするだろうか。もっと深い関わりがあるように思えた。

「どうした、クリス」

「ううん」

「大丈夫だ。いきなり来ないさ。それに奴等は上級冒険者でもない。ようは貴族の放蕩《ほうとう》息子みたいなもんだ」

「貴族の？」

「ああ。王都じゃ、そういった輩《やから》が多い。つまり形から入って、中身が伴ってない。その割に『身分』があるもんだから『自分は強い』と勘違いするんだ。親が上級冒険者だという新人冒険者にも多い『病』だな」

「その喩《たと》えなら分かるよ。あはは」

「よし、笑ったな。クリスは笑っている方がいいぞ」

エイフがぐりぐりと頭を撫《な》でるものだから、せっかくまとめた髪がぐしゃぐしゃになる。けれど、文句を言う前に何故か恥ずかしい気持ちになって、クリスは照れ隠しでエイフのお腹《なか》にパンチをドスドス入れたのだった。

情報交換を済ませると、まだ迎え撃つ（？）には余裕があるので依頼を受けることにした。クリスは久々に採取に行こうと思ったが、エイフからパーティーでの依頼を受けようと提案される。なんと巨樹上部での依頼があったのだ。

「ペリンの新芽を採取してほしいそうだ。近くに水蜂《みずばち》の大型コロニーがあって、水蜂自体はおとなしいが、それを狙って魔物が来るんだと。そっちの確認がメインかもしれんな」

ペリンとは、先日ナタリーに淹《い》れてもらった高級茶葉のことだ。甘味と旨味《うまみ》が凝縮されたお茶だった。強いて言うなら玉露に近い味だ。ただ、クリスは前世で良いお茶というのを飲んだ経験がなく、そんな気がする程度なのだが。とにかく、深い味わいで強張《こわば》った筋肉がほぐれていくようなあたたかい心地《ここち》になるお茶だった。

ペリンの新芽の採取自体は素人《しろうと》でもできるらしい。けれど、念のため採取に慣れた人がいいと注文が入っている。同時に、魔物が現れても問題なく対応できる冒険者も必要だ。更に、できれば巨樹の上層で仕事をした経験のある冒険者がいいという。

それらに当てはまるパーティーは案外少ない。

「秘密厳守ができて品行方正なパーティーか〜。そんなの当たり前なのに、わざわざ書くんだね。他にも注釈が多いし。ペリンって相当、高価なのかな」

「それもあるが、注釈が多いのは巨樹の上部へ入るからだぞ？」

「えっ。あ、そうか。そうだった」

プルピやイサが連日のようにハネロクのところへ遊びに行っているため、感覚が鈍っていたようだ。そう言えば巨樹は神聖な存在だったと、クリスは思い出した。

特に巨樹の上部は制限が厳しい。魔物対策で入る場合も、その魔物のレベルが低かろうと、入れるのは上級冒険者だけだ。一般人は入れない。というのも、手付かずの自然が広がっているからだ。枝葉がまるで森のようになっており、その枝葉は高価な素材でもあった。

世界樹の葉ほどの効能はないが、十分に役立つ薬の素となる。いわゆる回復薬だ。枝も、魔法使いが持つ杖《つえ》として人気らしい。魔法使いでなくとも、紋様紙《もんようし》を使う際に小さな杖を持つ人もいる。指向が定まるからだ。補助具として使える杖は、巨樹のものだと最高級品になる。他にも上部にしか生えていない草木もあるらしい。クリスは目を輝かせたが――。

「勝手な採取は禁止されているからな？」

「……そ、そうだよねえ」

がっくり肩を落としたクリスである。


巨樹の上部への出入りが制限されているのは当然だが、実はもっと制限のかかっている場所がある。巨樹の内側の根元だ。根元側にぽっかり空いた洞《うろ》があり、地面から少し登って入る。

中は空洞で、行政の中心となる建物や領主一族の別荘があるらしい。空洞内に別荘なんて暗いんじゃないかと思うが、意外とあちこちに穴が空いているそうだ。そこから光が差し込んで幻想的に見えるとか。もちろん、その穴の周囲は厳重に守られており、誰も巨樹の外側からは入れない。

用事があるときは地面側から入るしかないけれど、もちろん誰でも入れる場所ではなかった。巨樹の外側中央にある役場で手続きし、許可された者だけが入れるという仕組みだ。とはいえ、ほぼ貴族や神官しか入れない。何かあれば神官付きの護衛騎士、あるいは領主お抱えの騎士たちが事を収める。滅多《めった》にないが外から招いた学者や賢者などが過去に入ったことがあるそうだ。

そこまで厳重にするのは、地下に神殿があるからだった。神殿は地下から湧き出る泉を大事に守っている。巨樹の下には巨大な地下水脈が流れており、一部が泉として湧いて出ているそうだ。巨樹を巨樹たらしめんとする聖なる泉だから、大事に守っている。

クリスは巨樹の上部へ向かいながら、熱心に話す案内人の話を聞いた。

案内人は領主の下で働く養蜂家の従業員だ。まだ若い。他に、見届け人として役人も一緒だった。見届けといっても現場を見るわけではない。上部に誰かが勝手に入らないよう、頑丈な柵を巡らせているため、唯一通り抜けができる門扉の開閉係として付いてきた。現地で警護に当たっている兵には鍵が与えられていないせいだ。

作業や見回りなど、用事のたびに役人を伴って来るしかない。なかなかの厳戒態勢だ。

クリスは、脚力が鍛えられるだろうなと変なことを考えた。

事実、登るには時間も体力も必要だ。もしずっと歩きだった場合、クリスなら丸一日かかりそうだった。しかし、そうはならなかった。

実は途中から専用の乗り物が使えたのだ。トロッコ列車みたいな乗り物だ。動力は馬なので馬車と呼ばれている。クリスたちが泊まっている宿より少し上に最初の乗り場があることからも、上流階級専用の乗り物だと分かる。

といっても、今回のように依頼で上部へ行く場合にも使える。

馬は三頭立てで、坂道をどんどんと登っていった。とにかく楽だし速いし有り難い。しかも、クリスには嬉《うれ》しいことが他にもあった。

第五章　やって来たストーカー男を迎え撃つ！

「うわぁ！　すごいお屋敷ばっかり」

「このあたりは領主一族の家だからな。立派なのさ」

「すごいねえ」

せっかく説明してくれていた案内人の話もそこそこに、クリスは中流の家々を眺めていたが、上層に行くと我慢できなくなってお屋敷に見入った。

案内人は苦笑し、役人も肩を竦《すく》めている。彼等は見慣れているのだろうが、クリスは初めてだから仕方ない。巨樹では住居ゾーンと畑や工場などが分けられている。冒険者が依頼を受けるのは害虫駆除系が多いから、住居側を観察する機会はない。しかも立派な屋敷を見るのは巨樹では初めてだった。

お屋敷は立派ではあるが城というほどでもなく、ドイツで見かけそうな木組みのホテル風だ。屋敷の両端に丸く出っ張っている建物が付いており、日当たりが良さそうなことから応接室か温室代わりの部屋かもしれない。

巨樹に沿って建てられているのは下層の家と同じだ。けれど、お屋敷レベルのため、端の方がどうしても巨樹にピッタリ張り付いていない。そこがどうなっているのか目を凝らしていると、役人にツンと服を引っ張られた。どうやらあまり見てはいけないものらしい。

クリスはしゅんとして席に座り直した。

それにしても、お屋敷が巨樹にへばりついて建てられているのは本当に面白い。庭もあるけれど建物前の部分は狭い。全体としてやはり横長に作られている。隣の家との間隔が空いているため特に狭い感じはしないけれど、不思議な感じだ。

更に敷地を囲むように木製の塀が並んで立っている。その外側が道路だ。ここはトロッコだけでなく馬も通れるようになっていた。

領主一族には秘密の抜け穴があるため、外の道路を使わずとも巨樹の内部へ行き来は可能だ。けれど、外からの訪問もあるため道路を立派に作っているのだろう。

途中で一際大きいお屋敷も見た。領主の本宅になるそうだ。住宅地の最上に立っている。枝振りの立派な場所で、巨樹に沿いつつも太い枝の上へと横長に伸びた屋敷だった。

この太い枝ごと全部が領主の土地になるらしい。方角も枝振りも最高の一等地というわけだ。


それらを横目に通り過ぎると道路が細くなりガタガタとしたものになっていく。

中流の住宅地から領主の屋敷までは、枕木舗装のような硬くて丈夫な木を使ったオシャレな道路だった。下層の住宅地にある道路は枕木みたいな立派な木材は使用しない。砕かれたチップを圧縮して敷き詰めている。それはそれで重量や音を吸収して向いているのだろうが、悪くなるのも早い。

トロッコを牽引《けんいん》する馬の歩く道もところどころに穴が空いていた。御者《ぎょしゃ》が「帰りに塞いでおくか」とブツブツ文句を言っている。

第五章　やって来たストーカー男を迎え撃つ！

レールの横には申し訳程度の幅で通路もあるが、雑草が伸びてきて手入れがされていない。自然に飛んでくる土が溜《た》まって、いつの間にか生えているのが雑草だ。

雑草の周囲には小さな虫が飛んでいた。クリスは慌てて、ナタリーにもらった渦巻虫《うずまきむし》の殻から作った虫除《むしよ》けオイルを塗った。現地で様子を見てからと思っていたが、早いに越したことはない。

平衡感覚を保つ薬は飲まなかった。今のところ高い場所は平気だ。たぶん大丈夫だろう。

エイフにはどちらも要らないと断られた。頑丈な肌に高い運動能力は羨《うらや》ましい限りだ。


トロッコは上部へ入る柵の門近くで終点となる。近くには、柵を守る兵たちのための宿泊施設があった。役人が門の鍵を開ける際は兵が二人立ち会う。クリスがキョロキョロしながら観察していると、エイフが頭を押さえた。

「不審人物みたいだぞ」

「だって初めてだもん。気になるよ」

「まあな。他の冒険者たちも初めてだとクリスみたいになってるよ」

二人のやり取りを聞いていた兵たちが笑った。頑張ってな、と応援もしてくれた。役人以外は皆、愛想が良い。

その役人とはここまでだ。クリスたちは案内人と三人で上部へと徒歩で向かう。

大きな柵の向こうは見事に景色が変わっていた。見渡す限り鬱蒼《うっそう》と生い茂った森のようである。これでは枝がどうなっているのかさえ分からない。まさか、こんなにも葉が生い茂っているとは思っていなかった。

クリスはポカンとしながら、さくさく歩いて行く案内人とエイフの後を追った。

案内人は時々振り返ってエイフとクリスを見ていた。たぶん、勝手に何か採っていないかのチェックも任されているのだろう。これだけ葉が生い茂っていると一枚ぐらいバレない気もするが、もちろんルールに反することはやらない。

そもそも、巨樹の葉がなくてもクリスは全く困らないのだ。

なにしろクリスには世界樹の慈悲の水《オムニアベルフエクテイオ》がある。一滴で蘇生《そせい》できるという代物だ。

その水が大量にあった。もちろん原液を（という言い方が合っているかどうかは別として）そのまま大量に持っていても使いづらい。なので、小さなアンプルに分けて保管している。それすら、何度も使うことはないだろうから、一万倍に薄めたアンプルも大量に作った。

一万倍に薄めても魔力があっという間に戻る優れものだ。ついでに体力まで戻る。というより完全回復薬である。多少の怪我《けが》なら治してしまう。

世界樹の劣化版である巨樹の葉より、貴重な代物だ。

だから採ることはない。クリスは舌をベッと出してみたい衝動に駆られるも、興味があったのは事実であり――――。肩を竦めて二人の後を追った。

第五章　やって来たストーカー男を迎え撃つ！

問題の場所までは一時間ほど歩く。どの枝を分かれて登ったのか分からないぐらい、ぐねぐねと進んだ。これは山道で迷うパターンの一つではないだろうか。行きは一本道に見えても実は視界に入っていない道があって、帰りになると分かれて見える、というものだ。

そもそも、山道と呼べるほど「道」がついているわけではない。

いよいよマズイと、クリスは震え上がった。こんなところで二人とはぐれたら遭難だ。いつもはペルという頼れる相棒と山の中に入る。それに魔女様が森歩きの極意とやらを教えてくれた。だから、怖いと思ったことがない。魔物は怖いけれど山自体に恐怖を感じたことはなかった。

けれど、右も左も同じような枝に、あちこちから無造作に生えている小さな枝葉が方向感覚を狂わせた。

クリスが内心でドキドキしていると、エイフが立ち止まった。振り返り、クリスを見て首を傾《かし》げている。

「どうかしたか？」

「ううん」

「疲れたなら、背負ってやろうか？　その代わり俺の荷物を背負ってもらうが」

「あ、うん。じゃなくて、いいよ。大丈夫」

「そうか。疲れたら言え。ここは慣れないと歩きづらいんだ」

そう言って前を行く案内人を見た。彼は目を泳がせ、それからその場に座った。どうやら、ここで休憩してくれるらしい。クリスはホッとして肩の力を抜いた。

エイフが言うには、手入れのされていない巨樹の枝は少々つるりとしていて歩きづらいそうだ。気付かなかったが、確かにクリスも慎重に歩いていた。通常の山とは違ってでこぼこでもなく土も少ないから、踏ん張りが利かなくて自然と体に力が入っていたようだ。

もちろん、完全につるつるとしているわけではない。けれど枝の上を歩くというのは考えてみれば普通ではなかった。それに緊張もしていた。

「初めての冒険者なら誰でも通る道だ。落ち込むなよ？」

「うん。ありがと」

「よし。あともう少しのはずだ。頑張れ」

「はーい」

持参した水筒のお茶を飲み、休憩が終わるとクリスは元気にまた歩いた。

そうして辿《たど》り着《つ》いた現地は枝の先も先、空が見える場所だった。振り返るとまだまだ巨樹の本体が上へ続いているけれど、空と下界が見えるほど高いところまで登ってきている。

その景色に感動したいところだが、クリスは素直に喜べなかった。

見たくはないけれど見なければならない。現実とはそういうものだ。

「うわぁ……」

確かに水蜂の大型コロニーがあると聞いた。聞いてはいたが。

第五章　やって来たストーカー男を迎え撃つ！

クリスの目の前の光景は正に「うわあ」としか言いようのない、異常な数の水蜂で埋め尽くされていた。

「これ、普通なの？」

「むしろ少ない方だね。ずっと増加傾向だったのに最近は減っていく一方で。見回りに来なかった二日の間に、かなりやられているみたいだ」

「そ、そうなんだ……」

「案内人殿よ。その魔物だが、いつ頃やって来るか把握しているのか？」

「夕方頃ではないかと。魔物化したカナブンが樹液を奪いに来て水蜂を殺していると思われます」

「そうか……」

エイフは案内人の説明に納得していないようだった。何かが気になるらしい。

クリスには分からないため、自分ができることを考える。

幸い、水蜂はニホンミツバチと同じような大きさで攻撃もしてこない。巣の近くでうろちょろしても、ほとんど刺されないそうだ。それに虫除けオイルも塗っているから怖くない。大丈夫だと分かったからか、小さくてコロンとした水蜂が何故か可愛《かわい》く思えてきた。今まで大きな虫ばかり見てきたクリスは、感覚がちょっぴりおかしくなっているのかもしれない。

それはそうと巨樹の上部だ。見晴らしの良い場所である。

クリスはすーっと息を吸って吐いた。

「おおー。気持ちいい～！」

「ピルル！」

「あ、イサ。それにプルピも。……ハネロクも来たんだね？」

「ナンダ、ソノ嫌《いや》ソウナ顔ハ」

「嫌じゃないよー。あははー」

発光物になりかけるハネロクには、くれぐれも光らないでねと頼み、クリスは各自に聞いてみた。実は彼等は先に来ていて、調べてくれていたのだ。

「ウム。ワタシノ調ベデハ、悪サヲシテイル魔物ハ蛾《が》デアルナ」

「蛾？」

「ソウダ。アー、人間ハ何ト呼ンデイタカ」

「ヴヴヴ」

「○※△◇※ヨ、ソレハ精霊ノ言葉デハナイカ」

「ヴヴヴヴヴ」

「ウム」

「あの、通訳して。大体でいいよ。見た目とか」

プルピはちょっと目を細めてクリスを見た。何か言いたいことがあるらしい。けれど、やれやれと頭を振ると、詳細を話してくれた。

彼によると、蛾の魔物はミドリイモムシの変態後の姿らしい。クリスは冒険者ギルドの資料を思い出した。薄目で読んだためハッキリとした姿は覚えていないが、ミドリガという安直な名前が付けられていたはずだ。

「あいつかあ……」

うへぇ、と途端にやる気が減った。ミドリガは鱗粉《りんぷん》に毒があって、雑食だ。というか何でも食べる。それこそペリンや水蜂だって食べるだろう。しかも奴等は空を飛ぶ。

「鱗粉除け、どうしよ。カナブンだったら素材が取れたのになー」

「鱗粉ナラバ、作業用トシテ作ッタゴーグルガアルダロウ？」

「わたしはね。エイフは持ってないもん」

「フム。○※△◇※ヨ、アノ男ニ降リカカル鱗粉ヲ除ケラレルカ？」

「ヴヴ」

「デハ頼ンダゾ」

「えっ、ハネロクやってくれるの？」

「ヴヴ」

「わあ！　ありがとう！　ハネロク大好き！」

「ヴヴヴン！」

ハネロクもたぶん同じ言葉を返してくれたと思う。クリスの鼻に抱き着いて、チュッとキスしてくれたからだ。プルピは通訳してくれなかったが。

クリスはプルピから聞いた話をエイフたちにした。案内人はミドリガと聞いて狼狽《うろた》えている。てっきりカナブンの魔物だと思っていたらしい。カナブンだったら大きいだけで（攻撃力もあるけれど）問題なかった。少し離れた場所で見学もできる。

ところがミドリガは毒の鱗粉を振りまく。

「一応、解毒剤は持ってきてますすよ？」

「それでも嫌ですよ！」

「そうですよねー」

「大体、あなた方はどうやって戦うんですか」

「わたしはゴーグルがあるし、エイフには別の方法で鱗粉除けがありまして」

そう言ってエイフにウインクすると、彼は何のことか分からないのにハッキリと頷いた。

というわけで、今ここで無防備なのは案内人だけだ。

「テントをお貸ししましょうか」

「……お願いします」

戦力にならない彼には離れた場所で待ってもらうことにした。本来ならテントはクリスたちの休憩用だったが仕方ない。

最悪泊まりになるだろうと考えていたものの、今日は大変な依頼になりそうだ。

第五章　やって来たストーカー男を迎え撃つ！

まずはミドリガがやって来る夕方までに、依頼の一つでもあるペリンの新芽を採取する。群生地は歩いて数分のところにあった。これだけ近いと、水蜂を狙う魔物の被害も及ぶだろう。

ペリンの群生地も元は自然に生まれたものだ。途中で見てきた雑草と同じで、土が溜まっていたところに鳥が種を落としたと思われる。その後、発見した領主一族が畑として整えた。

ペリンは低木で、クリスでも手の届く高さにある。脚立がいるかと案じていたけれど採取しやすかった。クリスが次々採取していると、案内人は感心して褒めてくれる。彼ももちろん手を動かしながらだ。エイフは魔物の警戒がメインだから採取はしていない。

他にプルピとハネロクも手伝ってくれた。イサもいつもだったら啄《ついば》んで採ってくれているが、案内人が「鳥が採取をっ？」と叫んだため気を悪くしたらしい。クリスの頭の上に陣取って寝てしまった。

「あの、すみませんでした……」

「え？」

「その、頭の上の。妖精《ようせい》なんですよね？　怒らせてしまって」

「あー、いえ。まあ、ちょっと拗《す》ねてるだけです。後で謝ってもらえたら」

「はい。それと、精霊様もいらっしゃるようで……」

「いますね。そこと、あそこに」

指差すと、そちらを見て案内人が頭を下げる。巨樹に住む人々は本当に精霊が好きらしい。目を輝かせていた。

その精霊ふたりがせっせと新芽を集めていると、他の精霊も集まってきた。基本的に彼等は楽しいことや面白いことが好きで、誰かが何かしていると気になる生き物なのだ。そして、同じように何かしたがる。

中には久しぶりのククリもいた。クリスに近付いてきて何かを表現している。適当に返事をしていると糸のような手足を目の前でばたつかせた。

「うん？　どうしたの？」

「ピル、ピピピ」

「見せたいものがあるの？」

イサが通訳係を買って出てくれたが、それもまあ「なんとなく」でしか分からない。合っているのか分からず首を傾げると、イサがツンツンとクリスの頭を突っついた。

「それ肯定なのか否定なのか分からないし、軽くでも突《つっ》かれたら痛いんだよ」

「ピピ」

「分かった。ピッと一回鳴いたら肯定ね。ピピって続けて短く鳴くと否定。それでいい？」

「ピッ」

という、やり取りの末に分かった内容は――。

「えーと、住処《すみか》を見たい？」

「ピッ、ピピ？」

「……見せたい？」

「ピピピピピ？」

「分かんないってば～」

クリスはククリを摑んで、頭の上に乗せた。

「とにかく、今は急ぎの仕事なの。後でね。分かった？」

「ピッ」

「うんうん。イサ、よろしく伝えてね！」

戦力が減ったが、よく考えたらククリは戦力になっていなかった。最初から糸の手足を振ってるだけで、新芽を摘んでなどいなかったのだ。

――他の精霊は頑張っているのに！　いやいや、手伝いはあくまでも善意だ。当てにしてはいけない。それに彼等は気紛《きまぐ》れである。ほら、もうすでに飽きてきた精霊がひとり、ふたり。

「うん、分かってた。分かってたよ」

呟いていると、隣にいた案内人が首を傾げる。彼には精霊が見えないので仕方ない。見えないけれど、新芽が刈り取られていくのは分かっている。彼は有り難いと何度も頭を下げていた。

夕方まで休む間もなく採取を続けたため、クリスだけでも予定の倍を採取できた。更に精霊たちの分も合わせると三倍になるだろうか。意外と頑張ってくれたようだ。

まあ最後は、水蜂から分けてもらった蜜と新芽を混ぜて団子にし、投げ合っていたが。食べ物で遊ぶんじゃないと怒ったら、ハネロクを筆頭に「しゅん」として反省のポーズを取っていた。どこでそんな姿を覚えたのか、思わず笑ってしまったクリスである。

ところで、巨樹の上部には精霊が多い。中には妖精もいるけれど、それは高位の妖精だという。他の妖精はシエーロの外にある森の中だ。というのも、巨樹はパワーが強すぎるらしい。だったらイサは大丈夫なのかと思うが、プルピの子分として成長しているとかで問題ないそうだ。

「イサってば、正式に子分になったの？」

「ピピ」

「あ、否定だね？」

「ピッ」

「ふふふ。上司に振り回されて大変だねえ」

「ピッ」

「何ノ話ダ？」

第五章　やって来たストーカー男を迎え撃つ！

「おっと、上司は聞いちゃいけない話だよ」

「ピルゥゥ」

イサは慌てて飛び立ち、クリスの髪の毛の中に潜り込んだ。でも完全に潜り込めるはずもなく、どうも頭だけを三つ編みの中に突っ込ませたようだ。

「頭隠して尻隠さず、じゃない？」

「……」

「何ヲシテイルノヤラ。オヌシラハ気楽ナモノヨ」

「いや、プルピに言われたくない」

「ハ？」

いつも遊び回っているというのに、と思ったけれど、さっきも手伝ってくれたためクリスは口にしなかった。

そこにエイフが戻ってきた。彼は水蜂の巣の様子を見に行っていた。

「カナブンの魔物が来ていた。片付けてきたが、そろそろ本命が来るかもしれん」

「分かった。わたしも行く」

「ああ。案内人殿は予定通り、少し離れた場所で隠れていてくれ。テントは出しておく」

「わ、分かりました」

というわけで、いよいよ魔物退治だ。

新芽はエイフの収納袋に入れてしまったし、討伐《とうばつ》に必要なものは取り出している。

それにクリスには紋様紙という武器があった。

問題は紋様紙を経費として落としてもらえるかどうかだが――。

結果、了承を得られた。「休憩用のテントを貸す」というのも交渉に役立った。何よりカナブンや同程度の虫系魔物と、ひどく苦しみながら死に至るような毒を散布するミドリガでは、厄介さが違う。

そこをチクチクと、新芽採りの間に話してみたクリスの圧勝である。


水蜂は夜になると眠るため、続々と巣に戻ってきていた。夕方の今が一番騒がしい。

それを狙ってミドリガがやって来る。他にも、少数ではあるがカナブンなどの魔物もいた。

ハネロクはエイフの頭の上に陣取り、彼の角をペチペチと叩《たた》いている。楽しいらしい。

他にも数体の精霊がエイフにまとわりついていた。「くれぐれも邪魔はしないでね」と念押ししたが、クリスは心配だった。

精霊も人間と同じで魔物が嫌いだけれど、だからといって人間のために問答無用で手助けしてくれるわけではない。

そう考えるとプルピはとても常識的で人間寄りだ。クリスはプルピに感謝しようと思っ

第五章　やって来たストーカー男を迎え撃つ！

たが、人の頭の上を取り合っている現状だと言えない。

「プルピ、誰が一番とかないんだから仲良くしてね。ククリは視界に入るから後頭部でぶら下がって。イサは危ないから髪の毛の中に避難。分かった？」

「ピッ」

「分カッタ分カッタ。ワタシモ手ヲ貸シテヤロウトイウノニ、オヌシトキタラ……」

「わー、ありがとー。嬉しいなー」

「ソノ言イ方ガ疑《うたが》ワシイガ、マアヨカロウ」

きっと呆《あき》れた顔でいるのだろうが、見えないのでクリスは気にしない。

それよりも目の前のミドリガだ。徐々に不穏な気配と、嫌な音が聞こえてくる。

やがて現れたのは大群の「大きな」蛾だった。

「蛾って、もっと慎ましやかな色じゃなかったっけ。樹皮っぽい色というか」

「タダノ虫ナラバナ。アレハ、魔物ノミドリイモムシトヤラガ変態シタモノデアルゾ」

「うーん。だからって原色の緑って、ないわー」

「何ヲ訳ノ分カラヌコトヲ」

「そうだね。それに、そろそろ無駄口叩いてる暇はなさそう。ううう」

クリスはブルリと震えると、紋様紙を構えた。

ちなみに目にはゴーグル、鼻と口を保護するための特殊ハンカチをマスク代わりとして巻いている。

ゴーグルは物づくりに必要だろうと思って旅の間に作ったものだ。素材はエイフに分けてもらった。なんでも入っている彼の収納袋から出てきたものだ。エイフいわく「よく分からない」群の一つである。

仕分けてくれたプルピによると、ゴーグルの素材の元は一つ目岩という魔物の目玉らしい。外の世界では見かけない迷宮特有の魔物というから、地下迷宮ピュリニー産だろう。エイフは、依頼になかった魔物素材をギルドに出し忘れるという悪癖があって、収納袋の一角に「よく分からないコーナー」を作っていた。彼にとって、そこにあるものはゴミ同然らしい。タダで分けてくれた。

一部は仕分けしてくれたプルピに渡し、残りはきちんと用途ごとにまとめて圧縮し、またエイフの収納袋に保管し直している。まとめた袋には「クリスの」と書いておいた。

というわけで、ガラスより軽くて丈夫な目玉をプルピが加工してくれ、ゴーグルとなった。クリスも横で見ていたが、技量も道具も全然足りなくて見守るしかなかった代物だ。

ハンカチも同様で、やはり迷宮産の水糸蜘蛛《みずいとぐも》という魔物の糸から作られた。普通に編んだだけなら絹のように滑らかで染めやすい高級布になるだけだが、これを裁縫が得意な精霊に任せると加護が付く。

シエーロに来るまでの間に精霊たちの家を作ったクリスだったが、そのうちの一体がお礼として作ってくれたハンカチだった。どんな加護か聞いてみると「なんか綺麗《きれい》にしてくれる」というアバウトな答えが返ってきた。さすが精霊である。

たぶん「汚染されたものでも綺麗に拭き取れる＆浄化」だろうと思って、埃《ほこり》っぽい作業の時にマスク代わりとして使うつもりだった。

当然、今が使い時だ。そして使ってみて分かる。これはかなりの高性能だ。空気が美味《おい》しく感じられた。まだ鱗粉など降りかかっていないのに、すでにフィルターが稼働している。クリスはアイテムのすごさに感動しながら、嫌な音を立てる蛾が集まるのを待った。


作戦は単純だ。誘蛾灯《ゆうがとう》を立て、集まったところを一網打尽《いちもうだじん》にする。

誘蛾灯はランプを改良した。急いで作った割には上手《うま》く誘導できている。ミドリガたちが水蜂のコロニーではなく誘蛾灯に向かってきていた。

ただし完璧ではない。彼等の好む甘い香りの薬草をランプ内で焚《た》いているのだが、小さなランプのために煙が思うほど出ていなかった。分散されたミドリガの一部が水蜂のコロニーへ向かっている。そちらはエイフに任せるとして、クリスは誘蛾灯に集まる蛾が固まるのを見守った。

ちなみに、多少でも煙を出すために火を使ったわけだが、安全対策は完璧だ。案内人の許可は取った上で、ランプの下および周辺に防火布を敷いている。更に【土】の紋様紙を使って、二重円を描くように土の囲いを作った。その中の溝に、水で薄めた蜂蜜とスライム凝固剤《ぎょうこざい》を入れておく。

スライム凝固剤はスライムパウダーを発明した人が考えた商品である。青色の粉の量を調整し硬さを決める。ゼリー状にしたい場合は少量でいい。ここに緑色の粉を混ぜると時間調整ができるようになる。ゆっくりゼリー状にするなら、少量という風に。

今回はゆっくりゼリー状になるよう調整した。決して凝固剤が勿体無《もったいな》いからではない。

「順調に集まってきてるね。でも、もうちょっと早く集めたいな。ゼリーが固まってきたら意味がないし」

「誘蛾灯ニ酔《よ》ッテイルモノガイルナ」

「虫酔いの薬草も混ぜているからね。これで動きが緩慢《かんまん》になるの。エイフの方には……結構行っちゃってるか。こっちへの集まりが悪いな」

紋様紙【風】を取り出す。煙を拡散し、誘導するのだ。発動すると煙が風に乗っていく。するとミドリガたちがまた集まってきた。

「できれば一網打尽にしたいからね。ほーら、集まれ集まれー」

「オヌシ、ソウシテイルト、アクドイ魔女ノヨウダゾ？」

「え、何それ」

「ソウイウ魔女ガイルソウダ。噂《うわさ》デ聞イタガ、敵ヲ完膚《かんぷ》ナキマデニ叩キ潰スソウナ」

「へぇえ。そんな魔女がいるんだ」

「精霊狩リヲシテイタ悪党共カラ守ッテクレタノハヨイガ、大魔法ヲ使ウモノダカラ森ガ焼キ尽クサレソウダッタト聞イタ」

「こわっ」

「過剰殺傷ダ。シカモソノ後、精霊ニ『助ケタノダカラ要求ヲ呑《の》メ』ト凄《すご》ンダラシイ。勢イニ呑マレ、馬車馬ノヨウニ働カサレタソウダ。以来、人間ノ魔女ニハ近付クベカラズト情報ガ回ッテイル」

「そうなんだ。すごい人だねえ」

返事をしたところで、クリスは首を傾げた。今の話、どこかで聞いた気がする。

「そ、その魔女の話って、いつ頃なの？」

「ウム。アレハ確カ、聞イタノガ○※◇×□ダカラ……。数十年前カ？」

「ふ、ふーん」

魔女様だ。クリスがお世話になった、あの魔女様である。何故なら、彼女からそれに近い話を聞いたからだ。クリスは内心の焦りを必死で隠した。


そもそもクリスの精霊に対する態度がユルユルなのは魔女様のせいだ。

読ませてもらった本では神のように崇《あが》めるシーンが多いというのに、その横で彼女が「あー、そりゃ美化しすぎだね」と茶々を入れる。それが続くと、精霊への気持ちの垣根が低くなるのも仕方ないと思うのだ。

彼女は稀《まれ》に「昔こういうことがあったんだよ」と話をしてくれた。その中に、プルピから聞いたのとは少し違うが似ているものがあった。

第五章　やって来たストーカー男を迎え撃つ！

悪党から精霊を守った代わりに、欲しかった杖やブローチの細かな装飾を頼んだというのだ。ブローチはどこかのお金持ちに売るためで「急ぎで欲しかったから少し無理を言ったかもしれないねえ」と話していた。それを聞いた当時のクリスは「少しの無理じゃなくて大いに無理を言ったのだろう」と思った。

魔女様はそういう人だった。

「ドウシタ、クリスヨ」

「ううん！　なんでもない。そろそろ集まったかなーと思って」

「オオ、ソノヨウダナ」

プルピはクリスの下手な誤魔化《ごまか》しに気付かなかったようだ。ホッとして胸を撫で下ろした。しかし、今は安心している時ではない。

目の前にはウジャウジャと原色のミドリガが――。

「滅してやるっ！」

「ピルルッ？」

突然のクリスの叫びに驚いたイサが頭の上で鳴いたけれど、気にせず紋様紙を使う。

「【結界】発動ー」

「ドウシタドウシタ。イツモハ静カニ使ウトイウニ」

「いいんだよ、たまには！　叫ぶことで指向性がより正確に定まると本にも書いてあったんだから！」

「オ、オオ、ソウカ」

嘘《うそ》ではない。今もちゃんと、初級の【結界】が期待以上に発動してくれた。中級の【防御結界】や上級の【完全結界】を使わずとも、使い方が上手ければ初級でも十分なのだ。それに相手は魔物の中でも弱い方である。ただただ数が多いというだけで。

「狭まれ狭まれ、よし！」

【結界】の機能を発動したまま範囲を狭めていく。普通の人はこれができない。見たままに囲んでしまって、そこで意識が止まる。最初に見た形で固定してしまうのだ。

けれど風や火の紋様紙もそうだが、攻撃場所の範囲や規模は使う人間の指向で決まってくる。また、最大火力を放てるだけのポテンシャルが紋様紙には込められていた。紋様紙一枚が何故金貨何枚にもなるのか。それだけの能力が備わっているからだ。

「プルピ、お願いね！」

「ウム！」

予《あらかじ》め用意していた殺虫成分たっぷりの薬草に火を付けてもらう。彼の役目はこれだ。ドワーフ型で物づくりの精霊プルピは、火を自在に操ることができた。

ボッと火が付いた薬草はすぐに煙を吐き出す。それを結界内にポイッと投げ込んだ。

「おおー！」

「成功ダナ」

「見事に真っ白だね。あ、早くもバタバタと落ちてるよ」

第五章　やって来たストーカー男を迎え撃つ！

「ウム。サスガ、ワタシガ加護ヲ与エタダケノコトハアル」

物づくりの加護で作った薬草だと思ったらしい。でも残念ながら、これは加護をいただく前に作ったものだ。しかも魔女様が考案した殺虫剤である。

魔女様は「やるからには徹底的に」がポリシーで、殺すなら全部殺してしまえと万能型殺虫剤を編み出した。もちろん世の中には益虫もいる。魔女様だって分かっているし知っていた。でもそれとこれとは別なのだ。

ちなみに、人間がいるところで使っていいものと使ってはいけないものは、きちんと分けられている。更に仕込み式など種類は多い。

クリスが長旅の間に虫の被害に悩まされなかったのも、魔女様印の薬草シリーズがあったおかげだ。

クリスたちが殺虫剤を使ったミドリガ退治をやっている頃、エイフも水蜂に近付くミドリガを倒していた。

こちらは剣でばっさばっさと斬り殺していくスタイルだ。剣豪《けんごう》スキルを持つエイフの動きは速く、クリスの目では追いつけない。一度の振りで何体も倒すというのは一体どういう仕組みなのか。クリスは彼の姿を横目に首を傾げた。

迷宮都市《めいきゅうとし》ガレルでは「剣豪の鬼人《ラルウァ》」と二つ名があったエイフだが、天空都市《てんくうとし》シエーロには長くいないせいかそうした呼び名はない。

けれど「強い鬼人《きじん》の冒険者が来ている」と噂になっているようだ。今朝も他の冒険者たちから憧れのような眼差《まなざ》しで見られていた。

金級ランクで剣豪スキルを持つ鬼人。目立たないわけがない。また憧れる冒険者の気持ちもクリスには分かる。

冒険者の世界というのは強くないとやっていけない。成り上がって王都に呼ばれ、そこで安穏としていたら強さはそこまでだ。

だから本当に強い冒険者はエイフのようにあちこちを巡っている。


さて、結界のおかげでミドリガの残骸《ざんがい》をまとめることができた。誘蛾灯に引き寄せられて蜜に落ちたミドリガもスライム凝固剤でしっかりと動きを止められている。蠢《うごめ》く魔物は後ほど処理するとして、手の空いたクリスはエイフの補助に回ることにした。

「エイフ、こっちは片付いたよ！」

「おっ、早いな！」

「エイフが倒したのを集めようか？」

「頼む。クリスと違って、俺は一ヶ所に落とせないからな」

とは言いつつも、斬り落としている様子を眺めると後々を考えているようだった。まとめて処理しやすいよう、何体かごとに積み上げているのだ。今も喋《しゃべ》りながら斬ったというのに、ミドリガの残骸が積み重なっていく。さすがだと、クリスは感心した。

第五章　やって来たストーカー男を迎え撃つ！

第二波が来るかもしれないので、クリスたちはミドリガを始末してもしばらくは残骸を放置して待った。

が、その間に来たのはカナブンの魔物ぐらいだ。一体だけ蟷螂《かまきり》も飛んできたけれど、クリスが「ギャー！」と叫ぶ前にエイフが倒していた。「ギャー」は「ギ……？」と不発に終わってしまった。

騒ぎが収まると、テントに避難していた案内人を呼んで確認してもらう。彼はミドリガの山を見て真っ青になった。

「こ、こんなに、いたんですか」

「そうなの。一応、今も警戒中で第二波に備えてるんだけど……。野営する？」

「あ、いえ、あー」

「あと処分なんだけど、どうします？　ミドリガって、あんまり素材的にはおいしくなかったですよね」

「特殊な魔物でない限りは現地処分でと言われているのでお願いします」

「その場合、火を使いますよ？　さすがに多いし」

「いや、火はちょっと……」

「紋様紙の経費を持ってくれるなら、安全に処分できますが！」

クリスが交渉すると、頭の上でプルピが溜息《ためいき》を吐いていた。

結局、真夜中まで待ってみたものの第二波は来なかった。

そしてミドリガの処分は【結界】と【火】の紋様紙二枚だけで済んだ。万々歳である。

その日は野営になった。

案内人が心配性だったからだ。火が確実に消えているかどうかを確認したいのが一番。

その次に、まだ他にも魔物が来るのではないかと気になったからである。

本来の依頼のメインはペリンの新芽採取と魔物の警戒（調査も含む）だったのに、随分《ずいぶん》と仕事が多くなった。もちろんしっかりと交渉するし、野営になった分も含めて増額は請求する。

案内人は水蜂を管理する部署からも経費を請求しないととブツブツ呟いていた。

野営は水蜂のコロニーが見える、一つ上の枝で行う。同じ枝だとクリスの寝覚めが悪い。今はもう欠片《かけら》もいないけれど、そこで大量の魔物が死んだのだ。思い出したくなかった。

それに朝日と共に動き出す水蜂の羽音も聞きたくない。

一つ上の枝からはペリンの畑にも行くことができ、場所的にはいい。何よりも、見晴らしが良かった。

真夜中まで起きていたクリスは月明かりに照らされる巨樹の美しさにうっとりし、代わる代わるやって来る精霊たちと幻想的な景色を楽しんだ。

エイフが見張りをしているというのに申し訳ないが、滅多にない経験を堪能《たんのう》させてもら

第五章　やって来たストーカー男を迎え撃つ！

った。

翌朝はもっと感動した。

エイフが朝早くにクリスを起こしに来たのでテントの外に出ると、暗い世界に光が差し込んでいたのだ。

「うわあ」

「もうすぐ朝日が見える。空気が澄んで綺麗だからクリスも見るといい」

「うん！　ありがとう、エイフ」

急いで枝の端まで走って行く。一緒に寝ていたイサも慌てて飛んできて、クリスのぐしゃぐしゃの頭に乗った。

少し怖いけれど、行けるギリギリのところで立ってみた。残り一メートルで枝の先は終わりだ。周辺には葉がない。それらは水蜂のコロニー作成に使われたようだった。おかげで、コロニー周辺は見晴らしが良くなっていた。

「太陽が昇ってきた！　わぁぁ……！」

「ピピピ」

後ろからエイフもゆっくりと歩いてくるのが分かった。枝の先まで来たから、震動が伝わる。

こんなに細い枝の先に、しかも巨樹の上部だというのに立っている。普段なら怖くて震えていただろう。でも、この時のクリスからは恐怖が消えていた。それぐらい目に飛び込む景色が美しかったのだ。

ゆっくりと昇る太陽が暗い世界を照らしていく。見えなかった部分が太陽によって暴かれるが、朝露に光って何もかもが幻想的だ。青々とした巨樹の葉が煌《きら》めいて見える。澄んだ空気が動き始め、さわさわと音を立てながらクリスを撫でていった。

周囲には森が見える。天空都市シエーロは森に囲まれていると、よく分かる景色だった。どこまでもどこまでも続く緑色の世界。それらを太陽の光が徐々に明るく染めていく。

——なんて素晴らしいんだろう。

すぐ下には目覚め始めた水蜂たち。そこからもっと先に目を向けると、お屋敷が見える。更に照準を遠くに合わせると。

「家がいっぱい並んでるね」

「ああ。下に行くほど小さい家になるから、余計にチマチマっとして見えるな」

「ふふ。豆粒ハウスみたい。すごいなあ。あっ、守護家《しゅごけ》の木も見えるよ。橋が光ってるね」

「あそこは植物から銀の色を取り出す技を持っているそうだ。宣伝のために塗っているんだが、住民には評判が悪いんだと」

「反射で目が痛いもんね～」

第五章　やって来たストーカー男を迎え撃つ！

守護家の木々は巨樹より小さく、天辺《てっぺん》が見下ろせた。

クリスがいる場所からは三本しか見えなかったが、うち一本の天辺が少し茶色になっている。目を凝らすと、枯れているような気がした。

「あの木、天辺が少し枯れてない？」

「ああ、確かに。あの木はトルネリ家だったか」

トルネリ家と言えば守護家の中で水蜂を育てているはずだ。巨樹にあるコロニーよりも大きいはずである。

「あそこも魔物の被害が出ているのかな。ここに来ていたミドリガの被害を受けて枯れてるとしたら大変かも」

「そうだな。ただ、ミドリガだけで枯れるとは思えないが……」

「案内人さんとギルドに報告だね」

その前に、もう少しだけ。

クリスは巨樹の上からでしか眺められない美しさを満喫した。


前世では仕事が忙しくて海外旅行の経験がほとんどなかった。仕事関係で何度か行ったぐらいだ。景色を堪能するなんて考えも湧かないほど忙しかった。

その当時、あまりにブラックで忙しくて、癒《い》やされるために旅行記を読んだことがある。

中にトレッキングコースの紹介として載っていた写真がすごかった。スイスだったのかニユージーランドだったのか今となっては覚えていない。ただ、雄大な景色に溜息を吐いたのだけ覚えている。

真っ青な湖に、なだらかな丘。やがて隆起したように高く続く緑豊かな山。

あれを現実に見たらきっと息が止まるだろう。そう思っていた。

今、こうして同じような美しい景色を前にすると、現実はもっとすごかったとしか言えない。圧倒されるほど世界は美しい。こんな大きな世界でクリスは生きているのだ。

「本当にすごいねえ」

「だろ？　早朝が一番綺麗に見えるんだ。今日は特に気持ちいい。クリスは運が良いな」

「うん。でも、運が良いんじゃなくてエイフのおかげだから。……ありがと」

「そうか。はは」

ぐしゃっと頭を撫でられた。イサが慌てて飛んだので、彼ごと撫でようとしたのかもしれない。相変わらずエイフは大雑把だ。けれど、嫌いじゃない。

クリスはへへっと笑って、また景色に集中した。

午前中は忙しなく過ぎていった。

案内人はあれからバタバタして、急いで報告しないとと焦っていた。でも急いだって仕

第五章　やって来たストーカー男を迎え撃つ！

方ない。一時間早くなったところでどうしようもないからだ。

なので、朝のうちにエイフが再度見回ってくるというから、クリスは案内人を引き連れてペリンの新芽を採取した。もういいと言われても、せっかくだ。いくらでも生えてくる新芽は採った方がいい。最終的に案内人もせっせと集め回っていた。

その彼を役所に送り届け、もちろん荷物もどっさりと渡し、クリスたちはギルドに完了届を出しにいった。

ついでに報告だ。巨樹ではないが、守護家の木の葉が一部とはいえ枯れているのは大問題である。そのため最優先で連絡を送ってくれた。こういう場合、情報料がもらえる。

はずだったのだが。

「すでに現状を把握しているそうです。実は王都からニホン組のパーティーを早めに呼ぶよう言い出したのはトルネリ家だったそうでして……。本来の理由を書いておらず、他の依頼者もいたため気付きませんでした」

マルガレータがしょんぼりと肩を落として教えてくれた。残念だけど仕方ない。しかし、それはそれで問題なのだと彼女は言う。

守護家の木とはいえ、シエーロ内部のことだ。大事な木が枯れ始めている、という状況を巨樹側に伝えていないのは問題だという。もし伝えていたなら、ギルドにも話は下りてくる。しかし誰も情報を持っていなかった。

マルガレータの話を聞いて、クリスとエイフは顔を見合わせた。

「触らぬ神に祟《たた》りなし、だね」

「政治や貴族関係の揉め事には首を突っ込まないでおこうか」

意見が一致したので依頼料を受け取って退散だ。マルガレータは苦笑で見送ってくれた。ついでに小声で「明日の夕方頃から気をつけておいてね」と言われたのは、もちろんストーカー男たちについてだ。

「ということは、今日はまだ大丈夫だってことだな。どうする？」

「わたしはペルちゃんたちを外に連れていく。いい加減、森で遊びたいだろうし」

「俺も一緒に行くよ。プロケッラに忘れられそうだ」

「あはは」

というわけで、その日はペルたちと共に森を堪能した。ついでに狩りも採取もして大満足である。

早めに宿へ戻ると薬草関係の補充に勤《いそ》しんだ。殺虫成分の薬草がかなり減ってしまったので心許《こころもと》ない。ちょっと張り切って使いすぎてしまったようだ。

紋様紙も減っているから、クリスはその日せっせと在庫を増やす作業に没頭した。


翌日、ナタリーとマリウスは昼から家で待機となった。しばらくは引きこもる可能性が高く、少なくとも最初のうちはクリスが物資の補給を担当すると約束した。長引けば他の関係者と協議する。

第五章　やって来たストーカー男を迎え撃つ！

でもたぶん、長引くならエイフが強引な手に出るだろう。ともかく、エイフはギルドで彼等が来るのを待つ。

ところが待っている間にエイフへ指名依頼が入った。

クリスが様子を見に行くと、エイフが依頼を断っている姿が見えた。話をこっそり聞いてみると、昨日の活躍を大いに評価してもらったようだ。それに、トルネリ家の問題を発見したのも良かったらしい。

「最近おかしなことが続いているから調査してくれだと？　そんな漠然《ばくぜん》とした依頼を受けられるか」

「しかし、水蜂の様子もおかしいらしいんです」

「巨樹にいた奴等は元気いっぱいだったぞ」

「いえ、巨樹の水蜂は数が増えてるんです、それこそ異常なぐらい。なのに、トルネリ家の水蜂は極端に減っていると報告が上がってきて――」

「だが、俺にはやることがあるんだ」

「ずっとここでボーッとされていたじゃないですか」

依頼に来ているのは役人のようだった。トルネリ家は隠していた問題がバレたことから、他の懸案事項についても報告したらしい。すると、よその守護家からも「実は……」と声が上がったとか。

ギルド内で話すものだから丸聞こえだ。幸い、朝の一番忙しい時間帯を過ぎているから冒険者の数は少ない。けれど噂は広がるだろう。何より行政や貴族側の情報共有のなさが危機的で、問題になりそうだった。

クリスも気になっていたアオイモムシの件など、役人は他の多くの「おかしな事象」について語っている。そろそろ止めた方がいいのではと思っていたら、案の定ギルド長がやって来て止めていた。

エイフは行政からの依頼を一旦保留にした。食い下がられたので正直に理由も話す。

「うちのパーティーメンバーが世話になった女性が、困っているんだ。ニホン組の男が強引だってな。それだけじゃない、被害にも遭っている。その相手が今日にでも来るらしい。俺たちは彼女を守るためにシエーロから出ていくのを遅らせていたんだ」

本来だったらすでにシエーロを出ていたと言えば、役人は黙り込んだ。彼はどうやらナタリーが迷惑を被っている件について知っているようだった。目が泳いでいる。

「行政がやらないから俺たち外部の冒険者が出張っているんだ。なのに、困っている市民からの訴えを無視して、挙げ句に市民を助けようとしている外部の冒険者に自分たちの不始末を任せようとするなんざ――」

「まあまあ、エイフさん、そのへんで。……というわけでね、彼には個人依頼がすでに出されているんですよ。ボーッとしていたわけじゃない。ニホン組が到着するのを待っているんですわ」

第五章　やって来たストーカー男を迎え撃つ！

ギルド長が間に入った。一見、宥《なだ》めているように聞こえるけれど、役人に対して嫌味が効いている。

「し、しかし。では、そうだ！」

「まさか強制指名依頼にしようってわけじゃ、ありませんよね？　出されてもうちは許可しませんがね」

ギクリとした役人を、ギルド長が強い態度で追っ払ってくれた。役人はすごすごと退散するしかなかった。見ていたクリスは急いで彼等の下に駆け付けた。巻き込まれたくなくて少し離れていたのだ。

「大丈夫？」

「ああ。問題ないさ」

「でもなんであんなにしつこくしてたんだろうね」

クリスが疑問を口にするとギルド長が肩を竦めた。エイフは曖昧に笑っている。教えてくれたのはマルガレータだった。

「エイフさんが外の冒険者だからよ。シエーロの冒険者に内情を見せたくないんでしょ」

「まあ、それもあるだろうな。実際、彼等の望む万能型の上級冒険者が今シエーロにいないのもあるが」

「いない？　グレンはどうしたんだ」

「いますよ。もちろん、わたしだってグレンさんを勧めました。でも、あの方が『昨日の件を片付けてくれた冒険者がいい』と言い張って。いろいろと都合が悪いんでしょうね」

マルガレータはプリプリ怒っている。受付としての矜持《きょうじ》を傷付けられたからだ。依頼者に最適な冒険者を紹介する。それは受付である彼女の大事な仕事だ。

「この期に及んでまだ隠そうとするなんて、シエーロの上層部も大概ヤバいですねー」

思わず口にしたクリスを、皆が見下ろしてきた。

「いや、だって。ひどいし……」

「そうだな。せめて俺が言ったことを思い出して、今からでも対処してくれたらいいんだが」

エイフが言う「対処」とはナタリーの件である。ニホン組に対して強く出られない上層部は、大した被害が出ていないからと高をくくっているのだ。治安維持隊も当てにならない。だから自分たちで守るしかなかった。

「とりあえず、今はニホン組対策だよね！」

「おー、そうだな」

「クリスさん、ありがとうね」

「ううん」

「ギルドの方でも気をつけておく。だが、一方に肩入れできない事情もある。悪いな」

「分かってるさ。すでに十分助かっている。あとは話を聞き入れられる相手かどうかだ」

エイフはクリスに視線を向けた。

「クリスこそ大丈夫なのか？　相手はニホン組だ。怖いんじゃないか？」

前に変な人に絡まれたから心配しているのは分かるが、クリスはドキッとした。でも、すぐに頭を振る。

「ちょっとだけね。でも女は度胸！」

そう答えたらエイフだけでなく、マルガレータたちまで大笑いしたのだった。

◆

ニホン組のパーティーはその日の夕方、シエーロに入った。

異動届提出のために冒険者ギルドへ寄るだろうと思えば、なかなか来ない。クリスはやきもきしてしまった。彼等は先に、宿を取りに行ったようだった。クリスたちもそうだったのだから有り得るのに、頭からすっぽり抜け落ちていたようだ。

彼等がギルドに来たのは、門兵から連絡があって数刻経った頃だった。クリスは併設された食堂で様子を見ることにした。エイフも少し離れて彼等を観察だ。

ニホン組パーティーは、受付の女性から「金級冒険者より連絡が入っています」と告げられると騒ぎ始めた。クリスが聞き耳を立てれば「俺たちも有名になった」や「特殊依頼を一緒にって申し込まれるのかも」と話しているのが聞こえる。

クリスの観察した様子では全員が若く見えた。十代後半だろうか。ひょっとしたら、もう少し若いかもしれない。言動が無邪気だった。声が大きいため、彼等の会話が耳に届くけれど、特に横暴な様子は見られない。

やがて落ち着いた彼等に、受付女性が「どうされますか」と聞いている。彼等の返事は「じゃあ、会うだけ会ってみます！」だった。

しかし、一人の青年がごねた。

「俺は嫌だ。指名依頼を先にこなそう」

「いいじゃないか」

「俺は早く彼女に会いたいんだ！」

「会えばいいだろ。今回は長くいるんだ」

「時間がない！　大体お前がサウエナで余計な仕事を請けたから遅くなったんだ！」

「仕方ないだろ。俺たちにしか頼れないって言われたんだからさ」

「二人とも止めなよー。とりあえず、今日彼女の家に挨拶に行ってさ、それから待っててくれるよう頼めばいいじゃん。指名依頼が終わったら正式に結婚を申し込むって言えば、彼女だって怒らないよ～」

——ん？　どういうこと？

クリスは自然と眉根が寄るのを感じた。一言も聞き漏らすまいと、耳だけでなく体ごと自然に傾いていく。

第五章　やって来たストーカー男を迎え撃つ！

「その後で金級さんに会おうよ」

「相手、金級レベルなのに後回しでいいのか？」

「いいですよねぇ～？　受付さん～」

「いえ、わたしからは何も。ただ、礼儀として――」

「いいんだって！　じゃ、決まりね！　ねえ、早く済ませようよ。あたしお腹も空いたし、ゆっくりしたいんだってば。お風呂も入りたいの！」

「……俺もマユユの意見に賛成だ」

「お前なぁ。いつもはだんまりのくせして、マユユが何か言うとそっちに行きやがって」

「とにかく異動届は受理されたんだろ？　俺は彼女に会いに行くからな！」

四人のうち、一人の青年がイライラとした様子で離れようとした。そこにエイフが悠然とした足取りで、しかし決して逃さないという早さで立ち塞がる。彼の表情はにこやかだった。

そのまま見ていたい気もしたが、クリスは急いで外に出た。

ギルドの外でイサを呼ぶと、二階の庇《ひさし》の上から飛んでくる。手筈通りだ。彼はピュイッとやる気の感じられる鳴き声で答え、クリスが渡した紙を掴んだ。

「お願いね？　特急便だよ」

「ピッ！」

「あ、プルピも来たの？」

「面白ソウナノデナ」

「……バレないようにしてね？　あと、ギルドに入らないって約束守ってくれてありがとう」

「構ワヌヨ。ソレトナ？　オヌシガ心配シテイルヨウナコトニハナランカラ、安心スルガイイ」

「プルピのことは信じてる。でも、ニホン組って特殊なんでしょう？　プルピの存在がバレたら怖いよ。それに精霊たちは珍しいものが好きじゃない。他の精霊が彼等に肩入れしたらと思うと――」

プルピには事前に、クリスの「心配」について話していた。この地の精霊の誰かがニホン組を気に入った場合、彼等に情報が流れるかもしれない。もっと言えば手助けするかもしれないのだ。それが不安だった。

プルピはイサが飛んでいった方を見てから、すっとクリスの顔の前に寄った。

「確カニ我等ハ面白クテ珍シイモノガ好キダ。シカシ、友情ヲ秤《はかり》ニ掛ケルコトハシナイ」

「プルピ……」

「ワタシハコレデモ、オヌシノコトヲ気ニイッテイル。加護マデ与エタノダ。ソレニ友人デアルト思ッテイルノダガ？」

「うん。ありがと、プルピ」

第五章　やって来たストーカー男を迎え撃つ！

「ワタシガココデ遊ンデバカリダッタト思ウカ？」

遊んでいたんじゃないのか？　と思ったクリスだったけれど、場の空気ぐらいは読める。首を横に振った。

プルピは偉そうに「ウム」と頷いた。

「ソウダ。ワタシハ、コノ地ノ精霊タチト誼《よしみ》ヲ結ンデイタノダ」

「そ、そうだったんだね」

「ソウナノダ！　ソノ仲良クナッタワタシガ言エバ、コノ地ニイル精霊タチハ味方ニナッテクレルダロウ。イヤ、モウスデニ味方ダ」

「え……？」

「オヌシノ働キヲ、○※◇×△※ガ見テオッタ。ハネロクモ、トテモ面白ガッテイタダロウ？」

「あ、うん」

電子音の部分が全く分からないのだが、プルピは説明しないまま続けた。

その説明を要約すると、クリスはどうやら彼等に気に入られたようだった。エイフと共に巨樹の上部で魔物退治したのを、精霊たちは殊《こと》の外《ほか》喜んでいたらしい。巨樹にとって害になる魔物を倒すというだけでも嬉しいのに、珍しい火を使ったのが楽しかったとか。また、巨樹から眺める景色に感動していたクリスも好ましく感じたらしい。

大前提として、クリスがプルピの加護をもらっているからでもある。ようは「ひとかどの精霊に認められた人間」というベースがあったわけだ。

プルピはこれでなかなかの精霊らしい。クリスは話半分で聞いていたけれど。

一通り話し終えると、プルピはイサの後を追って飛んでいった。彼は、自分ひとりぐらいなら隠れていれば問題ないだろうと、ニホン組対策班の一員になってくれた。更に他の精霊たちが集まらないよう見張り係もするらしい。

が、クリスはちょっと疑っている。なにしろ精霊は面白いことが好きだ。

仕方なく、クリスは「問題が起こりませんように」と祈るだけだった。

ギルドに戻るとエイフの足止めが成功していた。彼はさりげなくクリスを視線の端に留めると、にこやかにニホン組パーティーへ謝った。

「来たばかりなのに引き留めて悪かった。明日から守護家の指名依頼に入るんだろう？　せっかくだからもっと親交を深めたかったが、諦めるとしよう」

「いえいえ。俺たちも金級冒険者と知り合えて良かったっすよ。それに鬼人族《きじんぞく》なんて珍しいし」

「ははは。じゃ、仕事終わりに飲みにでもいくか？」

「おー、いいっすね！」

「あたしも！　こんなイケメンとの飲みは外せないよ～！」

「……じゃあ俺も」

第五章　やって来たストーカー男を迎え撃つ！

「俺は行かないからな！」

「あんたは彼女のとこでしょ。もう！　さっさと行ったら？」

パーティーで唯一の女の子にあしらわれ、青年はムッとしたようだった。けれど、何も言わずにギルドの出入り口に向かった。クリスは慌てて気配を消した。更に、彼の視線や行動を予測し、そのルートから外れる。幸い、気付かれなかったようだ。ホッとした。

クリスはエイフに目交《めま》ぜで後を追うと告げた。彼はクリスにだけ分かるように手を動かした。頼んだぞ、という意味だ。そして残った面々を食堂の方へ誘導した。


青年の後を追ったクリスだったけれど、彼はナタリーの今の家まで辿り着くことはなかった。ナタリーが両親と住んでいた以前の家に行き、留守を知って諦めたようだ。十分ほどウロウロしただけで元来た道を戻っていく。

念のため跡をつけたがギルドに入ったのでそこで終了した。


クリスはまた巨樹に登った。今度は真っ直ぐナタリーの家に向かう。

その際、裏道を通った。ナタリーやマリウスから、巨樹に住む人だけが使うという裏道を教わっていたのだ。これが隠れ通路のようで面白い。何よりも時間短縮になった。

時々、人の家の裏庭を通るけれど通行禁止ではないそうだ。教わらないと「通っていい道」だとは分からない。だから裏道だ。

細い路地裏や急な坂、梯子階段《はしごかいだん》といった狭くて曲がりくねった場所ばかりを行く。朽ちかけた木の梯子もあれば、苔生《こけむ》した丸太階段もある。誰も住んでいない家の裏を通る時はドキドキしたけれど、それすら楽しい。

表通りの道は木片を綺麗に並べて整地されているが、それだけだ。巨樹とは道路を挟んで反対側になる景色も、家が密集しているため外の風景は見えない。

巨樹の下層にある表通りは両側が家ばかりで、眺めて楽しかったのは最初だけだった。同じ家が続くためクリスはすぐに飽きてしまった。住民も同じことを考えたのか、外の景色が眺められるような小さな公園が時折作られている。それも細い路地を抜けた先にあって、地元に住む人間でないと見付けられない。

クリスが使った裏道は巨樹側にある。巨樹側の家は建て方が自由だ。地面となる枝の位置が平行に続かないため、高さも奥行きも不揃《ふぞろ》いとなるからだろう。遠目には家が重なって見える。そのちぐはぐさを利用するかのように抜け道が存在した。

クリスは体が小さいので馴染《なじ》むのは早かった。町の人に見られても「子供だから」と不審に思われることもない。気をつけてお帰りよ、と声を掛けられるぐらいだ。

おかげで表通りを行くより早く、ナタリーの家に到着した。

「お邪魔します」

「お帰りなさい、クリスちゃん」

第五章　やって来たストーカー男を迎え撃つ！

「確認してきたよ。今日はもう大丈夫だと思う」

「ありがとう。イサちゃんもね、お仕事してくれたのよ」

「ピッ」

ソファの上で寛《くつろ》いでいたイサは、片方の羽を持ち上げてクリスに挨拶した。プルピもソファに座っている。ソファというか、その上に置かれたクッションの上に。ふたりとも、もてなされていたようだ。近くに小さな編《あ》み籠《かご》が置いてあって、中に果物が入っている。齧《かじ》った跡があって笑う。

ふと気になって、クリスは部屋を見回した。

「あれ、マリウスはどこに？」

「隠し部屋を堪能してるわ。訓練だって言ってたけど、あれは完全に楽しんでるわね」

「もう。肝心なときに何してんだか」

「ふふ。イサちゃんたちが見回ってきてくれたから大丈夫よ」

「だったらいいんだけど。それより、あの人やっぱり変だね」

結婚だのなんだのと話していたため、クリスはビックリした。ナタリーから聞いていた話と違うため、別の女性の話をしているのかと思ったぐらいだ。けれど、彼が向かった先はナタリーの実家だった。

その話をすると、ナタリーはとても嫌そうな表情になって溜息を吐いた。

「前に『順番を守って次はプロポーズだ』って話してたから、そのせいかも」

「うわぁぁ」

「何度もお断りしてるのに……。こんなに話が通じない人って初めてよ」

「あー。そういう人、いるよね。話を聞いてくれないっていうか」

しみじみ語ると、ナタリーは目を丸くした。それからふと笑顔になって、クリスの頭を撫でてくる。

「苦労してきたのねぇ。よし、そんなクリスちゃんにとっておきを用意してるわよ」

「わっ、もしかして？」

ナタリーはにっこり微笑《ほほえ》んだ。先ほどから良い匂いがしていたのだ。これは期待していい。というより、彼女の料理は全て美味しいのだ。クリスはウキウキと晩ご飯を楽しんだ。もちろんイサとプルピもだ。


宿に戻ってしばらくしたらエイフが戻ってきた。心なしか疲れて見える。

「大丈夫？　お疲れ様ー」

「おー。体は疲れてないが、心が疲労してるな」

「引き留めと情報収集役だったもんね」

エイフは腕や首を回して精神的な疲れを解そうとしている。

「ペリンのお茶飲む？　疲れが取れるよ」

「おー、頼む」

第五章　やって来たストーカー男を迎え撃つ！

「あの案内人さん、お礼にって新芽を分けてくれたからね～。水蜂蜜も瓶詰めでもらっちゃったし。へへー」

先日の依頼で想像以上の量を採取できたせいか、お土産《みやげ》をもらっていたのだ。それが気になっていたから、ちょうどいい。夜なので甘いものは食べたくないが、お茶ならいいだろう。入れ方はナタリーに聞いてきたので問題ない。

エイフも「美味しい」と言って飲んでくれた。ホッとした様子だ。

一息吐くと、飲みながら情報共有を始めた。エイフからは彼等の名前やスキルを聞く。というのも彼等が自己紹介で話したらしい。通常、他人にスキルを教えるのは滅多にないことだが、ニホン組はペラペラ話す人が多かった。

クリスはまだルカという青年としか直接話したことはないが、彼も会ってすぐスキルを教えてくれた。警戒していないというよりは、考えが少し甘いのだろうと今では思っている。自分たちが、圧倒的に強い組織の所属で、立場も上だと考えているからだ。

まだどこか現実感がないのかもしれない。夢の中、あるいはゲームの中にいると思い込んでいるのだろうか。

クリスには分からなかった。

分からないと言えば、結婚だと騒いでいた青年だ。彼はナタリーの実家の前で十分しか待っていなかった。たった十分だ。その間、周囲に聞いて回ることもしない。ただただ家の前をウロウロしていた。

彼はヒザキという名前らしい。聞いた瞬間、日本名だと気付いた。クリスと同様に前世と同じ響きの名をもらったのだろうか。そう考えていたが、パーティーリーダーの名前を聞いて驚いた。

「アルフレッド？　え、そういう名前なんだ？」

「ああ、そうだが、何かあるのか？」

「ううん。貴族っぽい名前だなって思っただけ」

「そうか。確かに貴族のミドルネームに多いな」

この時、クリスはスルーしてしまった。エイフの言葉の意味に気付けなかった。

それにすぐ話題が進んだ。他のメンバーの名前やスキルが次々と出てくるため、クリスの意識はそちらに向かった。

「リーダーが剣士と治癒と水のスキル持ちだ。中級二つに初級一つ。ニホン組にしては下位になるな。他のメンバーも似たり寄ったりだ。だから、ペルア国に戻らずダソス国の王都で普段過ごしているのかもな」

「どういう意味？」

「上級スキルを持っていないとニホン組の中では肩身が狭いってことだ」

「上下関係が厳しいんだねえ」

「それだけでもないが。……まあいいか」

最後は小声だった。

エイフは続けて他のメンバーについても教えてくれた。

唯一の女の子がマユという名で、強化と付与と木のスキル持ち。口数の少ない大男がコウタ、スキルは追跡と察知と盾士だそうだ。コウタは全部が中級スキルだった。けれど、攻撃力がない。

肝心のストーカー男ヒザキは、上級スキルを一つ持っていたが収納だった。ルカも持っていたスキルである。しかし、ルカが言うには収納スキルは「下っ端」で「雑魚《ざこ》」扱いらしい。

ヒザキは他に、火と弓を持っているという。どちらも初級スキルだからエイフの言葉通り「肩身が狭い」のだろう。

「中級スキルがあれば普通は認められる。一端の何かになれるもんだ。いや、スキルが初級だろうと一生懸命働いていれば普通に生きていける。だが、ニホン組はスキルの仕組みを最初に理解しランク分けをした。そのせいだろうな、他の奴より、ちょいとスキルに対する偏見が強いのさ」

「そうなんだね」

としかクリスは答えようがなかった。エイフの言うことは実際にそうなのだろう。けれど、辺境の村でハズレスキルを持った人たちがどんな思いで過ごしているか、彼は知らない。

一生懸命働いていれば普通に生きていける？

そんなに世の中は綺麗じゃない。

前世でだってそうだった。頑張って働いても認められない日々が続いた。頭を押さえつけられて生きていた。それでも抜け出ようと藻掻《もが》いて足掻《あが》いて……。

いや、前世はもう関係ない。今のクリスはまだ十三歳で、道半ばだ。エイフの言う通り、頑張れば「普通」に生きていけるかもしれない。

クリスには「家つくり」スキルしかないが、それを使って今も一生懸命に生きているのだから。

「わたし、スキルに左右されない生き方がしたいな」

「ああ」

「エイフみたいに冒険者向きのスキルじゃないけどね」

「……ま、いろいろあるさ。さて。そろそろ寝るぞ。明日は奴等のお供だ」

彼等と話をするうちに、トルネリ家の依頼だと聞いて一緒に行くと決まったそうだ。ついでなので状況を確認するという。役人からエイフへのアバウトな指名依頼もあったから、ちょうどいいと下調べを兼ねてだ。

クリスは来なくていいと言われた。ニホン組に会いたくないクリスはホッとした。

もちろんクリスはクリスで行動する。そのためにもしっかり寝なくてはならない。

クリスは「おやすみ」と挨拶して、隣のベッドに戻った。衝立《ついたて》の向こうでエイフも着替えているのが分かる。クリスが口酸っぱく頼んだおかげで、寝る時にちゃんと服を着るようになった。以前は上半身裸だったのだ。

クリスはもう一度、小さく「おやすみなさい」と口にした。なんとなく、笑ったような気配を感じた。

ニホン組を見たせいで神経が高ぶっていたイサとプルピを横に寄せ、ベッドに潜り込んだ。少ししてエイフのベッドから寝息が聞こえてくる。クリスは力が抜けるのを感じた。小さく笑って目を瞑《つむ》ると、自然と眠りに就いていたようだ。

🏠

指名依頼を受けたニホン組パーティーの監視はエイフが担当し、クリスはナタリーの警護をする。緊急時の連絡係はククリに頼んだ。

ナタリーの警護についてだが、これは指名依頼になった。実はナタリーの両親が久々に戻ってきて現状を知り、さすがに申し訳ないとクリスに依頼してくれたのだ。神殿の仕事があるため数日休んだらまた戻るそうだが、それまでの間にニホン組が来ても「断る」と言ってくれた。今までは「なんとか我慢して」や「やり過ごして」だったそうだから、両親の変わりようにナタリーは嬉し涙《なみだ》を零《こぼ》して喜んだ。

彼等の考えが変わったのは、マリウスの両親が説得したからだ。「結婚しようとしている二人を応援してほしい」と言われて目が覚めたらしい。

マリウス自身はまだ煮え切らない様子だけれど、彼の両親いわく「あれは照れてるだけだ」とのこと。ナタリーもやっぱりニコニコとして何も言わないので、来るべき時が来たら二人はちゃんと結婚するのだろう。

ただ、クリスには分からないが、こういうぐだぐだ感でいいのだろうか。不思議に思う。

前世でも、結婚した同僚の女性が「プロポーズの言葉？　そんなものなかったわよ」と話していて驚いた記憶がある。もちろん彼女からプロポーズしたわけでもない。それでどうやって「結婚」にこぎ着けるのか。世の中のお付き合いとは一体どうなっているのか。

脳内に「？」が飛び交ったものだ。

ともかく、両親のバックアップもある。クリスは依頼を受けて、ナタリーの仕事場に同道した。ニホン組が確実に仕事と分かっているのだ。その間、仕事を休む必要などない。

しかし、ナタリーの仕事場は解体がメインであり、そしてシエーロには虫の魔物が多いわけで――。

「うげぇー。ぎやー。うひぃー」

「ピピピピ」

「だよね、だよね。気持ち悪いよねー」

「ピッ」

第五章　やって来たストーカー男を迎え撃つ！

「でも小鳥妖精って、虫食べないの？」

「……ピピ？」

「聞こえないフリしないでよ」

クリスはイサと小声でやり取りしながら、虫の解体現場を見学する羽目になった。

どこまでもついてまわる虫たちに「これも慣れ、慣れだよ」と自分に暗示を掛けるクリスだ。

マリウスも今日は久々に仕事へ行っている。家の買い取りについて、彼も半額持つと張り切っているのだ。その時の言い分が「お、俺の家でもあるだろ！　だからな！」で「女にばっかり任せてられるか」だった。

その後、妙に浮かれた様子で飛び出していった。なんだかんだ、ナタリーとの結婚を嬉しがっているのが丸分かりのマリウスである。


そんな日常は三日で終わりを告げた。

アルフレッドたちへの指名依頼が終了したからだ。

夜遅くに帰ってくるエイフが「あいつら、てんでバラバラで冒険者の基礎がなってない」とぼやいていたのに、随分と仕事が早い。

クリスは気になって、連絡係のククリに聞いてみた。もちろん電子音が通じるわけもなく、プルピに通訳をお願いする。返ってきた答えは「エイフが尻拭いをしていた」だ。

常々思っていたがエイフは本当に面倒見がいい。クリスも助けてくれたし、ナタリーだって助けようとしている。その上、ニホン組も助けるとは人が好《よ》すぎるのではないだろうか。

もちろんクリスはエイフのやることに制限を掛けるつもりはない。……嫉妬《しっと》しているのでもない。けれど、ストーカー男の所属するパーティーというだけで色眼鏡《いろめがね》で見ていたクリスは、ちょっぴりイラッとしてしまった。

なんにせよ、静かな時間はこれで終わりだ。

最終日はヒザキが押しかけるかもと警戒したけれど、疲れていたのか何事もなく終わった。

騒ぎは翌日から始まる。しかもそれは、役人の強制指名依頼から始まった。

◆

まず、トルネリ家の木の天辺が一部枯れていたのは、大量発生したミドリガのせいだった。飼っている水蜂も減っており散々だったようだ。

原因であるミドリガを討伐すれば、とりあえずは終了となる。更に枯れていた部分を刈り取り、新しく生えるようにと治癒スキルも使った。減った水蜂については、巨樹側から分けてもらうと話も付いたらしい。そこからもう一度、巻き返しを図るそうだ。

第五章　やって来たストーカー男を迎え撃つ！

しかし、報告を受けた中央の役人たちがまた騒ぎ始めた。

大量発生の原因を調査し、虫の被害を食い止めるにはニホン組がいる今しかない。そのために指名依頼を出すと決めてしまった。強制指名依頼にしたのはエイフも入れたかったからだ。会議中にちゃっかりと名前が挙がっていたらしい。

アルフレッドたちニホン組のスキル自体は、中級が入っているものの「強制指名依頼」を出すほどではない。では何故、今までにも指名依頼が入っていたのか。

彼等には収納スキル持ちがいた。

巨樹という大木の上から下への物資の移動は、普段ならトロッコを使うなり怪力スキル持ちを雇うなどで行う。けれど、貴重な素材の移動や重さのあるものは、収納スキル持ちに頼んだ方が安全だ。

そのため依頼をまとめておき、シエーロへ来てもらった時に一気に片付けてもらう。

それを三日で済ませたニホン組への期待値は更に高くなった。ましてやエイフにも収納袋がある。その上、彼等は臨時のパーティーを組んでいた。

役人側が一気呵成《いっきかせい》に片付けようとする気持ちは分からないでもなかった。

これに反発したのがヒザキだ。

「彼女の家に行きたいんだ！」

ご両親に挨拶して結婚したら連れて帰るのだと言い出した。

せめて結婚するまでは絶対に働かないと、梃《てこ》でも動かない様子を見せ始めたヒザキに、役人たちは阿《おもね》った。

なんと、連れ立ってナタリーの実家に向かったのだ。

ギルド滞在中で監視係のエイフの頭上にいたククリが飛んできて、クリスたちは事情を知った。一緒に待機していたナタリーも目を丸くする。ククリの話を通訳してくれたプルピも呆れた様子だ。

「は？　何よ、それ」

「人身御供《ひとみごくう》デアルナ。人間トハ怖ロシイ」

「※※※※」

「クリスちゃん、精霊様は何とおっしゃってるの？」

「あ、気にしないで。特にハネロクは完全に無視で問題ないから」

精霊たちには目立つといけないから来るなと言い渡しておいたのに、ハネロクはやって来ていた。クリスの頭の上が気に入ったらしい。困ったけれど権力者（の子供）でもある。いざとなれば帽子を被って誤魔化そう。その前に「絶対に光らないこと」とお願いもしている。

ところで、精霊は本来、ひとりで生まれてくるものだ。自然と発生する。でも中には子を持つものもいた。強い精霊が、分身のような子を生むのだ。ハネロクがそうである。

第五章　やって来たストーカー男を迎え撃つ！

よってハネロクの親はひとりだ。そのあたりが気になって、クリスはプルピに根掘り葉掘り聞いてしまった。ちょっと下世話だったかもしれない。でも、世の中の不思議を追及したいお年頃なのだからどうか許してほしい。

その権力者の子であるハネロクを味方に、クリスは様子を見に行くことにした。

ナタリーの実家の前には人が多く集まっていたけれど、ニホン組の姿はなかった。クリスが首を傾げながら近付けば、マリウスの母親が「クリスちゃん！」と呼んだ。

「何があったんですか」

「それがね、さっき例の強引勘違い男が役人を引き連れて来たんだよ」

それは知ってる。だから偵察に来たのだ。けれど口を挟むと次が聞けない。クリスが待っていると、周囲の人も一緒になって話し始めた。大体はククリからの情報通りであった。

そんな中、他の住民たちが一人の男を取り囲んでいるのに気付いた。どこかで見た顔だ。クリスがじいっと見ていると、ナタリーの両親が「ああ」と気付いて教えてくれた。

「あの男、ナタリーの家を改築した時の水道管検査係員だったらしくてね」

「騒ぎを聞いて『その家の娘なら新しい家に住んでいる』と言いに来たみたいなのよ」

「はあっ？」

クリスの額に青筋が立ちそうになった。

取り囲んでいた住民たちは、プライベートな情報をバラした役人に詰め寄って文句を言っているらしい。確かに、やってはならないはずだ。しかも、ストーカー男に情報を与えた。

「お仕置きが必要だよね？」

クリスが怒ると、連動したかのように頭の上から光が漏れる。あっと思った時には遅かった。ハネロクが楽しそうな気配のまま、光を放った。しかも役人だけに向けて。

その様子を、皆が唖然《あぜん》として見ていた。

クリスだってそうだ。

告げ口した役人の男の額に「ワイロ」と書かれている。そこだけ日焼けしたみたいな色だ。

「え、なんで？　ハネロクどこで覚えたの……。ていうか、言葉通じないのに文字が書けるとかおかしくない？」

「※※※※！」

「ちょっと、絶対楽しんでるでしょ？」

楽しそうな気配が頭皮を通じて伝わってくる。とりあえずクリスはハネロクにお願いした。

「どれだけ興奮しても、わたしには変な言葉を書かないでね？」

「※※！」

はあ、と溜息を吐いていると、今度はイサから呼ばれた気がした。イサは今、ナタリーの家にいる。屋根の上に警戒担当として置いてきたのだ。プルピは家の中で警護係である。

「あの、どうやら上で揉め事になってるみたい。わたし先に行ってきます！」

「頼んだわよ。あたしらも、おっつけ向かうから」

「頼みます。クリスさん」

マリウスの母親とナタリーの父親たちから頼まれ、クリスは頷いてすぐに裏道へと入った。


ニホン組の一行は思ったより早く到着していたようだ。騒がしいのが離れていても伝わってきた。急いで向かったために、クリスの息は上がっている。ようやく到着しても息が整わないため、彼等が一体何をしているのかと様子を観察した。

パーティーメンバーのうち三人は呆れ顔だった。ヒザキが何か騒いでいるけれど相手にしていない。だからといって止めようともしていない。ヒザキを止めているのはエイフと、役人だった。

この役人は、先日エイフに指名依頼を出した役人だ。同じ担当者が今回もギルドに来ていたようだ。つまり、こいつがナタリーを人身御供に差し出そうとした。それなのに止めているのは、ヒザキの騒ぎ方がエスカレートしているからだろう。

「監禁されているに違いないんだ。あのマリウスって男が犯人なんだよ」

「だから二人は結婚するって言ってるだろうが」

「違うっ！　みんな騙《だま》されてる。彼女はマリウスに無理矢理連れ去られたんだ」

「なんでそう思うんだ。根拠を言ってみろ」

「彼女は俺を待っていたんだぞ？　あいつ、俺に奪われるのが怖くて監禁したんだ！　こんな家まで用意して！」

話が通じない、とエイフが頭を振っている。役人は青い顔でなんとかヒザキにしがみついていた。まさかここまで変だと思っていなかったのか。それとも本当に彼の言うことを信じていたのだろうか。少しぐらい変でもニホン組に逆らわない方がいいと日和《ひよ》っていたのが、ここにきて現実を見たか。

どちらにしても、クリスは怒髪天《どはってん》を衝いた。文字通りの意味である。何故ならハネロクが連動してしまったからだ。


クリスが怒ったのはヒザキの台詞《せりふ》にだけではない。

役人の男にも腹が立ったし、エイフにも、とばっちりだと分かっていて少々イラッとした。もっと強引に引き止めてくれていたらと思ってしまった。

そうなる理由がクリスにはあった。ナタリーの家が壊されていたからだ。

……正確には玄関扉だけれど。あともう少しきちんと言うならば、玄関扉は外されていただけで、嵌《は》め直《なお》せば元に戻るのだが。

でもそんなことは関係ない。クリスの持てる力の限りで作った家だ。

家は大事である。

その大事な家の扉が外れて庭に放り投げられていた。

「誰がこんなことしたのっ？」

「※※※※～！」

屋根の上のイサが飛び上がり、プルピが玄関から顔だけ出して慌てて引っ込んだ。

ハネロクだけがクリスの頭の上で楽しげで、場違い感満載である。

「人の家を壊した阿呆《あほう》はどこだ！」

「お、おい……」

「何あの子。怒ってない？」

「髪の毛が逆立ってるぞ。ていうか、頭に何か乗せて、る？」

「……あの子、可愛い」

温度差があからさまで、何故かそれが余計に腹立たしい。クリスはエイフを指差した。

「壊したのは誰っ？」

「お、おう。こいつ、ヒザキだ」

次はヒザキを指差す。

「どこに誰が監禁されてるって？」

「あ、なんだ、お前」

「ど・こ・に、誰がっ、監禁されてるって騒いでるのっ？」

第五章　やって来たストーカー男を迎え撃つ！

「※※※！」

ピカッと光った。頭上からピカッと。

ここまで来ると、クリスもちょっぴり落ち着きを取り戻しつつあった。あったけれど、ここで一気に引き下げてしまうといろいろと恥ずかしい。なので自分自身に「もうちょっと頑張れ」と心の中だけで言ってみる。その気持ちが声にも表れた。大声になって。

「家を『壊さず』に、捜してみたらいいでしょっ！」

「は、何を」

「自分で言ったんじゃない、監禁されてるって！　どこに誰が監禁されてんのか、調べてみたらいいでしょう！　その代わり、新築したばかりの家をちょっとでも壊したら、どうなるか分かってるでしょうね！」

「か、関係ない奴がしゃしゃり出てくるな！」

「関係あるよ！　この家はわたしが作ったんだからっ！」

ピカッ。

――ありがとう、ハネロク。でも、その効果は今いらなかったかな。

クリスは気持ちが落ち着いていくのを感じながら、エイフに視線を戻した。

「そいつ、放して。じっくり見てもらおうじゃないの」

「あ、ああ……」

エイフはちょっぴりクリスに引いた様子だ。けれど、言われた通り、ヒザキから手を離した。役人の男もだ。ヒザキはわざとらしく腕を振り払った。

「ふんっ」

ヒザキは微妙な表情ながら鼻息荒く周囲を睨《にら》んだ。でも全然怖くない。弱い犬がキャンキャン吠《ほ》えてるだけだ。クリスはもっと怖いものを見てきた。直近だとミドリガの顔だ。

――あ、あとペルちゃんの怒った顔も割と怖い。

先日久々に外へ出掛けたが、彼女は暫《しばら》く拗ねていた。プロケッラが宥めても無理で、クリスは一生懸命お許しを願ったのだ。

それはともかく、まだ若い青年の必死に虚勢を張っている姿など怖くもなんともない。


クリスは頭に発光物を載せたまま、先に家へ入った。

プルピがクリスに合図する。大丈夫、二人とも隠れていると。プルピも急いで奥へと消えた。ククリも一緒に行ってくれたので、万が一の時は彼が転移してくれるだろう。けれど、万が一などない。クリスには自信があった。

振り返るとヒザキがいて、ついでとばかりに他のニホン組も入ってきた。

人の家に勝手に入れる神経が分からない。クリスは怒りを持続しながら、さあどうぞと場所を譲った。

その横にエイフがするりとやって来る。何故か役人の男も一緒だったので睨み付けると慌てて出ていった。

第五章　やって来たストーカー男を迎え撃つ！

「クリス、お前怒ると本当に怖いな」

「ふんだ」

「俺にまで怒るなよ。悪かった、扉をやられたのは俺の失態だ」

そう言われると、クリスの怒りは萎《しぼ》んでしまう。そもそもエイフに対しては八つ当たりだった。ただ、クリスの中に「ガツンとやっちゃえよー」という気持ちがないではなかったので、つい温い対応のように感じてしまったのだ。

しかし、エイフは見た目や言動が冒険者らしい冒険者の割に、中身は紳士だった。いくら強引とはいえ、まだ法に触れていない彼等の行動をどうこうできないのも分かる。

「……ごめんね、エイフ。わたしが作った家を壊されたと思って、つい」

「いや。気持ちはよく分かる。……お前、辛い経験をしたのにな」

エイフが言うのは、以前、クリスの家馬車が燃やされた件だ。今の家馬車は二台目だった。クリスは頭を振って、エイフに聞いた。

「エイフが止められないなんて、何かあったの？」

エイフは困ったように笑って、外に出て行った役人を指差した。

「あの男に、重要な話があると言って連れ出されたんだ。巨樹の地下にある泉が枯れかけているとかなんとか。強制指名依頼の件に関わってそうだから、つい耳を貸していたらな」

「もしかして、わざと引き止めたのかな。タイミングが悪すぎない？」

「だろうな。俺も甘かったよ。まさか到着して早々暴れるとは思ってなかったから。あとは、クリスの作った家が頑丈だったもんで、玄関扉ごと外したんだろうな」

「うわ、わたしのせいでもあったんだ……」

「お前のせいじゃない。だけど、頑丈だったのは確かだ。あれ、紋様を描いたんだろう?」

「うん。不壊《ふえ》の紋様。細くて小さいけどトレントの端材を入れたの」

「だから、奴はマユユに木のスキルを使わせたのか。コウタの盾士スキルも合わせて扉ごと外していたんだ」

人の家をなんだと思っているのだろう。聞けば聞くほど無法ではないか。クリスはプリプリした。するとエイフが慌てて肩を叩く。

「ハネロクとやらがまた光り出してるぞ」

「あ、そうだった。ごめん。ハネロク、もういいから。連動するのは止めようね」

「※※」

ハネロクも落ち着いてくれた。クリスは乱れた髪の毛を手ぐしで整え、ついでに毛先を、編み込んだ中に詰めていく。もごもごした動きを感じるが、ハネロクを隠す意図でやっているので申し訳ないが無視する。何故かエイフは横で笑っていた。

クリスたちが話している間、ヒザキはそれほど広くない家を走り回っていた。

第五章　やって来たストーカー男を迎え撃つ！

仲間の三人はゆったり見て回ると勝手にソファで寛いでいる。本当に人の家をなんだと思っているのか。クリスは怒らないようにと拳を強く握った。

「ない、いない。どこだ。トイレにもいなかった。台所の横の部屋も、裏の物置にも……」

ぶつぶつ呟くヒザキはハッキリ言って怖い。なのに三人の仲間は平気な顔をしている。

やがてヒザキが寝室のベッドの下にあった地下室への扉を見付けた。「ここだ！」と叫んで、下りていく。もちろん、いるわけがない。そのまま、外へ通じる細い螺旋階段《らせんかいだん》を上がって庭へ出たようだ。ぐるっと回って玄関から入って戻ってくる。

「あの抜け道を通って逃げたんだ！　マリウスを捕まえよう！」

「えー。もういいじゃん。面倒だよー」

「マユユ！　お前の荷物がどうなってもいいのか？」

「煩《うるさ》いなぁ。それはパーティーメンバーの荷物だって言ってるでしょ？　毎回脅しに使わないでよ」

「そうだぞ、ヒザキ。最近お前は勝手が過ぎる」

「なんだとっ？」

ここにきて仲間割れが始まった。クリスはこの流れの行方を見守ることにした。

どうやらヒザキは、収納スキルを盾に仲間を付き合わせていたらしい。ここに来て反撃に遭っている。しかも、かなり我《わ》が儘《まま》を言っていたようだ。

「大体さ、彼女逃げ回ってるじゃん。もう止めときなよー。結婚するって話も本当だったらどうするの？　相手がいるのに手を出すなんて、本部にバレたらヤバいよ」

「結婚の話は嘘だ。マリウスは幼馴染《おさなな じ》みで、恋人じゃないって前に言ってた」

「幼馴染みぃ？　それフラグじゃーん。勝てないって。大体、あのイケメンのエルフ相手に勝てると思ってたのぉ？」

「なんだとっ」

「そりゃ、ヒザキも前世の執着がそのまんま顔に出たみたいだけど？　さすがにイケメンすぎるエルフには勝てないよ。あはは」

クリスは「ん？」と首を傾げた。けれども彼等の話は続いている。考えるのは後回しだ。

「あたしだってこうなることが分かってたら、エルフになりたかったなー」

「……マユは今が一番いい」

「コウタ、ありがとー。あんたは本当にいい男だね！　どっかの誰かみたいに『エロフ』だって騒がないし」

「……俺はそんな低俗なことは言わない」

「おい、蒸し返すなよ。あれはヒザキに合わせただけだって」

「よく言うわよ、アルフレッド。あんた、受付の、誰だったっけ？　あの人とか、ここの女とか見てデレッとなってたじゃない」

「そりゃ、男だったら気になるだろ」

第五章　やって来たストーカー男を迎え撃つ！

「コウタは気にしてないもん」

「……中身が大事」

クリスは呆れて、四人を眺めた。隣のエイフからも同じような気配が感じられる。

「ほらぁー。ヒザキ、諦めなよー。大体、エルフなんて全然イメージと違ったじゃん。だから余計にイメージ通りの彼女にシュークしてんでしょ」

「煩い！　……そりゃ、イメージじゃないのは当たってるけど」

「でしょー。ほんと、見てよ、この家だってさ」

ぐるりと見回し、馬鹿にしたような表情で笑った。

「ふっつーの家じゃん」

「確かにな。最初にシエーロに来た時は俺もガッカリしたよ」

「……俺も」

「俺だって同じだ。てっきり丸いツリーハウスのような家に住んでると思ってたのに」

「そうそう、ヒザキ怒ってたもんね！」

「そりゃそうだろ。ツリーハウスに縄梯子《なわばしご》、弓を持ってると思うじゃないか。それがただのログハウスだ。木を使ってるだけマシだけど」

「ヒザキの理想のエルフの家って扉がないんだよね？　南国風の薄い布があちこち掛けられててさ」

「ああ」

「それで、うっすーい下着みたいな服着てるんだっけ？」

「そうだ」

ヒザキが真面目《まじめ》に返すと、マユユという少女はキャハハとお腹を抱えて笑った。どこか馬鹿にした雰囲気だ。けれどヒザキは気にならないようだった。

「だったら、あの女はイメージに合ってないじゃん。がっちり着込んでたしー。最初、虫の魔物を抱えてなかったっけ？　で、運びましょうかって声掛けたんだよね、あんた」

「それがどうした」

「浅いって言ってんの」

「なんだと！」

怒ったヒザキが、ドンと壁を叩いた。叩いてから、彼はふと口を閉ざした。その手で壁を撫でる。それからハッとした様子で、壁の板を剝がし始めた。

マユユたちは唖然としている。エイフも横でピクリと動いたけれど、クリスが手で止めた。

「こっちは確か巨樹側だったよな。壁で隠してるんじゃないか、くそっ、頑丈な板だ！」

そう言うと、ヒザキは板に手を添えて収納スキルを発動した。板がメリッと剝がれて吸い込まれる。あんな使い方ができるのかと、クリスは驚いた。でもどうやら、思ったほど強くないようだ。細工した部分までは吸い取られない。表面の板だけを剝がしていく。

クリスはチラッとエイフを見上げた。それから玄関の向こうで顔だけ覗《のぞ》かせている役人にも目を向ける。

しっかりと確認を済ませてから、またヒザキに視線を戻した。

ヒザキの前には巨樹の木肌があった。

ダミーの壁の前で、クリスは仁王立ちになってヒザキを見下ろした。

ヒザキは壁の向こうに何もなかったせいで力尽きたようだ。膝を突いた。その前にクリスが立ったのだ。後ろにはエイフがいる。彼は腕を組んで目を細めていた。

「さて、結果はどうだった？」

「……」

「勝手な思い込みで女性を追いかけ回したツケを払ってもらおうじゃない」

「は？」

「あと、入ってもいいとは言ったけど、壊していいとは言ってないからね？　家屋破壊、これ罪になるよ」

「あ、いや」

「それから！　そこで、自分たちは関係ないって顔してる仲間の三人も同罪だから」

クリスはビシッと三人を指差して告げた。皆、「えっ」という表情だ。最初に反応したのはマユユだった。

「はぁ？　待ってよ、あたしたちは壊してないじゃない。むしろヒザキを止めようとしたでしょ！」

「わたし、あなたたちまで入っていいなんて言ってない。不法侵入だよ」

「あっ、そういやそうだな」

「ちょっ、アルフ！」

「……でも言われてないのは本当」

「コウタまで！　大体ヒザキが悪いんだからね！」

「マユユだって応援すると言っただろうが！」

「あんたがマリウスを譲ってくれるって言ったからだよ！」

「……何それ。俺、聞いてない」

「あっ、違うの、これは」

「お前らリーダーの俺に内緒でそんな約束してたのか？」

仲間割れが始まった。クリスの怒りのメーターが振り切れそうになっているというのに、その前で。おかげで、頭上のハネロクからワクワク感が伝わってくる。クリスとハネロクのふたりが連動を始めていると――。

「いい加減にしろっ！」

先にエイフが怒ってしまった。

ハネロクがシュンと落ち着いた。もちろんクリスもだ。大声に驚いた、というのもあるが。

第五章　やって来たストーカー男を迎え撃つ！

「お前たち、反省してるのか？」

「だって。あたしは関係ないもの」

「同罪だろうが。仲間が暴走したんだ。止めずに、他人の家へ勝手に上がり込んだ」

「それは、ちょっとした勘違いというかー。その女の子が捜せばって言ったんだもん」

「百歩譲って間違えたとしよう。だが、お前は捜してなどいなかった」

「あ……」

「リーダーのアルフレッド、お前もだ。ずかずかと上がり込んでソファに座っていたな」

「はぁ」

「コウタ、お前はマユユに唆《そそのか》されてドアを無理矢理こじ開けた」

「……はい」

「一番反省しなければならないのはヒザキ、お前だ。勝手なイメージを持って、勝手に好きになって、結婚したいと思うほどの相手を追い詰めた」

「俺は、彼女を――」

「本当に好きなら、相手の幸せを願うものじゃないのか？」

低い、とても低い声だった。

怒られていないクリスのお腹がずどんと重くなるぐらいの。

「それに、俺はお前のは『好き』ではないと思ってる」

「はっ？　何勝手なこと言ってんだよ。大体、オッサンのくせに好きとか幸せとか、ダセーこと言ってんじゃねえよ！　あんたに一体何が分かるってんだ！」

ヒザキが吠えるようにエイフへ悪態を吐く。が、エイフは一切ダメージを受けていなかった。彼は淡々と、それに答えた。

「そうか？　だが、俺はヒザキの口から一度も『彼女』の名前を聞いていないぞ」

「あ、ホントだ。わたしも聞いてない！」

思わず口を挟んだ。すると、ヒザキの仲間たちも「あっ」という顔になった。それから仲間同士で顔を見合わせる。やがて、そろそろとヒザキに視線を向けた。クリスもだ。

ヒザキはゆっくりと目を逸《そ》らした。


正確には、ヒザキはナタリーの名前を知っていた。ただし間違って覚えていた。そして彼は、間違っていると薄々気付いていたようだ。

何故そんな間違いが起きたかというと、マルガレータがたまに「ブラッディー」とあだ名で呼んでいたからだ。ナタリーの名を呼ぶのはマルガレータが多く、次に呼ぶ可能性の高いマリウスときたら、照れがあるのか滅多に彼女の名を呼ばない。そのせいで、ヒザキは勘違いしたのだ。

確かにブラッディーというのは人名らしくない。仮の名が定着してという可能性も考えたそうだが、シエーロは都市である。しかも神殿が幅を利かせる有名な都市で、誕生の儀を受けない子がいるとは考えられない。

ヒザキはそれに気付いて名前を口にしなかった。

皆、白けた顔でヒザキを見た。

唯一、後を追ってきたマリウスの母親とナタリーの両親、近所の人たちが「そう言えばそんなあだ名だったねえ」とのんびり話をしている。思い出話に花が咲くぐらい、その場は落ち着きを取り戻していた。

ヒザキは呆けたように、がっくり項垂《うなだ》れた。その首根っこを摑んで、エイフが外に連れ出す。仲間三人は自力で出ていった。

クリスは追いかけながら「弁償してね」と声を掛けた。

振り返ったアルフレッドが小さく頷く。マユユが嫌そうな顔をするので、クリスが拳を強く握るとコウタが慌てて首を縦に振った。なんだかんだで仲間思いのようだ。

しかし、これで終わりではなかった。

Ietsukuri skill de 2 isekai wo ikinobiro

第六章

最後の大騒ぎ

Episode.6

Zetsukuri skill de isekai wo ikinobiro

ようやく騒ぎが落ち着いたとホッとしたところに、次の騒ぎがやって来た。

「ち、地下の水が、消えただって？」

役人の男が叫んだ。どこからか通信が入ったらしく、慌てている。彼はキョロキョロし、エイフを見付けると縋《すが》り付《つ》いた。

「お願いしますお願いします！　大事な水が！　虫が発生して！」

「あー、分かった、分かったから！　おい、誰かギルドに行って緊急要請だ。行政からも連絡は来てるだろうが、陣頭指揮を執ってもらえ」

「ち、地下の泉が！」

「うるさい！　神殿に行くぞ、誰か案内ができる者はいないか？」

「あ、わたしたちが！」

手を挙げたのはナタリーの両親だ。エイフは頷《うなず》いた。それからニホン組の四人に目を向ける。

「お前たちも来い。魔物討伐《とうばつ》、やってもらうぞ？」

「は、はいっ！」

「仕方ないわね。あたしの強化スキルがないと皆困るだろうしね」

「……俺も盾士として頑張る」

最後にヒザキへ皆の視線が集まった。彼はぶすくれた顔をしたものの、小さく頷いた。

「始末した魔物を運ばないと汚染されるんだろ。分かってるよ……」

第六章　最後の大騒ぎ

皆がホッとして、それぞれに動き出した。

エイフはあちこちに指示を飛ばし、最後にクリスを見た。

「大事な仕事を頼みたい」

「え、わたし？」

今回、クリスは関係ないと思っていた。強制指名依頼は個人に来ていたし、いくらパーティーメンバーでも個人の等級が低いと断ることができる。実際、クリスは足手まといだろうと思っていたのだ。たとえ紋様紙《もんようし》を持っていたとしても。

けれど、エイフの考えは違った。彼はクリスを遊撃として扱ったのだ。

「地下の泉にも異常はあるだろう。だが、俺は巨樹の天辺《てっぺん》にも何かあるんじゃないかと思っている。トルネリ家だけじゃなく、他の守護家《しゅごけ》の木にも些細《ささい》だが異変があるらしい。何か連動しているかもしれないんだ。俺の勘で申し訳ないが、見てきてほしい」

エイフは真剣な表情でクリスを説得してくる。

「クリスしか無理なんだ。俺だと上部にまでしか入れない。その上の天辺には誰も入れないんだ。領主でさえも」

「え、そうなの？　って、待って。そんな場所どうやって入れば……」

「そこにいるだろ、パスを持ってる大物が」

その視線がクリスの頭上へ向かう。もぞもぞと動くハネロクが、ワクワクし始めたのを感じる。

「待って、嘘《うそ》だよね？　わたし、だって」

「あとのことは任せておけ。大丈夫だ。精霊《せいれい》を味方にしたクリスが一番強い」

「でも――」

「『女は度胸』なんだろ？　領主が何か言ってきても、巨樹の一大事だったと言えばいいさ。任せておけ。ニホン組に絡めりゃ、なんとでも言い逃れできる」

「そ、それはどうかなー」

クリスが及び腰なのは、一人で行くのが怖いというのもある。が、一番は、エイフの言い方だ。嫌な予感しかない。

「ハネロク、お前の大事なクリスを絶対に落とすなよ？」

「※※※※！」

「ピッ」

「あ、イサ！」

「ほら、イサも来てくれたぞ。プルピもいるんだろう？　よしよし。じゃ、任せた。あいつらに見られたくないだろうから、俺はもう行く」

「エイフ～」

「だけど、無理だと思ったら逃げろ。俺が行くまで隠れてるんだ。分かったな？」

「う、うん……」

第六章　最後の大騒ぎ

見送った。

「大丈夫。お前ならできる」

そうまで言われたら、彼の指示を受け入れるしかない。クリスは肩を落としてエイフを見送った。

ハネロクが空気を読んで飛ぶのを待ってくれている間に、なんとか風向きが変わらないかと考えていたクリスの前に助《すけ》っ人《と》が現れた。

マリウスだ。

彼だけ、様子を見るために隠《かく》し部屋《べや》から出てきたようだ。そっと覗《のぞ》いていたらしい。そこをエイフに見付かって目交《めま》ぜで頼まれたようだ。

「えっ、そんなのどうやって？　以心伝心とか？　二人は付き合ってるの？」

「……クリス、頭、大丈夫か？」

「だって！」

「分かった分かった。じゃ、ククリを呼ぼうぜ」

「あっ、そうだよ。何も飛ばなくたってククリがいたんだ！　マリウス賢い！」

思わずテンションが高くなったクリスである。

テンションが下がったのはハネロクだ。しょんぼり感が漂ってきて、クリスは必死で慰めた。

クリスたちは一度ナタリーの家に戻った。そこで必要な装備を用意する。クリスの場合は腰ポーチがあるのでほぼ問題ない。必要なのは主にマリウスだった。

マリウスを待っている間、クリスは隠し部屋に入った。ナタリーに事情を説明するとホッと胸を撫《な》で下《お》ろしている。マリウスがなかなか帰ってこないので気が気でなかったようだ。彼女に事情を説明し、ヒザキがいつ戻るかしれないので注意してほしいと告げた。まだ完全に改心したとは言えないからだ。念には念を入れる。

なんだったら職場にいた方がいいかもしれない。一人でこんなところに隠れているより精神的にはずっといい。

クリスが勧めると、彼女も少し思案してから「そうね！」と前向きになった。それから解体室に向かって、マリウスに驚かれながら戻ってきた。彼女の手には巨大な包丁とノコギリがあった。

「……えっと、それ、武器？」

「あら、そうね。そうとも言うわね！　そうよ、これがわたしの武器なの！」

巨大包丁片手に微笑《ほほえ》むナタリーを見て、クリスは彼女のあだ名がブラッディーだった理由に思い至ったのだった。

第六章　最後の大騒ぎ

用意を済ませたマリウスとクリスは、精霊ククリの力を借りて巨樹の天辺に転移した。

「ギャーッ！」

「うっ、うるせぇ」

「だって！　ここ、ホントのホントに天辺なんだもん！」

「おい、抱き着くなって。こっちだって、足下がっ」

わあわあ騒いでいると、ハネロクが飛び上がってクリスの目の前にやって来た。眼前でくるりと宙返りするや、にこにこと笑う。

「あ、浮いてる……」

「マジだ。すげぇ」

「ピッ」

「あは、イサまで浮いてる～」

「ピピピィ……」

巨樹の葉の上でクリスたちはふわふわと浮いていた。イサは体が斜めになってぷかぷか浮かされ、情けない声で鳴いている。普段の自分の飛び方とは違うから落ち着かないのだろう。それを見てクリスとマリウスが笑っていると、ふわっと何かが降りてきた。

柔らかい光だ。

クリスだけでなくマリウスも言葉を失った。イサはピッピと鳴いている。ハネロクは普段通り。ククリだってプルピだって平気な様子だけれど。

クリスはハネロクの親（？）と思われる巨樹のヌシを前に、神々しさで思考回路がぶっ飛ぶという経験をした。

それでも震えながら目の前の大きな存在を指差し、なんとか言葉を振り絞る。

「……羽根が八枚ある！」

「そこじゃないだろっ！」

バシッと叩《たた》かれてしまった。でも最初に気になったのが「そこ」だったのだから仕方ないではないか。

さて。巨樹のヌシである精霊は、落ち着いてよくよく観察すると胡散臭《うさんくさ》い見た目をしていた。人型なのはハネロクと同じ。けれど大きさが全く違う。ハネロクはプルピと同じで小さなサイズをしているが、ヌシは人間と同じぐらい大きかった。

身長もマリウスより大きい。そのため男性型にも見えるが、顔は非常に整っており女性的だ。それがどうにも落ち着かない。まるで人形のようなのだ。

服は薄布を何枚も重ねたような様子で体型が分からない。どのみち相手は精霊だ。男女の別など関係ない。考えるだけ無駄だと、クリスは頭を振った。

「こ、こんにちは」

「やあ。君たちが来てくれたんだね」

「あ、言葉が通じる！」

「俺もだ。何言ってるのか分かるぞ。すげー！」

無邪気に喜ぶマリウスを見て、ヌシはハネロクと同じような笑顔になった。まるで貼り付けたようだ。

クリスがそんなことを考えていると、ヌシがずいっと近寄ってきた。しかもクリスの方に。

「わ、わ、なんです？」

「やはり、人間らしく見えないのだね？」

「あ……。えっと、その」

「ハネロクの方が人間らしく見えるとプルピ殿に言われて勉強してみたが、難しいね」

クリスはポカンとしてヌシを見上げた。今「ハネロク」と言っただろうか？

するとまた、貼り付けたような笑みでヌシが頷いた。

「ハネロクが人間の名前を喜んでいた。わたしにも名付けておくれ」

「いや、あの」

「付ケテヤルトイイ。ココニ居座ルグライノ変ワリモノダ。頑固ダゾ」

「あーもう、プルピってば」

呆《あき》れてしまったが、更に呆れることにヌシがワクワクした様子で待っている。この感じはハネロクにそっくりだ。分身とはいえ親子だなーと、クリスは笑った。

「じゃあ、そうですね『ハネハチ』で」

第六章　最後の大騒ぎ

「ふむ」

「ハネロクに合わせてみました」

「おお！　それはいい」

ハネロクも喜んだ。ヌシの周りを飛び回って楽しそうである。ただ、マリウスは絶句していたし、プルピは呆れた様子であったが。

それはそうとして、何故《なぜ》ヌシ、もといハネハチが現れたのかというと――。

「最近、この辺りの居心地《いごこち》が悪くてね。人間よ、見てくれない？」

「はぁ……。えっ？　わたしっ？」

「プルピが君ならできるって推薦したよ？」

「はあ？　プルピ、どういうことなの」

「嘘ハツイテナイ」

キリッとした表情で答える。付き合いが長いのでクリスにはそう見えた。

「ハネロクも君を殊《こと》の外《ほか》気に入ったようだからね〜」

「※※！」

「へえ、そうなの。そんなに面白いのか。良かったね、ハネロク」

「えっ、待って。面白いって何が？　プルピ、通訳してぇ！」

「マアマア。落チ着ケ、クリス。ソンナコトヨリモ大木ノ危機デアルゾ」

「そうそう、人間。木の様子を見てくれるかい？」

ニコニコと笑顔を貼り付けたハネハチがクリスに迫る。迫力ある美女に迫られるとビビってしまうものだ。クリスと、ついでにマリウスも仰《の》け反《ぞ》ってしまった。

「そ、それは、わたしもエイフから言われてるから調べるけど。でも、精霊様の方が、力が強いんじゃないのかな？　わたしなんかよりずっと」

「世界ノ不文律ニ抵触スルノデ難シイノダ」

「……はっ？」

首を傾《かし》げるクリスにハネハチが触れた。掌《てのひら》から額を通して伝わるイメージを言葉にするなら「強すぎる力なので細かな作業に向いてない」が一番近かった。

彼等が彼等自身の望みを叶《かな》えるために動こうとすると、人間にとっては災害レベルになるらしい。

もちろん力の使い方が上手《うま》い精霊だっている。プルピがそうだ。ただし、彼は物づくりに特化した精霊である。今回の件では役に立たないそうだ。

肝心のハネハチはプルピよりも上位にいる「すごい」精霊なのだけれど、その分、力が強すぎる。

抜け道がないわけではないが、今は時間がないそうだ。

ちなみに抜け道とは、精霊と人間が契約し、人間が精霊の代わりにその力を行使することで強さを調整するというものだ。当然、良い相手かどうか見極める必要があった。

第六章　最後の大騒ぎ

実は加護を与えるという行為は、その唾付けのようなものらしい。

「えっ、わたしってプルピに唾を付けられてるの？」

「驚クトコロハソレカ……」

「だって！」

なんだか唾を付けるという表現が嫌で、クリスは「うぇぇ」と変な顔になってしまった。

ともかく、精霊自身が動くとややこしいことになるため「人間が代わりになんとかしてね」がハネハチの本題だった。

精霊使えないー、と思ったものの、クリスは心の中で収めた。

まずは何よりも巨樹の異変である。

ハネロクを頭上に置いて、マリウスと共に見回ることにした。

ちなみにこうして精霊が力を使うのも、契約の一種らしい。精霊が気に入った人間の力になることは古今東西あって、たまにイタズラされたという話があるのは精霊の行きすぎた力のせいだ。あとは、本当に玩具にされているか。

マリウスが幼い頃から精霊にあれこれされていたのも、気に入られすぎて遊ばれていたようだ。クリスはやっぱり「精霊使えないー」と思ってしまった。

異変はすぐに判明した。様子のおかしい水蜂《みずばち》が飛んでいたからだ。魔物化しており十数倍の大きさになっていた。

「巨樹の葉が枯れているのは彼等が見境なく水分を吸っているからかな？」

「それにしても変だろ。水だけで、あんなになるか？」

「そうだよねえ。あと魔物の割には動きがフラフラしてて変だね」

マリウスが矢を射って仕留めた水蜂の魔物をその場で解体する。クリスも顔を顰《しか》めながら観察した。

「あー、こいつ寄生虫がいる」

「うわ、大きいね。寄生虫も魔物化しちゃったってことかな」

「そうかもな。いや、待てよ。クリス、お前さ、ちょっと普通の水蜂捕ってきてくれ」

「……はーい。ええと、方角的にあっちかな」

先日行った大型コロニーの場所を思い出していると、ククリがハネロクと交代した。転移する気だ。クリスは慌てて手で×印を作った。

「すぐに転移するの禁止！　心構えが必要なんだから！」

「ピッ」

「ほら、イサもこう言ってるよ！」

「分カッタ分カッタ。ククリ、※◇×※□※◇×」

「‼」

通訳係がちゃんと伝えたらしく、ククリが目の前で空中浮遊になった。細い糸の手足をぶるんぶるんと横に振る。体に巻き付けて、また戻すという姿に「?·」となるが、誰も説明してくれない。

やがてぶるんぶるんが終わると同時に転移された。

ククリには「突然転移したら人間は心臓が止まる」から「絶対にやってはいけない」と、作業の間ずっと説教した。もちろん身に迫る危険があれば先にやってもらってもいいのだが、ククリにそうした違いが分かるのか、ちょっと不明だ。

そのため、一番常識的で話も通じるイサに従うようお願いしてみた。ククリはこっくり頷いた。たぶん、頷いたはずだ。

さて、水蜂の採集は簡単に終わった。今度は「転移をお願いね」と頼んで転移してもらう。

マリウスは天辺の細い木の枝で待っていた。心細そうに見えたのは、彼の横にピクリとも動かないハネハチがいたからだろうか。クリスは急いで水蜂を差し出した。

一緒に拡大レンズを使って見てみる。拡大レンズはクリスのポーチから取り出した。物づくりや薬草採取などで使うため、いつも持ち歩いているのだ。

「寄生虫がいるのは半数ぐらいだね」

「こっちも同じだ。寄生虫の形も魔物の方についていたのと同じだな」

「ということは」

「寄生虫ごと魔物化した、か」

顔を見合わせる。クリスはハネハチに視線を向けた。

「巨樹の、どこに違和感がありました？　最初におかしいと思った場所に案内してください」

「よし、行くぞ」

そう言った瞬間に、クリスもマリウスも周囲にいた全員がまとめてふわりと浮いた。その瞬間にスッと移動していた。あっという間の出来事だった。

心臓がバクバク鳴る中、クリスは何か言おうとしてマリウスに止められた。わさわさした巨樹の葉の奥に、大量の樹液溜《だ》まりがある。彼の視線はそこに釘付《くぎづ》けとなっていた。

「どこも固まってない。全部垂れ流しじゃないか。普通は自然と止まっていくのに」

「そうなの？」

「ああ。水蜂のコロニーでも毎度、穴を空けて樹液を吸うはずだ。すぐに塞がるからな」

「へぇ。寄生虫が原因かな？　あ、でも、元は生き物に付くんだったら違うか」

「いや、魔物化すると変異しやすい。進化って言うんだったか？」

「そう言えばそうだった。あれ？　じゃあ、この樹液溜まりは魔物化した水蜂が悪いとして、それってどういう……」

また二人して顔を見合わせた。話している間にも虫が集まってくる。あまり近付きたくないが、クリスは溜息《ためいき》を漏らしてマリウスと共に樹液溜まりへ足を踏み入れた。

第六章　最後の大騒ぎ

拡大レンズで見るまでもなく、樹液溜まりには魔物化した寄生虫がいた。嚙《か》み付《つ》かれないよう分厚い革で足を庇《かば》っているが、気持ち悪い。クリスは薄目になって作業を続けた。それで分かったのは、寄生虫が巨樹の中にも潜り込んでいるということだった。

「うぇー。これって血管に異物が入り込んでるのと一緒じゃない」

「こいつ、体液を吸うんだよな。樹液も吸ってる。水を与えたら水も飲んだぞ」

「何かやってると思ったら実験してたの？」

「狩りは観察から入るんだ。いいか？　一流の狩人《かりうど》になるにはな——」

「あっ、それはいいから。わたしはそっち方面目指してないの」

「……とにかく、こいつは厄介だぞ。どれだけ入り込んでいるか分からない」

「そうだよねえ」

見えている部分についてはマリウスがあっさりと処理した。魔物化した水蜂やカナブンなども含めてだ。彼の弓の腕は一流だった。

問題は巨樹に潜り込んだ寄生虫だ。今はまだ巨樹全体に広がっていないと思われるが、更に進化して巨樹を食い荒らすようになったら終わりである。

そこまで考え、クリスはハッとした。

「ねえ、神殿にある泉って、巨樹の地下になるんだよね？」

「そうだけど」

「水が減っているだとか涸《か》れかけてるとか言ってなかったっけ？」

「あっ！」

三度顔を見合わせて、クリスは立ち上がった。この情報は共有すべきだ。エイフの勘は当たっていた。

クリスは急いでククリを呼んだ。手紙を持ってエイフのところへ転移してもらうのだ。プルピと一緒に行って通訳してもらってもいいのだが、彼の言葉は慣れていないと聞き取りづらい。

クリスは急いで調べた内容を書いた。ついでに、紋様紙を持っていってもらおう。しかし、売り物の方の紋様紙を専用の入れ物に挟んで渡そうとして、無理だと気付いた。蓑虫型《みのむしがた》の精霊ククリでは、Ｂ４サイズぐらいになる紙挟み《ポートフォリオ》は持てない。クリスが思案していると、イサがピッピと鳴いてクリスの前でホバリングした。彼の足には丸めた小さな紋様紙があった。

「……小さなサイズなら、イサが持てるってことね？　わたしは彼等に会いたくないし、イサなら『妖精《ようせい》だから』で済むかもしれない」

「ピッ」

「でもイサだって本当は苦手なんだよね？」

何故なら彼はいつだって、ニホン組の前ではおとなしかった。まるでいないかのように息を潜めていた。

もしかしてと思ったことが、何度かある。

「いいの？」

「ピッ」

「……ありがとう、イサ。じゃ、あなたの背中にもう少しだけ紋様紙を入れるからね？」

「ピピピ！」

　クリス専用の紋様紙を取り出し、軽く丸めて背中に差し込む。イサは問題なく飛べると示すためか、羽を大きく広げた。

「背中に入れたのは【腐食】、足に摑んでいくのは【爆炎】だよ。手紙にも書いたから大丈夫。前にエイフには【結界】を渡したから持っているはずだし、上手く使ってくれると思う。ちょっと紋様紙を使うのが苦手みたいだけど」

「ピピ～」

　シエーロへ来るまでの間に、エイフは何度か紋様紙を使って魔物を倒そうとしたことがある。けれど、精度が悪くて上手く使えなかった。その時のことをイサも思い出したらしい。呆れたような変な鳴き声で笑ったようだ。クリスも笑った。

　でもすぐにキリッとした顔になる。イサはククリを見た。ククリはぶるんぶるんと体を振って糸の手足を目一杯伸ばした。まるで大の字みたいに。それが合図だったようだ。

　ふたりはクリスの目の前からスッと消えた。

　残ったクリスたちは、これから巨樹全体の寄生虫対策を考えることになった。まずは、樹液溜まりが他にもないかどうか調べる。そして寄生虫の入り口を消していく。マリウスは同時に魔物の討伐だ。

応援するかのように精霊たちが徐々に増えていた。


広い巨樹の天辺をしらみつぶしに探すのは大変な作業だ。だからか、あるいは人間だけに任せているのはさすがに気が引けたのか、精霊たちが手伝い始めた。まあ、ほとんどの精霊や妖精は遊びか何かと間違えているようだったが。

キャッキャと楽しそうに「ここに樹液溜まりがあるよー」と教えてくれる。もちろん言葉はほとんど通じない。電子音がひどすぎる。けれどプルピという通訳係と、お暇らしいハネハチがいるので大体なんとかなった。

作業の合間、クリスはふと閃《ひらめ》いた。それは、流れっぱなしの樹液を止めるために、斧《おの》で穴を大きめに抉《えぐ》り取《と》るという荒療治をしている時のことだ。

「んん？　もしかして寄生虫が巨樹にとっての病気の元や怪我《けが》、異常事態だったなら、あれが使えるんじゃない？」

あれ、すなわち世界樹の慈悲の水《オムニアペルフェクティオ》である。

ふらふら立ち上がると辺りは暗くなり始めていた。もう夕方だ。クリスは少し、いや大いに、落ち込んでしまった。何故これに気付かなかったのか。

第六章　最後の大騒ぎ

「この巨樹は世界樹の孫だっけ、傍系《ぼうけい》だっけ。なんでもいいや。とにかく同系統の木なんだよ」

ぶつぶつ呟《つぶや》くクリスに気付いたのはハネロクだった。精霊たちは段々飽きてきて、あっちこっちで休憩しては遊んでいた。けれどハネロクだけは常に傍にいてくれた。クリスに加護を与えたプルピでさえ、どこかに行ったというのに。

あと「人間なんとかして」と助けを請うたハネハチも、見事に姿を見せない。どこにいるんだとキョロキョロ見渡せば、巨樹の葉を集めた天辺も天辺で横になっている。思わず溜息が漏れそうになった。

「※※?」

「ううん。あのね、ハネロクは世界樹に行ったことある？　始祖の方の」

精霊界と人間界に跨《また》がって存在していると噂《うわさ》の世界樹だ。前世で言うなら聖地になるのだろうか。ハネロクは首を傾げ、それからプルプルと横に振った。

「じゃあ、分からないか。でも、体に悪いわけないよね。人間が蘇生《そせい》できるんだもん。精霊の体だって癒《い》やすわけだし」

「※※※※?」

「よし、やってみるか。一応プルピに聞いておこうっと」

勝手にやって怒られるよりも事前に報告だ。これも前世で学んだ報連相である。

結果、やってもいいと許可が出た。ハネハチも前向きだ。ワクワクしている。

ただし、プルピは最初いい顔をしなかった。世界樹の慈悲の水《オムニアペルフエクティオ》はクリスへの褒美であり、精霊が頼んだ巨樹の異常を治すのに使うというのは「違う」と思ったようだ。

じゃあ、もう一度行って汲《く》んできたらどう？　と聞いても首を横に振るだけ。

何がダメなのか分からず困ったけれど、使うこと自体に問題はないと言うから半ば強引にやってみた。

一番ひどい樹液溜まりだった場所に、もう一度斧で穴を空ける。

「豪快だのう」

「本当にクリスは遠慮がないよな」

見ていたハネハチとマリウスが後ろでゴチャゴチャ言うが、気にしない。クリスはポーチから取り出したアンプルを割って、穴に流し込んだ。といっても数滴だけれど。

「効いてるのかな？　劇的な変化がないから分かんないね」

「ていうか、普通は吸い上げるものだから根っこの方がいいんじゃないか？」

「……あっ」

青くなっていると、マリウスが慌てて手を振った。

「いや、大丈夫だろ。だって寄生虫だって、こんなところから入り込んでいくんだぞ？」

「そ、そうかな？」

――どうだろう。どうかな？

第六章　最後の大騒ぎ

目に見えて結果が分からないと不安だ。

しばらく待っても何もない。クリスが段々焦り始めた頃、目の前にククリとイサがポンッと現れた。

同時に振動を感じる。

「えっ、何、どうしたの？」

「ピッ」

「え？」

またドンッと振動が来た。今度は遠くから音も聞こえてくる。

何が起こっているのか分からず、クリスはマリウスを見た。彼も不安そうだ。

「俺たちも地下神殿へ行くか？　ククリの力があれば入れるだろ？」

「無断侵入で怒られないかな」

「……神殿の奴《やつ》って、融通きかねえんだよなぁ！」

融通がきくなら、ナタリーの問題が起こったときに匿《かくま》うとか間に入るとかしてくれただろう。そう言えばそうだった。

クリスは頭を抱えた。

またドンッと音がする。振動は絶え間なく続いており、不安しかない。これがクリスの入れた世界樹の慈悲の水《オムニアペルフエクテイオ》のせいなのか。あるいは地下神殿の泉で戦っているエイフたちが原因なのか。

……あともう一つ怖い想像がある。クリスが渡した紋様紙の、使いどころを失敗した、もしくは上手く使えなかったという可能性だ。

「ど、どうしよ」

「気になるのなら見てみるかい？」

とハネハチがスッと傍にきて言う。クリスは驚いてハネハチを見上げた。

「え、見えるの？」

「転移はできないけれど、巨樹には長く住んでいたからシンクロできるんだ」

そう言うと、ハネハチは手を大きく振った。暗くなった頭上に霧が集まって水鏡ができる。そこにエイフたちの姿が映った。

「おお〜」

「すげえ、っていうか、何だアレ」

「うへぇ……」

荘厳だったであろう神殿内部は滅茶苦茶《めちゃくちゃ》だ。なんというか、巨大ミミズの死骸があちこちに見える。【腐食】の紋様紙を使ったのだろうが何とも気持ち悪い。それに焦げた跡もあった。綺麗《きれい》な床は一面真っ黒焦げだ。

「ひでぇ」

「うん」

「あー、切っても切っても倒れないのか。それで紋様紙を使って攻撃？　火を使うのをよく許してくれたな」

「許可は取ってないんじゃないかなー」

「そっか、そうだよな」

「あれ？」

「あん？」

中央でニホン組と連携して戦っているエイフたちの他に、水鏡の端に何かすごい大きな刃物を持った人がいた。

水鏡はまるでドライブインシアターみたいだ。外で見る大迫力の画面は臨場感たっぷりである。そこに見知った顔の人がいれば尚更《なおさら》、興味深い。

しかも、美しい姿の女性が活躍していれば。

「ナタリーさん……」

――なんでいるの？

クリスが目を丸くしていると、マリウスが疲れたように座り込んだ。細い枝の上に跨がって、それから寝転んでしまった。

「あいつ、解体のレベル上げするのに『魔物を生きてるうちに剝ぐ』って技を覚えてさ～」

「……は？」

「それと珍しい魔物に目がないんだよな～」

第六章　最後の大騒ぎ

「す、すごいね」

「だろ？　たぶん、あいつが一番度胸はあるんだよな」

「だね」

どういう経緯で合流したのかは不明だが、地下神殿に行って魔物退治をしているナタリーは格好良《かっこよ》かった。

到底、人間が持てるとは思えないような大型の刃物を片手で振り回し、楽しそうに魔物を剝いでいる姿はどうかと思うが。

「あ、また【爆炎】使った」

「ニホン組は後衛か。炎が広がらないように水スキルと、盾士スキルかな」

「だね。女の子はナタリーさんに強化を付与してるのかも」

「強化されてるようには見えないけどな。あ、あの野郎は何もしてないな」

「ヒザキって人？　だって収納スキルがメインだったよね？」

「けっ」

悪態を吐くマリウスに、クリスはヨイショすることにした。

「やっぱりマリウスの方がナタリーさんに断然合うよね！」

「……そうか？」

「弓の腕だってマリウスの方が上だもん。それに今日の活躍すごかったよ。魔物を倒すのも素早かったし、マリウスって実力あるよね」

「……まあな」

へへっ、と鼻の下を擦る。今時、そんな仕草をする人がいるのかと思うが、彼は永遠の少年なのだった。得意げにクリスに向かってドヤ顔になるぐらいの。

その後は、クリスたちも掃討戦《そうとうせん》だ。見落としがないか作業を続けた。それからククリの力でナタリーの家に転移した。

エイフと合流したのは夜中のことである。その時に教えてもらったが、水鏡で見たシーンは、どうやら後半戦だったようだ。

大きくなりすぎた寄生虫が次々と泉から這《は》い上《あ》がってくるのを延々と倒す作業は、大変だったらしい。

また、当初、紋様紙を渡されても使うのを躊躇《ためら》っていたのは神官に止められていたからだった。けれど、途中で急に這い出してきた寄生虫の数を見て皆が逃げ出した。

これ幸いと（？）エイフが紋様紙を使って対処したのだが――。

「俺は制御が苦手だからな」

「だよねー」

エイフがあちこち外すものだから、ニホン組は気が気じゃなかったそうだ。そこに助っ人としてやって来たのがナタリーだった。彼女の指示を受けて発動させると当たるようになったらしい。ついでに、戦況が変わり始めたのも彼女のおかげだ。

真っ二つに切っても死なない魔物も、皮を剝がれたら徐々に動かなくなった。

以上が、真夜中にエイフから聞いた話である。


ちなみに魔物化した寄生虫が突然泉から這い上がってきたのは、たぶん、クリスが世界樹の慈悲の水《オムニアペルフエクテイオ》を巨樹に与えたからだ。浸透するのが早すぎる気もするが、なにしろ素材が世界樹関連である。クリスの想像を超える働きをしたのだろう。

それに気付いたクリスは、静かに白状した。しおしおと謝る姿を見たからか、エイフは笑って許してくれたのだった。

◆

皆が疲れていたため、事後の話し合いは翌日の昼となった。

関わった全員がギルドに招集される。クリスも仕方なく、エイフの背後霊のようにくっついて会議室へと入った。

プルピはハネハチに呼ばれているといって巨樹の天辺へ向かったから、クリスと一緒なのはイサとククリだけだ。ふたりは仲良くなったそうで、イサの背にククリが乗っている。

小鳥ライダーっぽいけれど、乗っているのは蓑虫型の精霊で……。クリスは何も口にしなかった。

ちなみに、イサはあえてエイフの頭の上に座っている。クリスを目立たせないために、その場所を選んだようだ。有り難いのだけれど、見上げるとおかしい図が目に飛び込んで腹筋が試される。クリスはなるべくエイフを見ないようにしてソファに座った。

ニホン組パーティーは先に来ており、役人たちの姿もある。ギルドの関係者に神殿からは数人の神官も来ていた。一人だけ神官服が豪華だ。お腹が出ており頭部も年齢相応で、役職が上だと思われる。

最後に到着したのはマリウスとナタリーだ。ヒザキもいるというのに大丈夫か心配になったクリスだったけれど、杞憂《きゆう》だった。

「……っ！」

ニホン組全員が息を呑《の》んで、まるでナタリーから離れたいと言わんばかりに身を引いている。何故そこまでドン引きなのか、クリスには思い当たることがあった。

なにしろ、憧れていたエルフそのものの女性が、大きな刃物を振り回していたのだ。思い込みの激しいヒザキだけでなく、他のメンバーも毒気を抜かれたらしい。

最後の二人が座ったところで報告会が始まった。

昨日の地下神殿の様子については、ほぼクリスが想像した通りだった。また、神殿のあちこちが爆炎によってボロボロになったが、復旧はできるとのことだ。クリスはホッとした。

その件で偉い神官さんがチクッと嫌味を言っていた。でもエイフは素知らぬ顔で、ニホン組に至っては「あれがないと倒せなかった！」と言い張ってくれたため嫌味だけで済んだ。

勝手に参戦したナタリーだったが、両親ともどもお咎《とが》めはなかった。巨樹のためにやったことだと真摯に告げたのが良かったようだ。しかも、膠着《こうちゃく》状態《じょうたい》だった寄生虫の魔物討伐を進展させたのが彼女だったと分かり、大変褒められていた。

問題はクリスの動きだが――。

「俺が頼んで、マリウスと一緒に行ってもらった。クリスは俺と一緒に巨樹上部での活動経験がある。対応策も授けていた。それにマリウスは精霊に好かれているからな。彼と一緒なら天辺まで行けるだろうと付いていってもらったんだ。もちろんマリウスは一流の狩人だ。安心して任せられた」

エイフが自分の手駒として動かしたと説明してくれた。同時にマリウスを立てるのも忘れない。実際、彼は狩人としての腕は確かだ。一人で行動するため狩人仲間からは少し遠巻きにされているようだが。それも精霊に愛されていることで嫉妬《しっと》を生んでいるのだろうと、クリスは思っている。

エイフの報告に、神官たちは顔を見合わせた。しばらく話し合っていたけれど「クリスが勝手に巨樹の天辺へ行った罪」は問わないと決まった。

そもそもエイフに調査を依頼して、その彼がパーティー仲間に依頼内容の補完を「命じた」のだ。事前の説明や報告が足りなかった部分については問題があるけれど、時間がなかったのも事実である。

当然、マリウスも不問とされた。それに「精霊に愛されている」のは神殿側からすれば「素晴らしい」ことだ。なんだったら今からでも神官にならないかと神官たちが言い出したところで、満を持してハネロクが登場した。

「※※※※‼」

ピカッ。

たぶん、ドヤ顔をしているに違いない。クリスは横目でマリウスの頭上を眺めた。光りすぎて、もはや形すら見えない。

そんなのでも神官たちは嬉《うれ》しいらしく、ははーっと跪《ひざまず》いてしまった。ニホン組はポカンとしている。ギルド側も半数はぼんやりしていた。ギルド長など上の人だけ神官に倣《なら》うように膝を突いている。

「……そろそろ光るの止めた方がいいんじゃない？」

「※※！」

一向に話が進まない気がして小声でフォローした。ハネロクはそれもそうかと光を徐々に薄めていく。そうしてみると、胸を張って大の字に立っているのが分かった。偉そうなのに可愛《かわい》い。

クリスが笑いを堪《こら》えていると、エイフが咳払《せきばら》いした。

「このように、マリウスは精霊に愛されている。だからこそ、彼の気持ちを大事にしてほしい。俺はあちこち回ってきて精霊というものを見知っているが、あれらは気に入った人間が不幸になるのを厭《いと》う」

「そ、そうなのですか。……とても残念です」

「マリウスは狩人が天職だ。精霊たちも森で彼と遊ぶのを楽しみにしている。奪うような真似《まね》はしない方がいい」

「分かりました……」

しゅんと肩を落とす偉い神官さんが可愛く見えてきて、クリスはとうとう笑ってしまった。その横でエイフがふと力を抜いたのが分かった。でも、ツンと肘《ひじ》で突いてくる。

クリスは急いで真面目《まじめ》な表情を取り繕った。

「それから、ここにいるのはハネ……。あー、ヌシの子だ」

「ヌシ？」

「巨樹に住み着いている大精霊の、分身のようなものだ。力を分けた子供だな。このヌシの子に、マリウスはとても好かれている」

「なんと！」

「マリウスと仲の良いクリスや俺にも時折くっついていたから、知っている奴もいるだろう。基本的にはフラフラしているが、マリウスを気に入っているようだ。これから何かあれば、彼を通して聞いてみるといい」

人の言葉は通じないけどどうやるんだろう。クリスは首を傾げながら、エイフの話を皆と同じように真面目な顔で聞いた。

エイフがマリウスのためにアレコレ言ったのは、権威付けのためだったらしい。ナタリーがストーカー被害にあっても誰も動いてくれなかったため、先々夫となるマリウスがシエーロにとって大事だと思わせたかったようだ。

しかし、そこまでしなくても問題のストーカー男ヒザキはナタリーからあっさり手を引いた。

偉い神官もいる前で「ついでだから」と、これまでの被害についてエイフは説明した。ようするに精霊に愛されたマリウスの妻（仮）にニホン組がちょっかいを掛けて困っていると、訴えたわけだ。

直《じか》に聞かされては神官らも無下《むげ》にできない。エイフやギルド職員も見守る中、ヒザキは頭を下げた。ちゃんとナタリーに謝罪したのだ。

「悪かった。夫がいるとは思ってなかったんだ」

「じゃあ、もう押しかけたりしないな？」

「ああ」

「家を破壊した分の支払いもするんだぞ?」

「分かってる」

「他の奴等《やつら》もだ。メンバーをちゃんと支えろ」

「はぁい」

「……はい」

「分かりました!」

素直にエイフの言葉を聞くのは、彼が数日に渡って一緒に行動したからだ。地下神殿で共に戦ったのも良かった。

しかし、ニホン組は最後までニホン組だった。話が終わって和やかな雰囲気になった途端に、余計な一言が飛び出した。

「エロフだと思ってたらグロフだったなんてなー」

「やぁだー。止めなさいよ、もう」

「そうだぞ、ヒザキ」

「……失礼だ」

「でもお前らだってドン引きだったじゃないか。返り血浴びてさ」

「血じゃなくて体液がほとんどだったけどな!」

「あたしもアレはちょっと〜」

「……臭かった」

周囲の人の視線が冷たくなっているのに、彼等は気付かない。しかも。

「あーあ。エルフらしいエルフって全然いないよなー。オッサンは腹が出てるし」

「分かる～。せめて神官ぐらいはイケメンじゃないとね～」

このあたりで、リーダーのアルフレッドと盾士のコウタが場の空気に気付いて黙った。

どうやら無神経なのはヒザキとマユユの二人らしい。近くで当事者たちが聞いているのに平気で貶《けな》し言葉が出るのだから。

そんな二人を止めたのはハネロクだった。

「※※※※‼」

二人の前まで飛んでいってピカッと光ったのだ。二人は声にならない叫びを発して蹲《うずくま》った。

エイフは苦笑を押し隠し、真面目な顔で告げた。

「……こんな風に、精霊は怒る。もちろん、理不尽な命令をマリウスが下すことはない。そもそも精霊は『人間が思うような純粋な人間』が好きだ。その気に入った人間が嫌な目に遭えば怒りもする。今もマリウスが命じたのではないと、見ていて分かったろう？」

コクコクと頷いた神官たちはハネロクに向かって手を合わせた。それから蹲っているヒザキとマユユを見て溜息を吐く。ギルド職員も同じだ。

アルフレッドとコウタだけが慌てて周囲に謝っていた。

第六章　最後の大騒ぎ

報奨金や慰謝料の話を詰めてから、エイフとクリスは宿に戻った。ナタリーは昨日の今日だというのに、大量の魔物の解体をすると言って職場に向かった。ウキウキしていたので彼女もまた解体が天職なのだろう。

「ねえ、ハネロクって最近マリウスと知り合ったんじゃなかったっけ？　いつの間に仲良くなったんだろう」

「そういうことにしておいた方がいいだろうと、プルピがな」

「いつの間に！　あ、それにプルピの話がちゃんと分かるようになったの？」

「ああ。俺がクリスを守れるのか観察していたそうだ。で、そろそろ許可を出してやろうと言われた」

「だな」

「へぇえ。プルピって、もしかして過保護？」

とにかく、プルピは「マリウスにハネロクを付ける」のが一番良いと考えたらしい。

「ていうか、プルピって意外と見てるよね。どうでも良さそうな感じだったのに」

「親身だよな。俺も驚いた。マリウスが気に入ったってのもあるんだろう」

「あー。マリウスって子供みたいなところ、あるもんね。精霊が好きになるの分かる気がする」

「ははっ、そうだな。奴は純真だ」

プルピはマリウスの周囲にいる精霊も観察していたそうだ。マリウスを好きな精霊は多いらしいが、如何《いかん》せん、イタズラ好きも多かった。それだとマリウスが「精霊に愛されている」とは思われないだろう。

いろいろ考えた末、権力者の子でもあるハネロクに白羽の矢が立った。ハネロクもマリウスを気に入ったらしい。昨日の魔物討伐が楽しかったそうだ。しかも、髪の毛をもっと伸ばしてほしいという望みと引き換えに、加護を与えてもいいと言い出した。

──ハネロクの加護ってなんだろう？　ピカッと光れるようになるのかな。

クリスが加護の内容について想像していると、エイフが笑った。

「クリスは拗《す》ねたりしないんだな？」

「何が？」

「ついこの間までクリスにべったりだった精霊が他の奴に付くんだ。普通なら嫉妬しそうなもんだが」

「そうだね。可愛がってた野良猫が、別の人にも甘えた鳴き声で餌《えさ》を強請《ねだ》ってたのを見た時は嫉妬したよ。だから言いたいことは分かる」

ショックを受けたものの、猫とはそういうものだ。いや、生き物とはそんなものである。自分とは違う別個の存在に、決して離れるなとは言えない。

自分だけを愛してほしいと願っていいのは、この世で親だけではないだろうか。あるいは伴侶。でも、それすら難しいとクリスは知っている。願ったところで叶いはしない。

第六章　最後の大騒ぎ

「……そんな顔するなよ」

「どんな顔？」

「そんなつもりで言ったんじゃない。……違うな。あー、あれだ。もう少し甘えていいと、言いたかったんだ」

エイフは、クリスがハネロクのことで落ち込んでいるのではないかと心配したらしい。誘い水のつもりだったようだ。

「泣いてもいいって？」

「今なら覚悟しているから大丈夫だ。突然泣くのは困る」

「エイフってば」

「なんだよ」

「ううん。でも、ありがと」

「おう」

こんなことで泣くわけがない。たとえ、イサとプルピが離れていったとしても。

もちろん突然いなくなるのは嫌だ。けれど、いつか彼等は居場所を変える日が来るだろう。クリスはちゃんと覚悟していた。

それはエイフにだって言える。彼もいつかはクリスと離れる時が来るだろう。その時、クリスは泣くだろうか。考えてみたが分からなかった。

ハネハチに呼ばれていたプルピが、クリスのところに戻ってきたのはお昼過ぎだった。

プルピは厳《おごそ》かに告げた。

「ハネハチ殿ガ家ヲ作ッテホシイソウダ」

「あ、はい」

「オヤ？　分カッテイタミタイナ顔ヲスル」

「だって、ハネロクがあれだけナタリーの家を楽しそうに見学していたんだよ？　プルピも家を自慢したって聞いたし」

「……ウム。マア、多少ハ自慢シタカモシレン」

「ほらー。ククリも気にしてたっぽいし。なんか嫌な予感したんだよね」

「嫌ナ予感トハ失礼デハナイカ？」

「はーい。じゃ、シエーロを出る前にやっちゃいますか！」

「ウウム。ヤハリ、オヌシトキタラ精霊ニ対スル態度ガ……」

もそもそ喋《しゃべ》るプルピを無視し、クリスはエイフと顔を見合わせた。お互いに肩を竦《すく》めて笑う。彼もどうやら同じことを思っていたらしい。

第六章　最後の大騒ぎ

ハネハチの希望は「ツリーハウス」だった。ニホン組が話すツリーハウスについて、ハネロクを通して聞いていたそうだ。気になったハネハチはプルピに尋ねた。プルピは「木の上に作る木の家」と答え、ハネハチは喜んだ。

「それで輝いているのかー」

「輝いているな。あれ、喜んでいるのか？」

「だと思うよ」

「なあ、なんで俺も一緒なんだ？　付き添いはエイフだけでいいだろ」

「マリウスはハネロクとハネハチ係だからだよ」

「えぇっ？」

「加護をもらったんだよね？　だったら通訳もして」

「……面倒くせぇ」

文句を言いながらも、マリウスは言葉が通じるようになったハネロクと話を始めた。ちょっと楽しそうである。ハネロクも通訳なしで話ができるのを喜んでいるようだ。時々ピカッとなっていた。

ちなみに、ハネロクの加護は「治癒と回復」だった。巨樹の葉由来らしい。「光らないんだ」と思わず呟いたら「なんで残念そうなんだよ」とマリウスに突っ込まれた。

クリスたちはククリの転移でまた巨樹の天辺に来ていた。

エイフも一緒だ。こんな場所にクリスだけで来たくない。それに魔物が残っていた場合の護衛係でもある。マリウスだけでも護衛はできただろうが、彼は通訳担当だ。何より、エイフだって天辺を見たいだろう。彼は着いて早々に「ちょっと探索してくる」とウキウキ行ってしまった。足取りの軽さはマリウスよりも上だ。

その間に精霊たちから細かい聞き取りを済ませたクリスは、早速、巨樹の天辺にある細い枝を掻《か》き分《わ》けた。材料はほぼ現地調達である。いくらでも切り倒していいし、使っていいそうだ。ナタリーの家のように隠し部屋を作る必要はなく、扉も要らないから簡単である。設計図も脳内だけで済む。

というわけで家つくりスキルを発動して作業開始だ。

ハネハチが希望するのは「ヒザキたちがイメージした、エルフならこんな家に住んでいるのではないか」だ。クリスも一度ならず考えたことがあるため、ふんわりファンタジー風のツリーハウスがどんどん出来上がっていく。

ハネハチが過ごすであろう人間サイズのツリーハウスはもちろん、小さな精霊たちの家も作った。上下に重なるキノコのようなツリーハウスだ。上下への移動は梯子《はしご》を使う。ツリーハウスの外側に引っかけて、扉のない入り口に繋《つな》げた。あるいは床の一部をくりぬいて、梯子から上がれるような部屋もある。

少し離れて左右にあるツリーハウスへは、蔓製《つるせい》の橋を渡って移動してもらう。細い蔓が

第六章　最後の大騒ぎ

手摺《てす》りや吊《つ》り索《さく》になる。細い蔓を小さな妖精たちが集めてくる姿はとても可愛かった。クリスを手伝おうと頑張る姿もだ。精霊は何もしない。そのあたりに立場というより、性質が表れている。

橋と橋を繋ぐ場所には踊り場のような床だけのスペースを設けた。また、踊り場を中心として各ツリーハウスへ放射状に橋を架ける。まるで迷路のようだ。

更に、アスレチック要素も取り入れた。

主となるハネハチのツリーハウスを頂点とし、そこから人間サイズの滑り台を作った。滑り台は枝と枝の間をくねくね曲がりながら進んでいく。片方の手摺りはU字形になるよう細工した。手摺りなのに小さな溝を作ったようなものだ。もちろん、ささくれなど一切ない。ヤスリをしっかりと掛けた。何故なら、この小さな場所は、妖精や精霊たちの滑り台になるからだ。

これには皆が喜んだ。喜びすぎて作っている端から滑るものだから、邪魔で仕方ない。クリスは摑んではポイと投げ捨て、作業を続けた。皆があまりに喜ぶので、ついつい角度のついた激しいタイプや、バウンドするように緩急のあるタイプなど数種類も用意してしまった。

小さな枝を椅子代わりにして、それを吊った状態で主軸の蔓を滑り落ちていくジップラインに、小さな丸太を渡るコーナーに、蔓で編んだ網だけの壁登りなどなど。出来上がるたびに歓声が響く。

ターザンごっこができるよう、巨樹の枝にも蔓を引っかけて垂らした。

これらのアスレチック系はハネロクサイズに統一している。大抵の精霊や妖精がそれぐらいの大きさだからだ。ハネハチにはツリーハウスと滑り台で十分だろう。

念のため、誰かに見られる可能性を考慮し、人間サイズのツリーハウスは頑丈で格好良く見えるようログハウス風でもある。階段も人間が上がれるように整えた。

小さい子用のツリーハウスと違って、ハネハチのツリーハウスは内装にも力を入れる。エイフから正体不明でゴミ扱いされていた布を分けてもらうと、カーテンにしたりクッションにしたり。テーブルに椅子も作った。キッチンは必要ないだろうから、残りの家具はベッドぐらいだ。

そう言えばククリのベッドは巨樹の葉だと聞いたのを思い出す。クリスは急遽《きゅうきょ》、普通のベッド作りを取りやめた。これまた使う予定のない綿糸をエイフからもらい、縒《よ》っていく。家つくりスキルと物づくりの加護があれば、あっという間に柔らかい縄の出来上がりだ。

それでハンモックを作った。ベッドタイプと、ブランコタイプの二種類だ。すると、気になったハネハチがツリーハウスに入ってきた。そわそわしているので使い方を説明するとパッと顔が輝く。

これを見た他の精霊たちが、黙っているだろうか。

第六章　最後の大騒ぎ

もちろん黙っていない。

クリスは急いで小さい子用のハンモックを大量に作った。ツリーハウスの中だろうと外だろうと関係なく、吊るしていく。

ついでに細い枝を使ったブランコもぶら下げた。実演はプルピに任せた。嫌そうな顔をしながらもやってみせるあたり、彼は優しい。イサもブランコを楽しんでいる。ククリは滑り台派らしく、マリウスとどちらが早く滑れるのか競争しているようだった。

家つくりスキルが切れると、クリスはその場に座り込んだ。疲れているわけではない。清々しい心地でいっぱいだった。全力でやり遂げたからだ。

「お疲れだったな」

エイフが労《いたわ》ってくれる。クリスは笑顔で返した。

「うん。だけど、楽しかった」

「そうか」

何よりも、皆が楽しんでいる。自分たちの家ができたと喜んでいるのだ。

こんなに嬉しいことはない。

クリス自身の家を作ったわけではなく、誰かの家だ。でもクリスが自分の家馬車を作った時のように嬉しくてたまらない。ワクワクして、最高の心地だった。

ナタリーの家が出来上がった時にも感じていた。でもあの時は、ちゃんと隠し部屋の機能が通じるのか不安な部分もあった。

今なら言える。クリスは最高の家を作ったのだと。もちろんまだまだ未熟な部分は多い。けれど、今できる最高の力で作り上げた。

「達成感かな？」

クリスが高揚した気分で呟けば、エイフが「スキル発動後の興奮かもな」と笑って頭を撫でてきた。時に反動をもたらすスキル発動は、使うと興奮することもあるらしい。

「そっかー」

「ま、大丈夫だろ。振り回されてないようだからな」

「そんなスキルもあるの？」

「あるな。でもそれは、スキルに関係なくあるもんだ。ちょっと良い目を見た時、調子に乗りすぎたりな？」

「う、耳が痛い。さっき、最高の家を作ったって調子に乗ってたもん」

「ははっ。ま、それが行きすぎたら痛い目に遭う。クリスなら大丈夫だろうが」

「ううん。気をつける」

「……俺が気をつけるさ。クリスはもっと子供らしくしていいんだ」

そう言って、エイフはまたクリスの頭をぐしゃぐしゃに撫でた。

Ietsukuri skill de isekai wo ikinobiro 2

エピローグ

Epilogue

Tetsukuri skill de isekai wo ikinobiro

全てが片付き、クリスたちがシエーロを出る時が来た。出発日は決めていた。ニホン組が王都へ向かった翌日に、と。

前日の夜、つまりニホン組がシエーロを発った日の夜に、クリスはナタリーたちから盛大なお別れパーティーを開いてもらった。エイフももちろん一緒にだ。

クリスはナタリーにもらった刺繍《ししゅう》たっぷりの可愛《かわい》いワンピースを着ていった。皆に褒められて照れていたら、マリウスが「女の子みたいだな」とからかうのでナタリーに叱られていた。二人は相変わらずのようだ。

でももう一緒に住んでいる。ニホン組の件がすんなりと終わりを見せたから、もしや元に戻るのではと思ったクリスの心配は杞憂《きゆう》に終わった。

大きなお世話かもしれないが、ハネロクにはくれぐれも夫婦の邪魔はするなと教え込んだ。通訳係のプルピが「本当に分かっているのか」と心配していたため、ちょっと不安なクリスである。

シエーロからは報奨金の他に特産品をもらった。巨樹の葉は遠慮したけれど、ペリンの新芽は有り難い。水蜂蜜もだ。ナタリーはあれから料理をたくさん作って用意してくれた。料理が苦手なクリスには嬉《うれ》しいお土産《みやげ》だ。

巨樹のヌシ、ハネハチにも家つくりの対価をもらった。光玉である。ハネハチいわく「どんな場所でも光らせてくれるよ」とのこと。プルピが真剣に見ていたため、良いものらしい。むき出しでもらったそれを包むために、プルピがクリスの目の前で物づくりを始めたのは驚いた。彼は巨樹の葉の葉脈を抜き出して編み、丸い入れ物を作った。下げられるように紐付《ひもつ》きだ。ポーチのベルトにぶら下げることにした。

普段はほのかに光る。入れ物のおかげで目立つこともない。必要な時にお願いすればピカッと光ってくれるそうだ。とはいえ、何事もなく間接照明のままでいてほしい。

いろいろあったけれど、振り返ってみれば楽しい滞在だった。

エピローグ

楽しい一時を過ごした翌朝、クリスたちは皆に見送られて天空都市《てんくうとし》シエーロを出発した。

のだが――。

クリスは来た時と同じメンバーで出ていくものと思っていた。ところが、何故《なぜ》か同行者が増えている。

「ククリも一緒に行くの？」

「うん」

「……もしかして、お話できるようになった？」

「できてゆ」

舌足らずな返事に、クリスは胸を打ち抜かれた。なんてことだ。可愛い。思わずときめいているとイサに腕を突《つつ》かれてしまった。

「ごめんごめん、イサも可愛いってば」

「ピッ」

まさか可愛さで張り合うとは思わず、クリスは笑ってしまった。しかし、プルピがどうやっても会話のチャンネルが合わせられないと言っていたのに、こうして話が通じるということは。

「マダ若イ精霊《せいれい》ユエ与《あた》エル加護ノ力ハ弱イガ、チャントツイテイル」

「わー、そーなんだー」

「何故棒読ミナノダ」

「だって。ところで、プルピもそろそろ言葉が流暢《りゅうちょう》にならない？」

「……先ニ、ククリノ加護ガ何カヲ聞クベキデハナイノカ？」

「あ、そうだね。ククリちゃん、何の加護をくれたの？」

「今マデト対応ガ違ウゾ。ソモソモ、ワタシニ対シテ扱イガヒドイト思ウノダガ、ドウカ」

「親愛から来る馴《な》れ馴《な》れしさだよ。さあさあ、ククリちゃん、どうぞ」

「くっつく！」

「くっつくのか～」

エピローグ

糸の手と手を合わせる姿も何やら可愛らしい。意思疎通ができるのは大事だ。クリスはデレデレになってしまった。

呆《あき》れたプルピが代わりに説明してくれたところによると「物質同士を念じるだけで結びつけられる力」だそうだ。といっても糊程度《のりていど》のようなものらしい。

「へぇ。転移関係の力かと思ったら違うんだね」

「転移モ元ハ空間ヲクッツケルトコロカラ始メルト聞イタコトガアル」

「へぇぇ～」

「ドノミチ、オヌシニ転移ノ力ハ使エヌヨ」

「えっ、なんで？」

「加護ノ範囲ヲ超エテイルカラダ。スキルガナイ限《かぎ》リ無理デアロウ。第一、スキルガアッテモ空間能力ノセンスガナケレバ使用ハ難シイ。ククリハ、アレデナカナカノ腕前ナノダゾ」

何故かプルピが自慢げだ。ククリは褒められたと分かって、胸を張った。クリスに対して蓑虫《みのむし》が斜めになるという不思議な光景だけれど、慣れてくると可愛い。

なんにせよ、クリスは新しい仲間を歓迎した。

「ククリ、加護をありがとうね。それとこれからよろしく」

「よろちく」

「……やっぱり可愛い！　って、イタタ、ごめんってば。イサも可愛いよ。あ、誰、後ろで髪の毛引っ張ってるの。プルピ？　何してるの。もしかしてプルピも拗《す》ねてるの？」

騒いでいると、御者台《ぎょしゃだい》からエイフが声を掛けてきた。

「おーい、説明は終わったのか？」

「終わったよー。待って、前に行くから」

小さな扉を開けて御者台に座る。家馬車はもうシエーロが見えないところまで来ていた。ペルもプロケッラも楽しそうだ。最近はずっと都市の中ばかりだったから、運動が足りていなかった。今はとにかく思う存分走りたいのだろう。

御者台ではプルピたちとの話し合いの結果を説明した。同行者が増えてビックリしていたのはエイフも同じだ。彼にはククリの言葉は全く通じないが姿は見える。

精霊の言葉は精霊自身が望めば通じるようになるが、会話チャンネルがどうしても合わないタイプとは加護や契約などの繋《つな》がりがないと難しい。

ククリももう少し育てばプルピみたいな調整ができるらしいが、それを待たずにクリスへ加護を与えてくれた。

「クリスは精霊に愛されやすいタイプか」

「そうかなあ。わたし、マリウスみたいな純心さはないんだけど」

「ははは。ま、子供らしくはないかな」

「辺境育ちで、十の歳から一人旅を続けてるとそうなっちゃうんだよ。ふーんだ」

エピローグ

「そうだなぁ」

手綱《たづな》を片手で持ち、エイフは大きな手でクリスの頭を撫《な》でる。まるで頑是無《がんぜな》い子供を相手に「仕方ないな」と笑っているような姿だ。

クリスは恥ずかしくなって顔を伏せた。すると、隣でエイフが呟《つぶや》いた。それは声に出すつもりのなかった言葉にも聞こえた。それほど小さな台詞《せりふ》だった。

「――があれば、そうならざるを得ないのかもなぁ」

ドクンと心臓が飛び跳ねた。クリスは伏せた顔のまま、旅装用のマントの裾《すそ》を握った。気付けばイサもクリスの膝の上で動きを止めている。小さな足が、強くチュニックを摑んでいた。

――さっき彼はこう言わなかっただろうか。前の記憶があれば、と。

クリスの様子が変だと、エイフはすぐに気付いたようだ。彼は気配りができる。それは観察力があるからだ。そして、聡明《そうめい》だからでもある。

「悪い。聞こえたか」

ガリガリッと頭を掻《か》いて、エイフが苦笑しながら謝る。チラッと横目でクリスを見て、また前を向く。やがて、手綱を引いて合図した。ペルとプロケッラは走り足りない様子ながらも、ちゃんと足を止めた。

エイフは体ごとクリスに向くと、邪魔になった片方の足を、あぐらを搔くようにして折り曲げた。それからクリスをひょいと抱き上げ、その上に置く。あっという間だ。

クリスは呆然《ぼうぜん》としたまま、ただエイフの胸元を凝視した。

「悪かった。隠していただろうに。クリスが話してくれるまでは黙っていようと思っていたんだが」

「な、何を……」

「まあ、言いづらいよな。分かる気はする。特に情報から隔離されて生まれ育つとな」

「エイフ？」

「だが、これだけは信じてくれ。俺はお前を、クリスを守るために一緒にいるんだ」

顔を上げると真摯な瞳がクリスを見ていた。

「もしもクリスが、ルカやヒザキたちのような人間だったら、俺は上に報告だけして後は無視していただろう」

――ああ、やっぱりだ。

エイフは気付いていたのだ。クリスは絶望的な気分になった。同時に、彼の次の言葉に期待した。

「だが、違った。むしろ守らなければならないと思った。……ニホン組の反対勢力に依頼を受けているからじゃない。確かに保護すべきだとは言われている。でも、クリスは嫌なんだろう？」

何を保護すべきか、何が嫌なのかを、エイフは口にしなかった。けれど、それが何を指

エピローグ

しているのかクリスは分かっている。

「うん」

「だろうな。そんな気がした。だから守ってやろうと思った」

「どうして?」

「危なっかしいからな、クリスは。詰めが甘いというか」

「そうじゃなくて……」

何故、そこまでしてクリスを守ろうとしてくれるのか。その答えが知りたかった。

エイフは少し考え、「クリスだけ秘密がバレるってのはフェアじゃないか」と呟いた。それから笑った。笑って、こう答えた。

「幼馴染《おさななじ》みが転生者だった。本人はずっと隠していたが、偶然ニホン組に見付かって強引に連れ去られた。そいつは結局いろいろあって、死んでしまった」

連れ去られる時に「助けて」と手を伸ばされたのに、エイフはニホン組が怖くて助けられなかったそうだ。

ずっと後悔していたらしい。だから大人になると情報を探り始めた。そして、幼馴染みの行く末を知った。

「あいつと同じになってほしくない。俺の自己満足で悪いがな」

そう言うとエイフはそっとクリスの肩を抱いて、こわごわと抱き締めてきた。

「身代わりにされて気持ち悪いかもしれない。でもどうか俺に贖罪《しょくざい》のチャンスをくれ」

「……うん」

イサも、クリスの膝の上で頷《うなず》いた。彼の頭をそうっと撫でる。エイフがクリスに触れるのを恐れたように、イサに触れるクリスの手もまた震えていた。

何故なら、イサもまた同じだからだ。

「わたしたち、ちゃんと話をしよう。仲間なんだもんね」

「ピッ」

「ああ、そうだな」

プルピとククリもぴったりと寄り添ってくる。

振り返って見ていたペルとプロケッラも、きっと心を寄せていたに違いない。

{番外編}

精霊の加護

Extra story

Zetsukuri skill de isekai wo ikinobiro

その日、巨樹を縄張りとする精霊《せいれい》たちに激震が走った。

何故《なぜ》なら、彼等は夢のマイホームを手に入れたからだ。


そもそも、精霊には家を持つという概念がない。かろうじて縄張りがあるぐらいだ。しかも、強いて言うなら縄張りという言葉になるだけで、実際は「このあたりから大体ここくらいまでがわたしの場所！」といった感じである。

大体において精霊とはふんわりした生き物だ。細かいことに気が回るのは上位の精霊だけだろう。というより、細かく考えられるから上位精霊になれたのかもしれない。

プルピは上位精霊だが、その前から考え方はしっかりしていたと自負している。物づくりが好きだったせいもあるだろうか。物づくりに「適当」は許されない。しかし、精霊として生まれた瞬間からプルピはしっかりしていた気もする。何故なら性格は、そう簡単に変わることがないからだ。

ただ何事にも例外がある。

巨樹に住む主《ヌシ》ことハネハチがそうだ。ハネハチは上位精霊ではあるが上位精霊らしくなかった。これぞ精霊といった、のほほんさがある。たとえば人間に呼び名を付けてくれと気楽に頼むぐらいには、暢気《のんき》だ。

通常、人間に名をもらうというのは危険を伴う。契約になるからだ。ともすれば命令を下すことさえできる関係になる。もちろん、相手の力が弱ければ契約は成立しない。大前提として、精霊側にその気がなければ契約はできないものだった。

それでも相手が途《と》轍《てつ》もない魔力の持ち主で、強引に名前を付けるような性格だったなら何を命じられるか分かったものではない。特に相手が人間だと危険である。人間には狡《こう》猾《かつ》なところがあるからだ。それにもかかわらず、ハネハチは人間の少女から名前をもらった。

ハネハチの思いつきについての理由はいろいろあろう。その下地に、プルピという上位精霊の存在があったことも確かだ。なにしろ少女は、プルピから加護を与えられていた。


プルピは巨樹に着いて早々、その場で一番強いと思われる精霊のところに赴いた。「しばらくこのあたりにいるのでよろしく」と挨拶するために。これはプルピが律《りち》儀《ぎ》だからであって、他の精霊だとそんな挨拶はしない。

本来は上位精霊なら挨拶ぐらいすべきなのだが、なにしろほとんどの精霊ときたら気《き》紛《まぐ》れだ。もちろん、守るべきルールはある。どんな精霊であろうとも身に染みついている。ルールの基本は「精霊王の命令を守る」だ。とても簡単である。

ともかく、プルピは性格が真面目なため、きちんと挨拶を済ませた。その際、「加護を与えた人間の女の子と一緒に旅をしている」とも伝えた。

まずその時点で、ハネハチの気を引いたのだろう。

精霊が加護を与えるというのは案外少ない。人間界では「精霊の愛《いと》し子《ご》」と呼ぶそうだが、事実、気に入った相手にしか与えないからだ。

気紛れで、どうかすれば自分本位のように思われる精霊が「これ」と決めた相手を、同じ精霊が気にするのはプルピも理解できる。だが――――。

「あれは上位精霊に慣れていないのだ。主殿は接触するでないぞ」

「それは残念だ」

「あの娘《こ》、クリスは、小さな精霊や妖精《ようせい》たちと戯れているぐらいがちょうどいい」

「というと、魔力はそれほどないのか」

「ない。頑張って増やそうとしているが、伸びてせいぜい上級程度だろう」

「では本契約をしてもプルピ殿の脅威にはならんなぁ」

その表情を見たプルピは、クリスなら「まるで人形みたい」だと言っただろうと思った。ハネハチの顔はのっぺりとしている。プルピは表情豊かなクリスを思い出して、内心で笑った。

「おや、楽しそうだ」

「楽しい。そうだな。クリスは面白くて可愛《かわい》いのだ」

「ほほう。人間相手に珍しい。わたしは人間には興味がないよ」

「その割には姿が人間ではないか」

「これは生まれついてのものよ。エルフが住む場所で生まれたせいか、似たような姿にな

番外編　精霊の加護

ったのだろう」

上位精霊の中には姿を変えるものもいる。姿を変えるのは、興味を抱いた相手と同じ姿になってみたいからだ。人気があるのは獣型と人型だった。人型とは、人間の姿という意味ではない。人のような形をしていれば全て人型だ。ハネハチも人型ではあるが、羽を持っているため「人間」とは呼べなかった。

「主殿は最初から人型であったのか。姿が変わっていないのは、わたしと同じだ」

「ほう。プルピ殿はドワーフに似ているが」

「その通り。わたしは見た目通り、ドワーフと相性が良い。過去に何度かドワーフの者に加護を与えたことがある」

「そうか」

ハネハチの声には羨《うらや》ましげな気持ちが隠れて見えた。まだ加護を与えてもいいという相手を見付けていないようだ。プルピは先輩として、いくつかアドバイスした。

「これはと思った相手を見付けたら即、話を付けておくことだ。のんびりしていると逃げられる。特に寿命の短い相手は、一度逃げられるともう出会えないと思え」

「そうなのか。難しいのだな」

「これはわたしの経験でもあるが、あれこれ吟味《ぎんみ》しても意味がない。直感だ。逆に言えば、少しでも気に掛かる問題があれば止めておけ」

「なるほど」

真剣な様子でプルピの話を聞く。プルピは更に要点を告げ、最後にこう言った。

「知っているだろうが、他の精霊の加護がある場合は必ず、その精霊に許可を取ることだ」

滅多《めった》にないが、二重三重に加護を与えられるものもいる。その場合、先に与えている精霊が先輩となるため、許可が必要だ。嫌だと断られたら無理強いはできない。

過去、それが原因で精霊同士が揉《も》め、精霊王が出てくるまでの騒ぎになった。以来、精霊王によって決められたルールだ。

ちなみにプルピがこの話をしたのは、ハネハチが羨ましそうだったからだ。念のため牽《けん》制《せい》しておいた。なんとなく嫌な予感があったのだ。そして、これもなんとなくだが、ハネハチの加護はクリスには不要だと思ったからである。


さて、一番強い精霊に挨拶を済ませた後は、周辺の精霊たちにも挨拶だ。

プルピは精力的に飛び回った。と言っても、情報を集めるようなものである。「このあたりにいい素材はないか」「物づくりに関する面白い話はあるか」などなど。プルピからは旅行の話を提供したり、あるいはクリスに作ってもらった家の話をしたり。そのどちらも、精霊たちには喜ばれた。

クリスとももちろん一緒に過ごす。特にクリスが家つくりスキルを発揮している時は欠かさず見学しなければならない。あのスキルはプルピにとって興味の塊《かたまり》だ。精霊のプルピでも聞いたことのないスキルで、上級冒険者のエイフも「かなり特異なスキルじゃないか」と呟《つぶや》いていたほどだ。

クリス自身は「家を作るにあたっての底上げをしてくれる便利なスキル」だとしか思っていないようだが。

今はまだレベルが低いため、その程度に過ぎない。このまま正しく使っていけば、とんでもないスキルになるだろうとプルピは考えている。エイフも同じなのだろう。だからスキル発動時に必ず見守っていた。

人間が持つスキルは万能ではない。使い方を間違えれば暴発もするし、反動も大きい。また、その人間の持つ性質に合っていなければ無用の長物だ。マイナスに働く場合もある。エイフはそれを心配しているのだろう。

幸い、今のところクリスは正しい使い方をしている。順調にレベル上げが進んでいるようだ。クリス自身はスキル発動時に無防備になると恐れていたが、そんな事実はない。むしろ、まるで結界のようにクリスは守られている。誰も手伝えない代わりに、誰からも害されることはない。エイフが「特異」だと言うのももっともだ。

通常、スキルは何通りもの力を発揮することはない。それは上級スキルの一部や最上級スキルにのみ許された効果だった。

たとえば大魔法士スキルは、あらゆる魔法が使える。もちろん勉強しなくてはならないが、それに見合うだけの結果が伴う。空間スキルも同じだ。空間に関する魔法なら何でも使えるようになる。勇者スキルも戦闘に関するスキル全てを内包している。

家つくりスキルも家に特化しているのだろうが、それだけではない、秘められた潜在能力があるように感じられた。すでに結界を張れるまでに進化している。

この新しい事実にワクワクしない精霊がいるだろうか。ましてや、プルピは物づくりが好きな精霊だ。家を作るのも同じ、その延長線上といっても過言ではない。

だから、加護を与えた精霊としてクリスの行動を見守るのは当然だ。

それにクリスは時折、面白い提案をしてくる。万年筆のインク入れもそうだった。

クリスは「軸を数年ごとに取り替えるのは勿体無《もったいな》い。インク専用の吸入器を作ってほしい」と言い出した。なんでも人間は、素晴らしい品に出会うと長く大事に使いたいと願い、それを「育てる」という言い方で愛でるそうだ。特に芸術的な品ほどその傾向が強くなる。

プルピがクリスにと作った万年筆も、そうらしい。軸の精霊樹が素晴らしいため、長く愛用したいというのだ。物づくりが好きなプルピが喜ばないわけがなかった。

何度も改良を重ね、吸入器はできつつある。クリスは「もう十分だと思う」と言ったが、プルピはまだまだだと思っている。

ちょうどアンプルという品について聞いたばかりの時だった。アンプルの方が急ぐため、クリスと一緒になって作り上げたが、その作業はとても楽しかった。その際、アンプルの素材を見て、吸入器ももっと良い素材で作りたいと閃《ひらめ》いてしまった。

とにかく、クリスの傍《そば》にいると飽きない。

プルピはついつい精霊たちに、自分が加護を与えた相手について自慢してしまった。

巨樹の周辺にいる精霊たちの間で「この間やって来た上位精霊が自慢してたよ」「家を作ってもらったんだって」「いいえ、みてきたけどおもしろーい」「愛し子の自慢してたね」「おいらたちも愛し子みたよ」「また、家を作るんだって」と、クリスの話が広まっていった。

しかも、ハネハチの分身でもあり子でもあるハネロクが名前をもらい、クリスに懐いた。更に、クリスの家つくりを間近で見学した結果、精霊たちに「家」への憧れが急速に芽生えた。「家」の人気到来である。

結果、ハネハチ主導の下、巨樹の天辺《てっぺん》に精霊の家を作ることになった。もちろん、クリスが、である。

クリスは「そうなる気がしてた」と呆《あき》れた様子で笑って受け入れた。必要になりそうな素材は現地調達すればいいだろうと、道具のみ点検し、エイフやマリウスを連れて巨樹の天辺へと向かう。

マリウスは巨樹に住む人間の青年だ。素直な性格をしており、巨樹周辺の精霊に好かれている。本人は鬱陶しそうな素振りを見せていたが、精霊が嫌いというわけではなさそうだ。

たまに精霊に対して素っ気ない人間がいるが、嫌っているわけではない。ただイタズラされるから邪魔だ、という心境なのだろう。

同じような態度の人間に心当たりがあった。クリスである。プルピを無造作に掴んでベッドへ放り投げるなど、意外と大雑把な扱いをするのだ。そんな態度を取る人間は珍しい。大抵の人間は精霊と距離を取るからだ。物理的にも精神的にも。

人間は精霊を崇《あが》めているつもりらしいが、態度は畏怖《いふ》そのものだった。だから、クリスのような無邪気さでぞんざいに扱われるのは面白かった。

マリウスを好いている精霊たちも同じなのだろう。手で振り払われても、楽しげに周りで飛び跳ねている。行きすぎたイタズラもしていないようだ。そこは中位の精霊が目を光らせているようだった。

ククリという精霊も当初はマリウスの近くにいた。しかし、まだ好きというほどではなかったようだ。生まれてそれほど経っておらず、なんとなく巨樹の周辺で漂っていたらしい。人間と話せるように言葉を合わせることすらできなかったが、基本的な性能は高かった。転移ができたのだ。

巨樹の天辺への移動もククリが行った。ククリはいきなり転移の力を使うため、クリスが注意したこともある。しかし、叱られても平気で、きゃっきゃと楽しそうだった。これはもしやと、プルピは嫌な予感を覚えた。

ククリは若いけれど、転移できるほどの力の持ち主だ。すぐに上位精霊へと育つだろう。

そもそも、巨樹の天辺に居続けるのは力がないと無理だ。天辺は特に巨樹自身の力が溢《あふ》れているから、受け止めきれなくなる。小さな精霊や妖精では無理だ。そんな場所に、ククリは何度も来ている。

——その嫌な予感は後に当たるのだが、この時のプルピは通訳係をやるなどで忙しく、忘れ去っていた。


なにしろ天辺ではお祭り騒ぎだった。

家つくりを請け負ったクリスは、すぐにできるよ、と簡単に答えた。図面を引くような、しっかりとした家を作らなくてもいいからだろう。ハネハチが希望したのはツリーハウスという簡単な木の家だ。

簡単すぎたからだろうが、クリスは余計な気を回した。

ハネハチのツリーハウスから滑り台を作り、小さな精霊たちの家の周囲に遊び場を作ってしまったのだ。

使い方をクリスが説明するも、精霊にとっては初見だ。首を傾げる精霊たちに、クリスは「言葉が通じなかったみたい」とプルピに投げた。仕方なく、通訳としてではなく取扱説明係としての役目を仰せつかった。

ハネロクやククリは役に立たない。彼等は彼等で滑り台を堪能《たんのう》していたからだ。マリウスも一緒になっている。主であるハネハチさえ滑り台を堪能していたほどだ。

かくして、騒がしくて話をまともに聞こうとしない精霊たちに、プルピは努めて冷静に遊び方を伝授した。

きちんと教えられたのは、プルピが普段からクリスと一緒にいて、その考えを理解できているからだ。それに加護を与えた相手の考えぐらい、理解できなくてどうするというのか。プルピは半ば自分に「これも加護を与えた精霊の務めだ」と言い聞かせ、苦行を乗り越えた。

遊び場で楽しむ精霊や妖精を眺め、ハネハチはプルピに語った。

「ここがこれほど楽しい場所になるとは思っていなかった」

「そうか」

「溢れ出す力を受け止めて調整するだけの毎日だった」

「大変な仕事だ」

けれど好きで留《とど》まったのだろう。上位精霊には、なんとなくやらねばならぬこと、というのが分かる。ハネハチも同じだ。

プルピのやらねばならぬことは物づくりだった。それを、精霊の世界では「好きなことをしている」と言う。

番外編　精霊の加護

「時々どこかへ行ってみたくて、面白いものを見たかった。すると、ハネロクが生まれたのだ」

「正しく、分身であるな」

「そうだ。けれど、別個体でもある。あれは自由に飛んでいく」

「寂しいのか？」

「いや。必ず戻って報告してくれるのでな。最近はクリスの話で持ちきりであった」

「楽しいだろう？」

「ああ、楽しい。ハネロクは、今はマリウスに夢中のようだ。からかうと面白いらしい。他の精霊が教えてくれたそうだ」

「ほどほどにな。からかいが過ぎると人間は嫌がる。特に大人はな。マリウスもそろそろ大人になるようだ」

「ああ。人間は大人になると精霊が見えなくなる。それが少し心配だ」

「加護を与えたのだから大丈夫だろう」

「そうだといいが。稀《まれ》に、加護を持っているというのに堕《お》ちてしまう者がいるというではないか」

人間に多い症状だ。魂が穢《けが》れていく。けれど、滅多にない。滅多にないことを憂えても仕方がない。

「マリウスは大丈夫だろうと思うがね。ハネロクだって分かっているだろう」

「……そうか」

まるで親のように心配している。ハネハチとハネロクはやはり別個体なのだ。

「家とは」

ハネハチは大きなツリーハウスに目を向けた。

「家とは、不思議なものだ」

「うむ。そうであろう」

「あの中に入ると、何故かとても落ち着く。今までどうやって過ごしていたのか分からなくなるほどだ」

「それはまた、極端にはまったものだな」

「だが、本心だ。人間の家のような窓も扉もなく、風がよく通る。向こうの景色がちゃんと見えているというのに、中にいると守られているような心地《ここち》がするのだ」

それは間違いではない。事実、クリスの作った家の中は守られている。

そもそも家とは、安心して過ごせる場所のことだ。プルピは何度もクリスから聞かされた。家への熱い思いを。その思いが、家つくりスキルを通じて、クリスの作った家へと注がれているのだろう。

「わたしは上位精霊だ。弱い精霊や妖精たちを守る立場のわたしが、守られて心地良いなどといった感情を抱いてもいいのだろうか」

プルピは笑った。

番外編　精霊の加護

「構わないのではないか。誰にだって安らぎは必要だ。クリスもそう言っていた。外で働く戦士も、家に帰れば母親や妻に甘えるのだそうだ。居心地《いごこち》良く整えられた家の中で思う存分休む。そうして英気を養い、また外へ出て働くらしい」

クリスはそれを企業戦士と呼んでいた。戦士には休養できる家が必要なのだと力説もしていた。

精霊の場合、傷付いたり疲れたりした時は世界樹《オムニアペルフェクティオ》の慈悲の水に浸《つ》かって癒《い》やす。でもそこまで行かずとも、手っ取り早く癒やせる方法があるのだ。

「あの娘の作った家が、安らぎか」

「事実、そうであろう？」

プルピが作ってもらった家は精霊界に置いている。当初は楽しくて入り浸っていたが、他の精霊や妖精たちが遊びに来すぎてしまい、追い出された格好だ。決して嫌なわけではない。が、落ち着かないため、クリスのところに戻った。クリスが「あれは別荘か」と問うたが、今ではそれでもいいと思っている。居心地の良い別荘だ。

それにクリスの家でもある家馬車も同じように過ごしやすい。

持ち運びができるイサの家も居心地は良かったが、邪魔になるだろうと遠慮している。以前のプルピならそんなことは考えもしなかった。それに気付いたのは、プルピの家に他の精霊たちが居座っているからだ。嫌ではないが、ちょっと鬱陶しい。

「これはわたしからの忠告なのだが」

「なんだい？」

「あの家を、自分の家だと認識しておくことだ」

「うん？　どういう意味だろうか」

「何、簡単な話だ。これからも物珍しさで皆が出入りするだろう。すぐに飽きるだろうと思っているかもしれないが、とんでもない。ここは精霊界と違って下位の精霊が来やすい場所ではないがね。しかし、興味を持った精霊たちが大挙してやって来るだろう」

断言できる自信があった。ハネハチはまだ意味を理解しかねているようだ。プルピはハッキリと告げた。

「いいか。今ここで遊んでいる精霊が、きっとあちこちで告げ回るだろう。精霊たちは珍しくて面白いものが大好きだ。娯楽に飢えている。そうだろう？」

周囲をわざと見回すと、ハネハチも同じように視線を向けた。小さな精霊たちが楽しそうに騒いでいる。

「巨樹の天辺に楽しい場所がある、と知れば、無理してでもやって来るだろう。そこに一際立派で大きなツリーハウスがある。さて、精霊たちはどうするだろう？」

「ああ！」

「そうだ。居座るはずだ。その時、際限なく居座らせるのはよろしくない」

「も、もしや？」

プルピは、自身にも経験があると頷《うなず》いて示した。

番外編　精霊の加護

「皆を遊ばせる時間を決めることだ。そして必ず、一人で過ごす時間を作るといい。自分の家、という感覚を味わえる。自分の家に対する愛着も増すだろう。居心地良さが更に格別のものとなるはずだ」

「なるほど！」

ハネハチはプルピが言いたかったことに気付いた。何も家を独り占めする必要はない。とはいえ、そこはやはり「自分の家」だと認識しておく必要がある。そうすれば、よりクリスの家の良さが理解できるはずだ。

それほど長く家に滞在していないプルピでさえ、その良さを味わっているのだから。

「クリスが作るのは、心と体を癒やす魔法の家のようなものだ」

「それほどか。確かに、少ししか過ごしていないわたしでも癒やされている」

「その力は、家を作るごとに増しているような気がしているよ」

「おお。では、プルピ殿の今の家よりもわたしの家の方が格が上なのだな」

プルピはムッとした。が、そこは上位精霊としての威厳で――。

「わたしが口を利いたからこそ、ハネハチ殿は家を作ってもらえたのではないか？」

「ははは。悪かった！」

全く悪いと思っていない様子でハネハチは笑みを見せた。クリスもハネハチを見て「貼り付けたような笑み」だと話していたが、精霊であるプルピにはちゃんと伝わってくる。

そのうち、ハネハチの顔にも動きが伴うようになるだろう。

精霊に人型が多いのは、神を模しているからだと言われている。

精霊王は神の存在を「漠然《ばくぜん》と」感じたことはあるが「御身に触れたことも拝顔の栄に浴したこともない」そうだ。上位精霊であるプルピなど当然、知り得ない。


神は最初に世界樹と精霊王を作った。自らの分身として世界を管理するために。

その次に獣を作り、あらゆる植生と小さな生物を作った。人間は最後に作ったそうだ。

だからか、人間は出涸《でが》らしになったのだという。全ての生き物の特徴を持ちつつ、しかし各生き物を超えるような優秀さはなかった。生き物の劣化版だという精霊もいるぐらいだ。

けれど、人間はしたたかだった。群れをなすことで強くなり、努力を重ね、時間を掛けて何かを作り上げる。その結果、ある場合において突出《とっしゅつ》した能力を示すようになった。

その一つにスキルという名の能力も含まれている。

精霊と契約して力を発揮するという方法を編み出したのも人間の方だった。やがて、それは精霊にとっても使い勝手の良い力となり、上手《じょうず》に使いこなせばいいと気付かせてくれた。

番外編　精霊の加護

実は、精霊が加護を与えることで簡易契約となるが、それによってメリットが大きいのは精霊側だ。契約することで楔《くさび》が発生するからだ。精霊界と人間界を繋《つな》ぐ、楔だ。こうすることで、どちらの世界にも跨《また》がっている世界樹が生き続けられる。世界樹は精霊にとってなくてはならない命のようなものだ。精霊王と同じく守らなければならないものだった。存在すら感じられない神よりも、むしろ大事なぐらいだ。きっと、世界樹を失えば何もかも消えると、本能で分かっているからだろう。

人間は本能を失って久しいため、知らないはずだ。

それにもかかわらず、彼等はいつの間にか本質に迫っている。精霊との契約もそうだ。他にもスキルを活用して時代を進めていく。面白い遊びを編み出すのも人間だった。獣だけではこうはいかなかっただろう。ふんわり生きる精霊でも無理だった。

人間はしたたかで、面白い。彼等の生み出したものが精霊にまで広がっている。心にあるものを表情に出すという野蛮さを広く知らしめたのもそうだ。

だから、ハネハチもまた人間らしい表情が作れるようになるのだろう。プルピもすでに、クリスの手で変わりつつある。

クリスはしたたかな人間の中にありながら、良い意味で擦れていなかった。本人は大人ぶっているが、根が純真だからだ。それがプルピには微笑《ほほえ》ましい。

クリスは精霊が相手だからといって変にへりくだることもなく、かといって偉ぶることもない。美味《おい》しい食べ物をもらったから皆にも食べさせたいと、残して持って帰るような優しい娘だ。

そんなクリスに精霊は惹《ひ》かれる。


同じように、ククリもまた、どうしても離れがたかったようだ。精霊のマナーを守れないほどに。

プルピが無言で睨《にら》んでいると、さすがのふんわりした性格の精霊でも空気を読んで怯《おび》えるようだ。手足を小さくして震えながら謝る。

「ごめちゃい」

「勝手に加護を与えるなど、マナー違反もいいところだ」

「……ちゃい」

「言っておくが、わたしに言わなかったのも悪いが、より悪いのはクリスに知らせなかったことだぞ？」

言い訳はできない。加護を与える相手に、すでに加護があった場合、必ず気付くからだ。

プルピに一言もなかったのにもムッとするが、問題はクリスの了承を得ていないことだ。

ククリは悄然《しょうぜん》と項垂《うなだ》れている。しかも何やらモヤモヤすることに、すでに人間がよくやる身振り言語とやらが上手くなっていた。項垂れる仕草をするのだから！

「一緒に行きたいのならそう言えば良かったのだ」

番外編　精霊の加護

「おはなち、できにゃいも」

「……わたしが通訳をしただろう？」

「おこゆ？」

怒っているのかと問う若い精霊に、プルピは気持ちが落ち着いていくのを感じた。

これは嫉妬《しっと》だと、明確に理解する。クリスに、自分以外の精霊が加護を与えたというのは思ったよりも気分が悪い。クリスがもっと力のある人間ならば、そんな目に遭っていなかった。与えられる前に弾いただろう。

しかし、クリスの魔力は至って凡庸《ぼんよう》だった。少しずつ「ドーピング」とやらで増やしているものの、大した力ではない。比べては可哀想《かわいそう》だが、精霊スキル持ちの魔力とは雲泥の差だ。精霊スキル持ちならば、ククリが強制契約を結ばされる側になったはずだ。若い頃のプルピでも破棄できるかどうか。レベルの上がった今ならば負けはしないが。

いや、そもそも合意のない契約などマナー以前の問題である。

「怒っては、いない。少し、そう少しだけ、イラッとしただけだ」

「ごめちゃい」

「これはクリスのためでもある。ククリが勝手をすれば迷惑を被るのはクリスだ。加護を与えたぐらいだ、ククリはクリスが好きなのだろう？」

「ちゅき」

「ならば、クリスのために今後は気をつけるように」

「あい」

「また、わたしはククリの先輩になる。いいか？　先輩でもあり上位の精霊だ。きちんと話を聞くように」

「あい」

「それで、クリスに与えた加護は一体なんだ？」

「くっつく」

「……くっつくのか。そうか」

「くりちゅ、くっつく」

「クリスにくっつくがしたかったのか」

「あい」

「……まあいい。今後、精霊の格が上がれば加護もマシなものになるだろう。それまでクリスが生きていればいいがな」

「※◇×△※!!」

「ああ、ああ、分かった。静かに。全く、若い精霊ときたら。いいか、人間は精霊よりずっと早くに死んでしまうのだ。寿命が短い。ただそれだけのことだ。それ以外で加護を与えた人間をむざむざ死なせるものか」

ククリは安心したようだ。細い手で胸を押さえた。

「わたしだけの力では心許《こころもと》ない。ククリよ、お主もまた力を貸すのだ。いいな？」

「あい！」

「うむ。良い返事だ。では明日の出発の際、きちんとクリスに説明するように」

そうは言ったが、クリスは意味が分からずに驚くだろう。そしてプルピに「お願い」という視線を向けるのだ。言葉が通じるようになったとしても、ククリがこの調子では話などできそうにない。その時、クリスが頼るのはプルピである。

そう思うと、何故か先ほどまでのモヤモヤはなくなった。

つまりは、まあ、そういうことである。

あとがき

初めましてｏｒ二度目まして、小鳥屋《ことりや》エムです。

お手にとっていただいた皆様のおかげで「家《いえ》つくりスキルで異世界《いせかい》を生《い》き延《の》びろ」の二巻が出ることとなりました。本当にありがとうございます。

今回の内容は、エルフが多く住む天空都市をメインに、虫の魔物や都市の問題に振り回されながら家を作っていくというものです。クリスの女の子らしい面や、彼女の持つ能力についても徐々に明かされていきます。書き下ろし番外編でも少し触れていますので、ぜひご覧になってみてください。

さて、全く頼りにならない作者の宣伝は置いておきましょう。もっと最高の宣伝があるのですから。そう、イラストを描いてくださる文倉十《あやくらじゆう》先生です。

あとがきを書いている現在はまだラフしかいただいていないのですが、そのラフからしてすでに「すごい」の一言。表紙のエイフは格好良いですし、クリスもイサも可愛い。口絵のカラーラフは巨樹から見える景色が！　これでラフなの？　と感動しています。

文倉十先生には感謝の言葉しかございません。他のキャラも生き生きと描いてくださって、そのシーンがありありと伝わってきます。ありがとうございました。

あとがき

最後になりましたが、お買い上げくださった皆様に一番の感謝です。ありがとうございます！

もちろん、書籍になるにはたくさんの方が関わっています。編集Iさんを始め、多くの方々にお礼申し上げます。

次に繋げるためにも精一杯、頑張って参りたいと思います。ぜひ、応援をよろしくお願い申し上げます。

と、締めたところではありますが、もう少しお付き合いください。

実は「家つくりスキルで異世界を生き延びろ」がコミカライズされました！

漫画家さんは日向《ひなた》のの か先生です。とても可愛いクリスとイケメンペルちゃん、そして迷宮都市という難しい景色を描いてくださっております。（あとがき執筆中の現在）第一話が公開中です。広大な景色から迷宮都市の様子までを網羅した素晴らしい内容です。

どうぞ、迷宮都市で頑張るクリスをご覧になってみてください。

小鳥屋エム

Ietsukuri
skill de
isekai wo
ikinobiro

設定資料

Extra

Zetsukuri skill de isekai wo ikinobiro

Marius & Natalie house

マリウスとナタリーの新居　見取り図

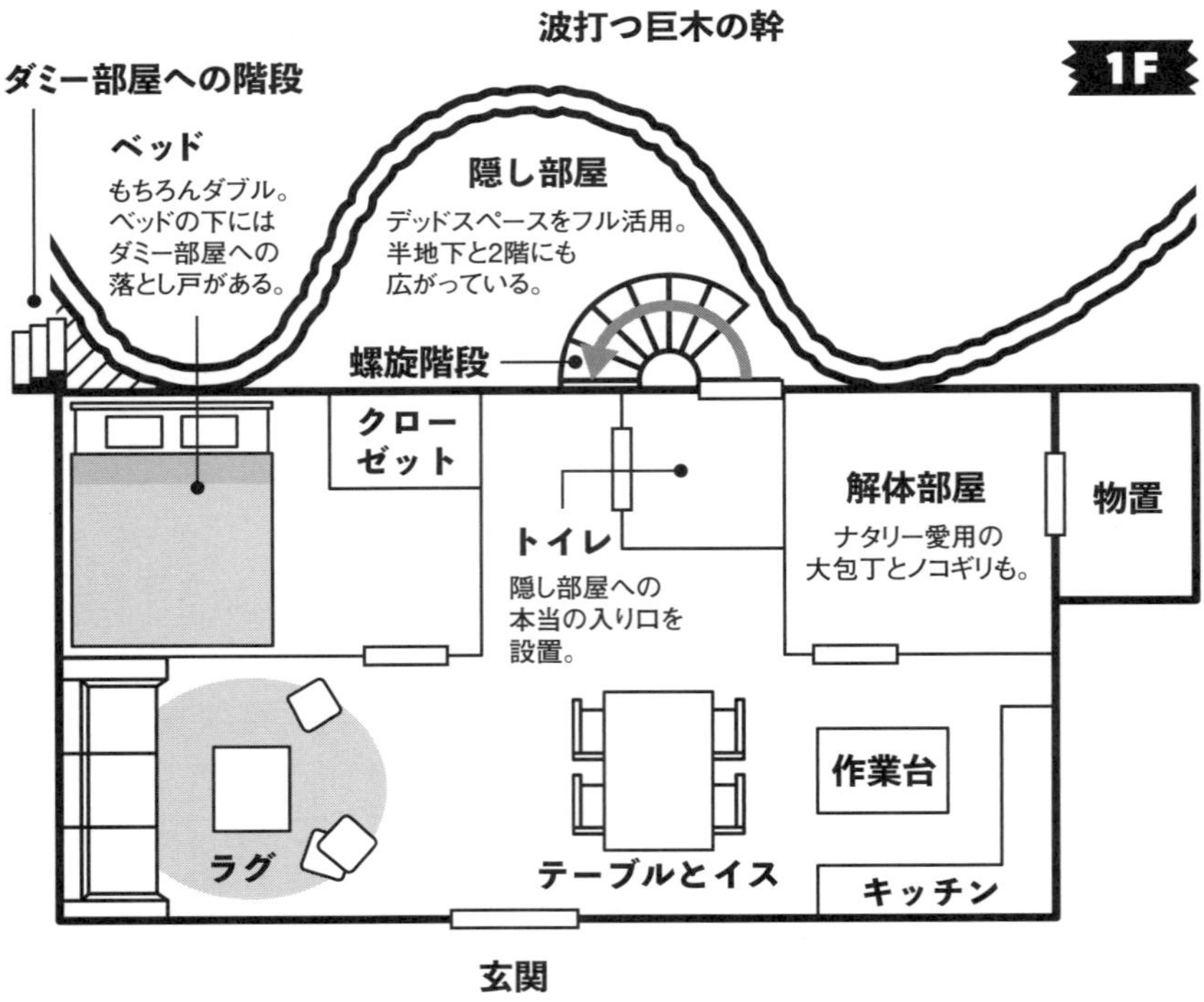

― 新居の隠し部屋 ―

隠し部屋 半地下

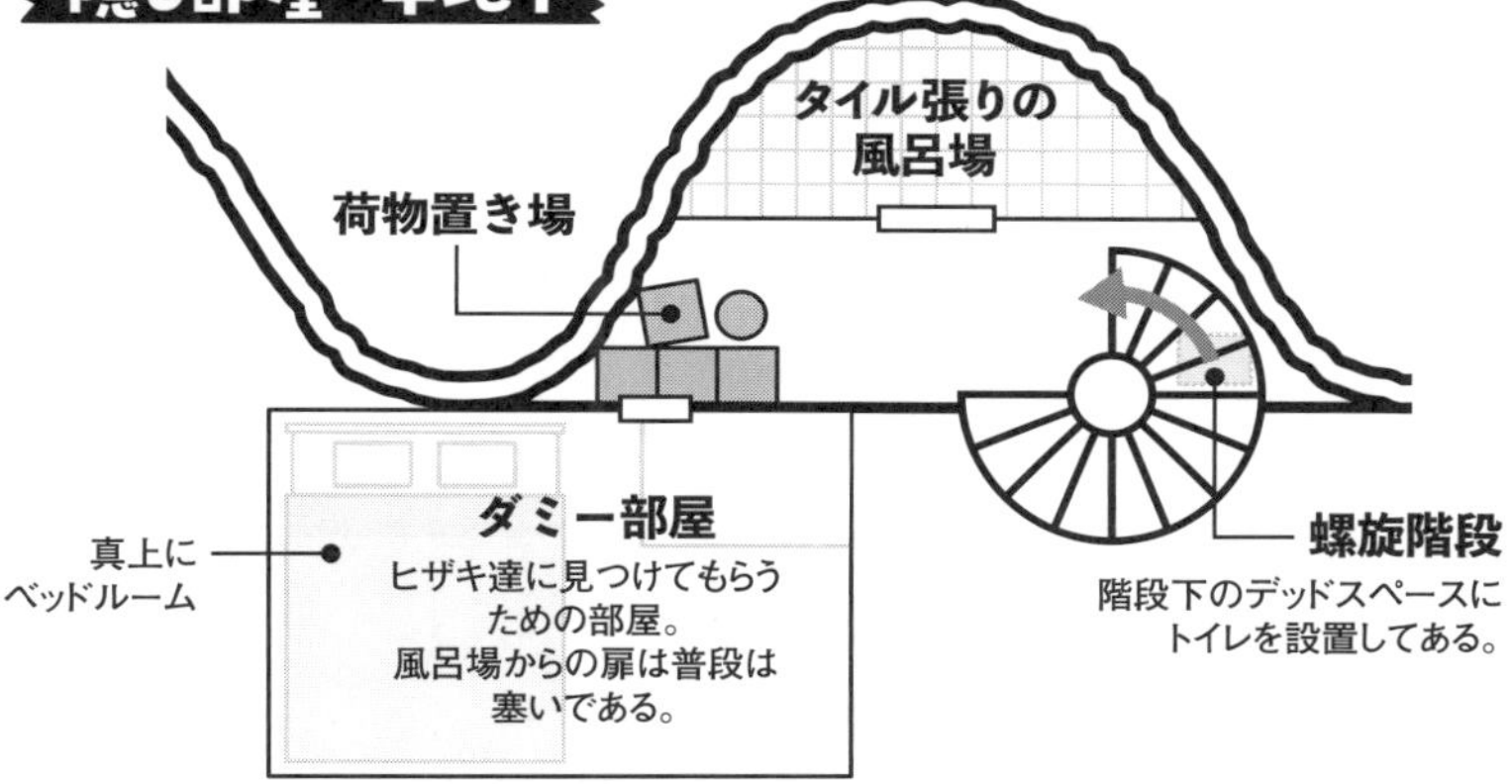

隠し部屋 1F

ナタリーがヒザキから
身を隠しておくための部屋。

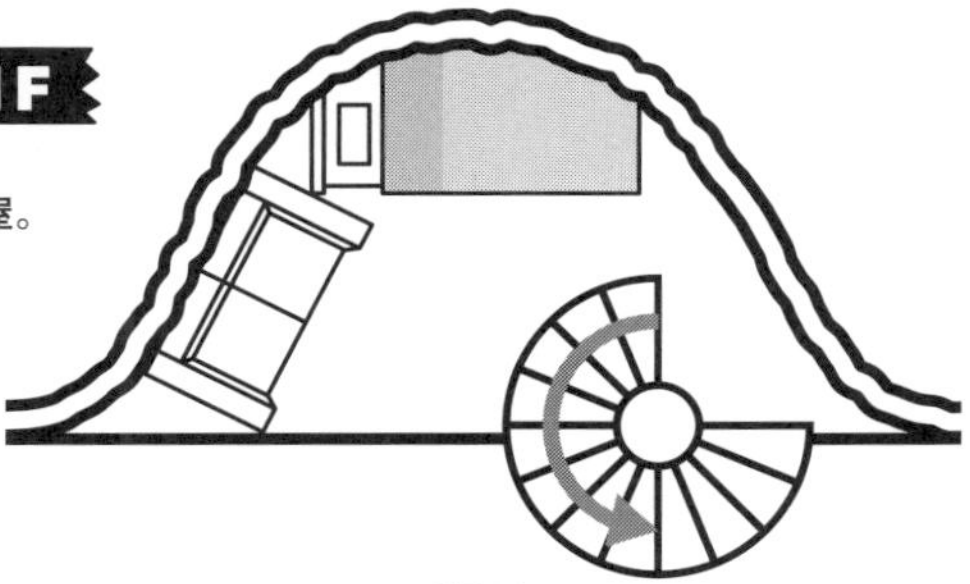

隠し部屋 2F

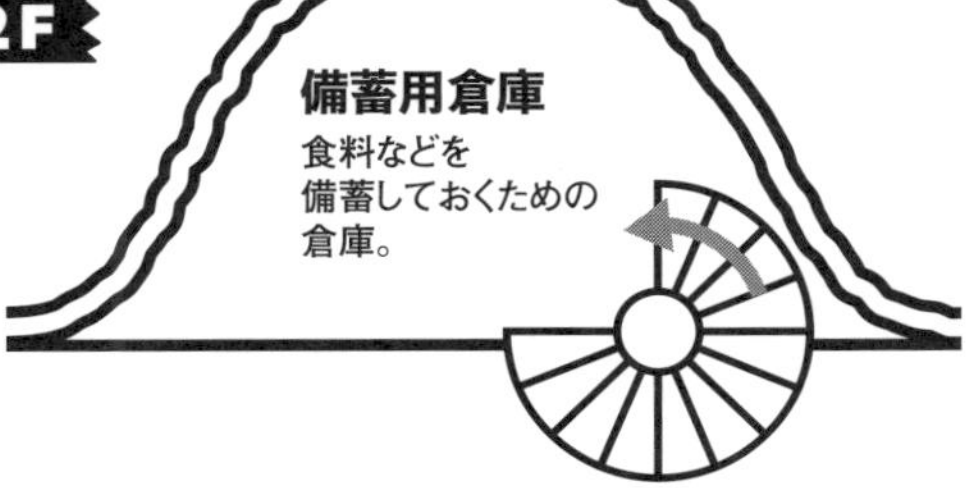

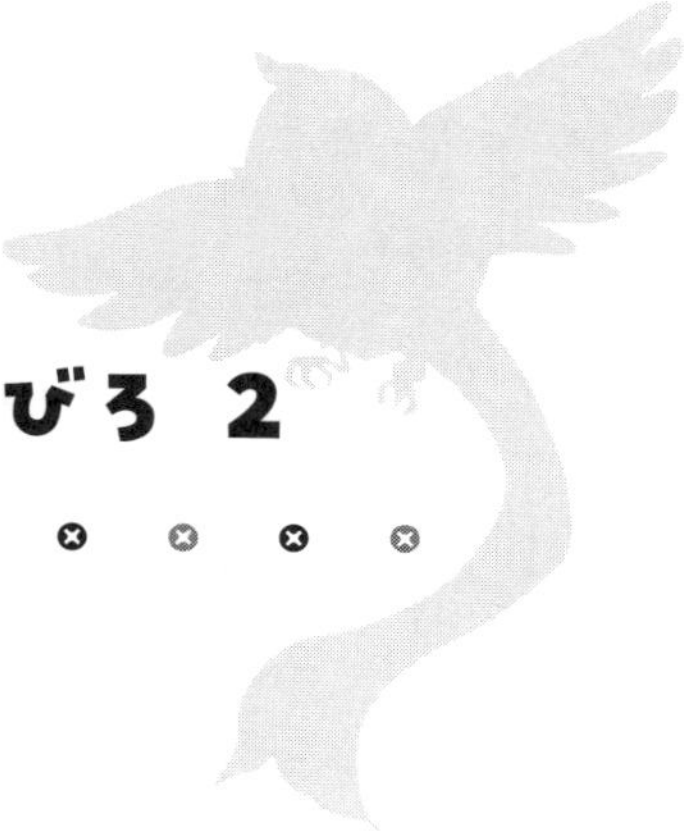

家《いえ》つくりスキルで異《い》世《せ》界《かい》を生《い》き延《の》びろ 2

2020年10月30日　初版発行

著者　小鳥屋《ことりや》エム
イラスト　文倉 十
発行者　青柳昌行
発行　株式会社KADOKAWA
〒102-8177　東京都千代田区富士見2-13-3
電話 0570-002-301（ナビダイヤル）
編集企画　ファミ通文庫編集部
デザイン　百足屋ユウコ+豊田知嘉（ムシカゴグラフィクス）
写植・製版　株式会社オノ・エーワン
印刷　凸版印刷株式会社
製本　凸版印刷株式会社

ISBN978-4-04-736386-1 C0093

魔法使いで引きこもり？
He is wizard, but social withdrawal?
Author 小鳥屋エム
Illust 戸部 淑
重版、続々!!!
好評発売中!!!
チート能力《スキル》を持て余した
少年とモフモフの
異世界のんびり
スローライフ！
女神により転生することになったお爺ちゃん。
望んだのは「健康な体」だけだったのに、
チート能力までも与えられてしまう！
転生後にその力を持て余していた少年は、
女神の「冒険者になって人生を楽しみなさい」
という助言により、冒険者として王都へ赴く。
様々な人々との出会いを通して、
彼の世界は広がっていく――。
コミカライズ
月刊コミックアライブ
Webにて
毎月27日連載中！
eb!
enterbrain

コミック第①～④巻、
好評発売中！
異世界ののんびりな
スローライフコミカライズが、
月刊コミックアライブ、
Web（ComicWalker
ニコニコ静画）で好評連載中！
魔法使いで引きこもり？
He is wizard, but social withdrawal.
～モフモフ以外とも心を通わせよう物語～
YUI
原作
小鳥屋エム
キャラクター原案
戸部 淑

リアデイルの大地にて
目覚めたのは200年後の未来!?
かつて自らが成したこと、
そして仲間たちの
軌跡を辿る旅の果てに
あるものは――。
STORY
事故によって生命維持装置なしには生きていくことができない身体となってしまった少女“各務桂菜”はVRMMORPG『リアデイル』の中でだけ自由になれた。ところがある日、彼女は生命維持装置の停止によって命を落としてしまう。しかし、ふと目を覚ますとそこは自らがプレイしていた『リアデイル』の世界……の更に200年後の世界!?　彼女はハイエルフ“ケーナ”として、200年の間に何が起こったのかを調べつつ、この世界に生きる人々やかつて自らが生み出したNPCたちと交流を深めていくのだが――。
著:Ceez
イラスト:てんまそ
B6判単行本
KADOKAWA/エンターブレイン 刊
KADOKAWA enterbrain